オオカミ部長のお気に入り

日向そら

Sora Hinata

EB
エタニティ文庫

目次

オオカミ部長のお気に入り

一

「ご利用ありがとうございました」

窓口で丁寧に頭を下げ、戻したタイミングで銀行のロゴの入った手元の番号機を確認する。

表示された数字はゼロ。ロビーを見回してもお客様の姿はなく、銀行の案内役として出入り口につくコンシェルジュも暇そうに欠伸（あくび）を噛み殺していた。

ちらりと見上げた時計の針は、三時五分前。ほっとして、ようやく私——宮下和奏（みやしたわかな）は、肩の力を抜いた。一応誰に聞いても知っている大手銀行に運良く新卒で就職し、希望が通り地元の支店に配属されてはや四年の二十六歳。すでに仕事には慣れたけれど、そろそろ転勤になるかもという微妙な年数なので、異動時期の四月を前に、一月のこの時期はちょっと落ち着かない日々を過ごしている。

……凝（こ）り固まった肩をほぐすために伸びをしたいけれど、まだお客様が来るかもしれないから、もう少し我慢。

忙しい給料日前でも締日前でもないので、お客様の出入りもそこそこの平和な一日だった。

金曜日の今日は終業時刻が近付くにつれ、なんとなくそわそわする。窓口を閉めるべく手元の書類に不備がないかを確かめていると、ロビーが急にざわめき出した。

「あら、珍しい」

何だろう、と首を傾げるよりも先に、隣の窓口にいた松岡さんがそう呟いた。

彼女の視線を辿ってロビー入り口を見ると、長身の男の人が立っていた。

「オオカミ部長だ」

どこからか漏れた囁き声に、私はざわめきの理由を知り納得する。

ちょっと好みが分かれそうな近寄りがたい雰囲気はともかくとして、その目鼻の彫りは深く、文句なしに整っている。少し大きくて厚い唇が、男っぽい色気を醸し出していてセクシー……なんて誰かが飲み会の席で熱弁を振るっていたっけ。確かにイケメンだし、横を通ったら振り返ってしまいそうな存在感がある。

とにかくそんな彼が颯爽とカウンターの向こうを横切っていった。シトラス系にちょっとスパイシーさを混ぜたような、いかにも『できる男』という感じの香水の香りが一瞬だけ残る。長めのグレーのコートの裾を翻して歩く姿は、高級ブランドの広告みたいに様になっていた。

待っていたらしい支店長に挨拶をして、そのまま話し始めた彼を、ちらちらと盗み見ている女子社員は多い。

そばにいる窓口サービス部部長――略して窓サ部長もコートを着ているので、これから外に出るのだろう。

オオカミ部長と呼ばれた彼の名前はもちろん、月に吠えるあの狼ではない。フルネームは『大神蓮(おおがみれん)』といって、この支店の法人営業部の部長だ。そう。本当は『オオカミ』じゃなく『オオガミ』なのである。

なのにどうして彼が『オオカミ』と呼ばれるのかというと、話は彼がこの支店に異動してきた時まで遡(さかのぼ)る――

やり手と名高いうちの支店長が、本社時代にヘッドハンティングしたらしい彼は、この支店に赴任する前から顔が良くて仕事もできると評判だった。しかも支店長と仲が良く、休みの日なんかも一緒に飲みに行ったりゴルフをしたりする関係――つまり上の覚えもよろしく将来有望。そのうち独身でかつ恋人もいないということがわかり、一部のアグレッシブな女子社員が、彼の恋人の座を射止めるべく、一斉に照準を合わせたのである。

この支店に異動してきた後には連日のプレゼント攻撃にデートのお誘い、その他諸々。用もないのに法人営業部があるフロアを数人の女子社員がうろちょろするようになってしまった。そんなあまりのモテっぷりに、若手の男性営業の不満が溜まり、やがて業務にまで支障をきたすようになり……とうとうキレた大神部長本人が『そんな暇があるなら仕事しろ！』と、荒っぽく彼女達を一喝したらしい。その迫力に一瞬にして、女子社員どころか社員全員がフロアから消えたとか消えていないとか……

ライオンならぬ、狼に睨まれたねずみのような心地だった――とのちに、その場にいた社員が呟いたことで、それ以来若手社員達は彼のことを敬愛と畏怖を込めて『オオカミ部長』と呼び始めたのである。彼の肉食獣っぽいワイルドな雰囲気も相まって、今や上役の人までそう呼んでいるそうだ。

フロア中の注目を浴びながら、大神部長が支店長、窓サ部長とともに再び私の前を横切る。私が座っているせいもあるけれど、顔を見ようとしただけで首が痛くなるほど背が高い。

……ほんと、まさしく天上人って感じ。

奇しくも所属する部署のフロアも遥か上。法人営業部は七階にあって、一階の窓口で働く私は立ち入ったことすらないのだ。

「また大きな契約取ってきたらしいよ」

「さすがぁ。今年も本社から報奨金出るかな」

そんな女の子達のおしゃべりをＢＧＭに、私はチェックし終えた書類をトンと机の上で揃える。

よし、今日も不備はなし、と。

「相変わらず宮下さんは色恋沙汰に興味ないのねぇ。オオカミ部長よ、あんなにカッコイイのに！　ちょっとくらい、ときめいたりしないの？」

いつのまにか顔を覗き込まれていて、その近さにびっくりする。松岡さんは「あら失礼」と顔の位置を戻し、椅子を引いた。

「もう、びっくりさせないでくださいよ。……大神部長ですよね？　普通にかっこいいと思いますよ？　だけど住む世界が違いすぎて恐れ多い感じです」

そう私が返事をすると、松岡さんは呆れたように溜息をついた。

「猫と引き籠もってばっかりいないで、たまには宮下さんも合コンとか行きなさいよ」

松岡さんは私の胸ポケットに差さっている猫のボールペンを指さして、訳知り顔にそう言う。

同じ課長の下についている彼女は、私が新人時代に教育係だった人だ。何かと馬が合って、支店が違う時もマメに連絡を取り合っていた。彼女がこの支店に異動してきた時は頼もしく思ったものだけど、付き合いが長い分、遠慮がない。すでに二児の母で幸せな家庭を築いている彼女曰く、干物を通り越して世捨て人になっている私が心配らしい。

……余計なお世話だけど、反論すると長くなるのも、長年の付き合いからわかっているので、私はいつもと同じ言葉を返した。

「恋愛とか面倒ですし。モコとカイと遊ぶのが、唯一の楽しみなんですから、全否定しないでくださいよ。あ、写真見ます？」

書類を置いて前のめりになった私に、松岡さんは嫌そうに身体を引いた。

「いい、いい！　タイムラインで流れてくるので十分。お腹いっぱいだから」

「えー載せていないのも、いっぱいあるんですよー」

こういうところが猫馬鹿と言われる所以(ゆえん)なのだろう。だけど隙あらば、ウチの子自慢をしたくなるのは猫飼いあるあるだ。

松岡さんはお手上げとばかりに肩を竦(すく)めてみせる。ちなみに言い訳じゃないけれど、タイムラインにはそれほど流していない。あくまで厳選した写真だけである。

「二番窓口集計終わりましたー！」

そんな言い合いをしているにもかかわらず、松岡さんは手際よく書類をまとめて後ろに報告する。

……無駄口叩いててもこの速さだもん。さすが勤続二十年の大先輩。見習わなくては。

でもまぁ、うまいこと恋愛話をうやむやにできたのは幸いだった。松岡さんは、ことあるごとに話を恋愛方向に持っていこうとするので要注意だ。一度そちらに舵(かじ)を切られると話が長い。

そもそも大神部長の赴任当初ならともかく、今きゃあきゃあ騒いでいる若い子達は、本気で大神部長とどうにかなりたいわけじゃないだろう。その証拠に怒鳴られて以来、みんな一定の距離を保って彼と接しているし、騒ぎ方だってテレビの向こうの芸能人に向けるものと同じだ。

さっき颯爽と歩いていった大神部長の怜悧な横顔を思い返す。

確かにイケメンだし仕事もできるし独身だし、騒ぎたくなる気持ちはわかる。ついでに言うと、声も高すぎず低すぎない、よく通るイイ声なので、私的ポイントも高い。

でも現実問題として、あんな色んな意味ですごい人が恋人だったら、絶対気が抜けなくて疲れると思うんだよね。かっこいいけれど、雰囲気も背の高さも威圧感があるし……付き合う相手にも同じスペックを求めてきそう。それに何より、一緒にいてちっとも癒されないし。

土日に愛猫とごろごろしているのが至福の時間だと思っている私としては、譲れないポイントだ。

いや、うん。そんなことを考える前に、釣り合わなさすぎてあちらからお断りだろう。

そもそも百五十センチしかない身長をヒールでどうにか誤魔化している私と並んだら、親子にしか見えないかもしれない。

……そういえば、足が痛い。

新しくしたばかりのヒールの高い靴からちょっと踵を浮かせて、心の中で溜息をつく。

そして頭を切り替えて、オートキャッシャー――お客様から預かったお金を入れておく機器から現金を取り出して数え始めた。こういう作業は面倒だけど無心になれるからいい。表示されている数字と合わせ、よし、と確認する。

「三番窓口、合いましたー！」

「あら……随分元気ね」

若干気合のこもりすぎた声に、ちょうど後ろにいた課長が足を止めて苦笑する。

慌てて謝る私の頭からは、大神部長のことなどすっかり抜けていた。

――だけど世の中というものは、意外なところで繋がっているらしい。

そんな言葉がぴったり当て嵌まってしまう出来事が、その二日後に待ち受けているなんて、この時の私はもちろん想像もしていなかったのである。

「ただいまー！」

仕事を終えて、愛する猫たちが待つ我が家に帰る。

私が住んでいるのは、勤務先の銀行から二駅離れた、五年先には取り壊しが決まっているボロい団地の一階だ。だけど侮ることなかれ、そのおかげでペット飼育可能物件で、かつファミリー向けの間取りだからそこそこ広い。家賃も安く、その分貯金して、五年後にはそれを頭金にちょっと田舎に中古の一軒家を買う予定なのだ。伊達に銀行勤めはしていない、おそらくローンの審査も通るだろう。

「モコー！　カイ！　ただいま！」

手早く玄関の鍵を開けて廊下を通り、同じ言葉を繰り返しながらリビングの扉を開ける。ぱっと視線を落とすと、入り口で二匹がお行儀よく並んで私を見上げていた。

このお迎えこそ、猫飼い至福の一時である。

サビ猫のモコは、一声鳴いて私のふくらはぎに身体を擦りつけた。これがモコのお出迎えで、毎回頬ずりしたくなるほど嬉しくなる。ちなみにミルクティーみたいな優しい毛色をした茶トラのカイは私を綺麗に無視して、リビングの扉をするりと抜け、廊下に出ていってしまった。

「カイーちょっとくらい労ってよー」

つれないカイに、しかめ面を作ってそう文句を言ってみるものの、返事をするようにゆっくり左右に揺れた尻尾に、ついへにゃっと頬が緩む。

今日はちょっと暑いから、きっと洗面所に行くのだろう。

あの狭い手洗い場にぴったりと収まってまどろむのが、ここ最近の彼のブームなのである。

にゃあぁ、と膝に手を伸ばしてよじ登ろうとするモコを抱き上げ、お腹に顔を埋めてその柔らかさを堪能する。

「あー……癒される」

『今日もお疲れねぇ』

そんな返事をするように、また短くモコが鳴いた。

……気まぐれでも人懐っこくても、猫は可愛いのである。

とまぁそんな感じで、愛猫のモコとカイ、一人と二匹暮らし。

お年頃だけど彼氏はいないし、作る気もない。——なんて言っちゃうと、ただの負け惜しみに聞こえるだろうけれど、前の彼氏との別れ方が最悪だったせいで、今でも恋愛事はただただ面倒としか思えないのだ。

思い起こせば前の彼氏は服装から言葉遣い、仕草に至るまで自分の好みを私に押しつけ、その傲慢ぶりは相当なものだった。

『ただでさえ小さくて色気ないのに、そんな子供っぽいもん持つなよ』

デートの途中で寄った雑貨屋さんで、当時お迎えしたばかりだったモコそっくりの猫の形をしたポーチを手に取った途端、当時の彼氏は嫌そうに鼻を鳴らしてそう言い放った。

もちろんイラッとしなかったわけじゃない。けれど初めての彼氏だったこともあり、趣味を押しつけるのはよくない、とポーチを棚に戻してその場は我慢した。いくら猫ブームといったって嫌いな人がいるのは理解していたからだ。

それ以来私は涙ぐましい努力をし、猫グッズは鞄に入る小物だけで我慢し、猫が苦手そうな彼氏に気を遣い、デートは外か彼氏の家で会うようにした。

だけどある日、飲み会終わりに私の家の方が近いからと、急にやってきて、『なぁ。この部屋、獣くさくないか？　俺が来る時くらいどっかやれないの』とのたまった彼氏に――私は盛大にキレた。

むしろお前が出ていきやがれ、と。

おそらく少し前から彼氏と二匹がのった天秤は、拮抗していた。そしてその一言で、完全に二匹の方に傾いてしまったのである。

『猫馬鹿とかキモイんだよ！　お前なんか誰にも相手にされねえから！　こっちから別れてやる。いいか、俺が振ったんだからな！』

彼氏の子供っぽいマウンティングに、怒りからくる火事場のなんとやらで、荷物と共に彼氏を蹴り出し、その後私は我慢していた猫グッズをネットで散々買い漁った。

戦利品に囲まれた時の爽快感といったら、今までどうして我慢できていたのだろうと首を捻るほどだった。あの清々しさは今も忘れられない。

二年間、しかも初めて付き合った彼氏だった。寂しくなかったとは言わないけれど、その穴は猫達が埋めてくれた。

結論。猫さえいれば彼氏はいらない。

そして今現在も、何かと神経を使う仕事で気力体力ともにごっそり奪われる日々を癒(いや)してくれるのは、この二匹なのである。あの日の私の選択は正しかったと、自分で自分を褒めたい。

仕事着のまま、二匹のご飯の減り具合をチェックして、トイレの砂を交換する。それから、手早くシャワーを浴びた。

そして膝にモコを抱っこしながら作り置きのカレーを温め直し、キッチンから和室へと持ち込む。

食卓は、冬は炬燵(こたつ)にもなる、おしゃれとはほど遠い昔ながらの座卓だ。元々猫のためだけに買ったのだけれど、案外暖房効率が良くて私も気に入っている。そんな座卓の天板の端っこに置いていたスマホが震えてメッセージ着信を告げた。

「うーん? 麻子(あさこ)だ。何だろう」

一人暮らしならではの行儀の悪さで、スプーン片手にメッセージ画面をタップする。

麻子というのは小学校からの幼馴染(おさななじ)みで気の置けない猫仲間だ。数年前から『ノアール』という猫カフェを経営している。実はモコとカイも、麻子から譲ってもらった猫だ。

ここなら飼ってくれるだろうと思うのか、お店の前に飼えなくなった猫を捨てる人が時々いるらしい。まさしくモコとカイもそんな猫だった。当然ながら猫カフェといっても無限に飼えるわけではないし、性格によってはお店の猫スタッフとして働けない子も多い。

元々は一匹だけ飼うつもりで、最初に寄ってきてくれたモコを引き取ったんだけど、一向に人に懐く様子を見せないカイの里親がなかなか見つからないと聞いて、思い切って二匹お迎えしたのだ。

麻子のメッセージアプリのアイコンは、ノアールで一番人気のミルクちゃん。愛想はあまりないけれど、その名のとおり真っ白で、オッドアイがとても綺麗な美人さんだ。ホーム画像はお店の外観の写真で固定されているけれど、宣伝も兼ねているのか麻子のアイコンはころころ変わる。

『明後日（あさって）予定がなかったら、十八時からヘルプお願いできないかな？』

その下には土下座している、コミカルな猫のスタンプが三つも並んでいた。

モコとカイの世話をするにあたって色々相談に乗ってもらっているし、二匹のフードやおやつを業者さんに頼むついでに卸値（おろしね）で購入させてもらっている恩もあるので、お店が大変そうな時はお手伝いに行っているのだ。

それになんて言ったって猫カフェである。色んな猫がいて、とても楽しい。

猫好きのお客さんとの会話も面白いし、私としては一石二鳥なので毎回ボランティアでいって言うんだけど、次の日には時給分きっちりの金額が口座に振り込まれている。頑（かたく）なに断ると気軽に頼めなくなるかな、と思って結局受け取っているうちに、ちょっとしたお小遣い稼ぎになってしまった。

「サービス業はどこも大変だねー」

おそらく、スタッフの確保ができなかったのだろう。

人手不足はウチの銀行でも顕著に表れていて、以前は五人以上いた派遣さんも、今は二人しかいない。人は減っていくのに、営業目標の数字は何故か増えるという矛盾。なので月末はみんなピリピリしているのだ。

十八時ならラストまで入っても二時間だから、それほど負担じゃない。特に予定はないし、麻子の店に行くのも久しぶりだ。

『いいよー』と返事を送ると、感謝の絵文字が踊って返ってきた。そのキャラクターも猫である。ブレないなぁ、と私はくすりと笑ってスマホを座卓に置いたのだった。

†

日曜日の朝。寒いけれど、家のベランダから見た空は高く、よく晴れている。

細々（こまごま）とした家事や洗濯をして、毛だらけの毛布とモコとカイのベッドも外に干しておく。

意外なことに、猫を飼ってから私の部屋は見違えるほど綺麗になった。

前は洗濯した服を取り込んでカーテンレールに吊るしたままだったり、畳んでもソファの上に放置したりと明らかに荒れていた。正直、掃除機だって週に二回かければばい い方だった。

それが今や部屋に取り込んだ洗濯物は、さっさと畳んできちんと箪笥にしまう。なぜなら、そうしないとカイとモコが、せっかく畳んだ洗濯物にじゃれて遊んでしまうからだ。

二匹の誤飲が怖いので掃除機もマメにかけるようになったし、絨毯もすぐ毛だらけになってしまうので、気が付けばコロコロしている。

むしろぐうたらな人こそ猫を飼った方がいい。母からも、あんたは猫を飼ってよかったわね、なんて言われるくらいなのだから。

「じゃあ、モコ、カイ。お出かけしてくるね。お土産買ってくるから」

足に纏わりつくモコを抱き上げて頬ずりし、その近くにいたカイは撫でるだけに留める。

カイは基本的にクールで、あまり触られるのが好きじゃないのだ。男の子は人懐っこくて、女の子の方が懐きにくいなんて聞いたことがあるけれど、ウチは正反対らしい。

つまり色んな猫がいるということだろう。

「お土産はカイが喜ぶものだからねー」

ちっともこっちを向いてくれないのが寂しくて、思わせぶりなことを言ってみるけれど、カイは『あっそ』とでも言うように、素っ気なくベッドの方に歩いていった。

麻子のお店で猫メニューとして出している高級サラミは、カイのお気に入りだ。モコはチューブ状のあのお馴染みのやつが大好きだけど、カイは缶詰の高級感が好きらしい。たまに料理に使うツナ缶を開ける音にすら、普段のクールさが嘘みたいにすごい勢いで飛んでくるのだ。

……その後のがっかり顔が絶妙に可愛くて、いつもにやにやしてしまう。ただ、それをやるとものすごく機嫌が悪くなるので、本人的には騙されたと怒っているのかもしれない。

「いってきますー！」

私は再び二匹に向かってそう言うと、リビングの扉を閉めて玄関へ向かった。二匹が間違って外に出たりしないように、扉の開け閉めは各部屋でこまめにするようにしている。

麻子の店は電車に乗って、銀行とは反対の二駅向こうだ。賑やかな繁華街から少し離れた場所にあり、一見さんよりも常連さんが多いお店だった。

黒猫のイラストと『猫カフェ・ノアール』と描かれた看板が掲げられているビルの二階。

猫カフェとしては看板も外装もシンプルで落ち着いていて、一見普通の喫茶店に見える。壁側にある本棚には、麻子のお母さんが趣味で集めたという推理小説がぎっしりと並んでおり、猫と遊びに来たつもりが、つい小説を読み耽ってしまうお客さんも多い。ほんの少し黴っぽい匂いが、いい感じに猫もお客さんも落ち着かせてくれる、居心地の良い空間になっているのだ。私もお客さんとしてなら、何時間だっていたいくらい。

私は階段を上がり、お店の入り口のガラス戸を開ける。続いて、猫が出ないように二重扉にしてある奥の扉を開けると、からん、とドアベルの音が鳴った。

受付さんは初めて見る女の子だった。きっと新しいアルバイトの子なのだろう。だけど私がヘルプに入ることは聞いていたらしい。お互いに軽く会釈をして、私は店の奥にある厨房に向かった。

このカフェのメニューは全て、調理師免許を持っている麻子の手作りだ。だから店が開いている時間、麻子はたいてい厨房にいる。

厨房の暖簾を潜って顔を出し、忙しそうに動いている細身の背中に声をかけた。

麻子がぱっと振り返る。

高い位置で一つ結びにしていた麻子の髪が、猫の尻尾みたいに大きく揺れた。

「和奏！　休みの日にごめんねー！　すっごい助かる！」

エプロンで手を拭きながら、入り口の方へ駆け寄ってくる。めいっぱい眉尻を下げた麻子に、首を振った。

「いいって。だけど代わりに例の缶詰、また卸売価格で売ってほしいなぁ」

カイのためにちょっと図々しいおねだりをすると、麻子は噴き出すように笑って快諾してくれた。

「カイはアレ好きだもんね。モコの分はどうする？」

「そっちもあれば嬉しいかも。でも家にまだあるから一箱でいいよ」

そんなやりとりをしながら、厨房の小窓から店内を見渡す。

猫スペースに二人、飲食スペースには二組のグループが入っていた。この時間にしては、客足は多い方だろう。

この猫カフェはフードメニューが豊富なので、料理目当てで来る人も多い。温かい料理も多いから、猫がお皿をひっくり返して火傷などしないように、あえて飲食スペースと猫スペースを透明なアクリル板で仕切り、猫が行き来できないようにしてあるのだ。

その時、からん、と来客を告げるドアベルが鳴り、制服姿の女子高生が三人、おしゃべりしながら入ってきた。

受付にいた女の子が「いらっしゃいませ」と挨拶した後、たどたどしくこのカフェのルールを説明していく。

麻子曰く先週入ったばかりの新人のスタッフらしい。今はまだ大変そうだけど、同じことの繰り返しなので、週一のシフトでも半年も経てば一連の文言を暗唱できる子も多い。頑張れ～！　と心の中でエールを送り、私は再び麻子に向き直った。

「私、給仕に入る？　それとも猫スペース？」

「猫スペース！　給仕はもうすぐ来るから大丈夫なの。ちょっと汚れてるから、悪いんだけど掃除してもらえる？」

「了解」

私はこくりと頷いて、厨房の手前にあるスタッフルームの扉を一応ノックしてから中に入る。

もう何度もバイトをしているので、すでに勝手知ったる間取りである。

臨時スタッフ用のロッカーからツナギを取り出す。制服である薄ピンクのツナギはなかなか派手だけど、一説では猫が好きな色らしい。

デフォルメされた猫の絵とお店のロゴが入っているポケットは大きくて……アラサーが着てもいいのかと迷うほどに可愛いので、これだけはいまだに慣れない。

着替えて髪をまとめようとして、ゴムを忘れたことに気付く。

給仕じゃないからいいか、と思いながら最後におかしなところはないかと、入り口の鏡に全身を映してみた。

ツナギの上はほぼすっぴんという、あまりに色気のない姿を改めて見つめ、思わず苦笑する。化粧品の匂いが嫌いな猫もいるので、ここに手伝いに来る時はすっぴんかつ、それを誤魔化すための伊達眼鏡だ。

……これ、うちの銀行の人が見ても、私だってわからないだろうなぁ。

銀行では化粧は身嗜みの一つだし、あまりに童顔だとお客様の中には真面目に話を聞いてくれない人もいるので、化粧は濃い目を意識している。靴も、フロア内では常に高いヒールだ。

そのせいか、以前すっぴん伊達眼鏡姿で偶然街で同僚とすれ違った時も素通りされたことがあった。声をかけると一瞬ぽかんとした顔をしてから「その声、もしかして宮下さん⁉」と、ものすごく驚かれたのだ。

麻子は若く見られていいじゃない、なんて言うけれど、童顔の上にチビなので、ぺたんこ靴ですっぴんだと普通に学生に間違われてしまう。居酒屋さんでも年齢を確認されるくらいなのだ。……そのたびに笑われるので、外で呑む時はしっかりお化粧をすることにしている。

『お前。ホントすっぴんだと子供みたいだよな』

ふと耳の奥で蘇った前の彼氏の声に、ぎくりとする。

……後から考えれば、あいつはタイトスカートに高いヒールを履く、完全武装した『外向きの私』だけが好きだったのだ。外だけならともかく家の中でまで、そのきっちりした感じを期待されていて、モコとカイと遊ぶために着ていた動きやすい格好で出迎えると、途端に機嫌が悪くなった。自分は量販店のスウェット姿で寛いでいたにもかかわらず、だ！

もう、なんで私、あんなに我慢してたのかな～……

もはや相手がどうこうではなく、ひたすら我慢していた当時の自分自身が腹立たしい。

鬱憤が声に出そうになって、慌てて口を押さえてから、ふっと我に返った。

……いやいや、なんで今更思い出したりするかな！　ホントあんな馬鹿、思い出す時間すらもったいない！

首を振って憎たらしいその顔を打ち消した。

勢いをつけすぎて頭がクラクラしつつも、ロッカーの横の棚から、除菌スプレーと紙ふきん、その他諸々のお掃除グッズが入った籠を取り出して確認する。

猫スペースの基本的なお仕事は、猫達が粗相した場所のお掃除、猫用おやつの注文を受けること、そしてお客さんが猫と上手にスキンシップがとれるようにお手伝いすることだ。後はお客さんが無理に抱っこしたり追いかけたりしていたら、やんわりと注意することも含まれていて結構忙しい。

猫スペースに入ると数匹の猫達が耳をぴくっとさせたり、顔を上げたりしてこちらをうかがってきた。のんびり眠っている子もいて、各々違う反応を見せてくれる。

可愛いなぁ……

思わず頬が緩(ゆる)んで、燻(くすぶ)っていた元彼への苛立ちがすぅっと消えていく。

害はないよーと、心の中で呟きつつ、そろりそろりと動いて掃除していると、そのうちの数匹が挨拶をするように近付いてきた。ここには本当に人間が好きで人懐っこい子が多いのだ。

猫スペースにいるのは何度か見たことのある常連さんで、二人とも猫を膝に抱っこして本を読んでいた。せっかく猫カフェに来たのにもったいないと思う人もいるかもしれないけれど、常連さんは大体こんな感じだ。あくまで自然に時間を過ごしている人が多い。

……実は少し気になるのが、さっき入ってきた女子高生のグループだ。時折上がる甲高い笑い声に、一部の猫がソワソワしているのがわかる。

ここは猫が自発的に膝に乗らない限り、抱っこが禁止だったりとわりと規約が厳しい。受付でフラッシュ禁止など諸々含めて伝えてあるはずだけど、あの様子だと真面目に聞いてなさそうで心配になる。

さりげなく注意事項の看板を見やすい位置に移動させていたら、来客を告げるドアベルの音がからんと鳴った。

「いらっしゃいませー」

猫スペースから少し遠いながらも、私も挨拶をする。

振り向いて入り口の方を見て、顔を戻し――

「――⁉」

思わず二度見して、言葉を失った。

「あ。い、いらっしゃいませ。……あの、一名様ですか……？」

明らかに焦っている受付の新人さんの声に、はっと我に返る。咄嗟に爪研ぎを兼ねた巨大猫タワーの後ろに隠れてしゃがみ込んだ。

「一人でも大丈夫ですか」

低いのによく響く声は、恐らく間違いない。

直接話したことはないけれど、毎月MVPを獲得しているので、表彰された時の挨拶でその声は何度も聞いていた。素直に素敵だな、と思っていた少し低い、よく通る声。

「なんで……」

思わずそんな呟きを零してしまう。

なんで、あの『オオカミ部長』がこんな場所に……⁉

そう、窮屈そうに身を屈めて扉から入ってきたのは、あの法人営業部の大神部長だったのである。

……ね、猫好きの彼女とデートとか？

　一番可能性の高い答えを引き出してみるけれど、大神部長なら彼女がいくら行きたいって言っても断りそうだ。……むしろ、猫好きの彼女と付き合いそうなイメージすらないんだけど！

あれ、でも今一人でも大丈夫ですか？　って聞いたよね⁉　それって大神部長が一人で猫カフェに来たってこと？

「……」

見間違いか人違いだと自分に言い聞かせて、キャットタワーの陰からもう一度受付をうかがってみる。

一昨日（おととい）見たばかりのグレーのコートに、猫カフェでは違和感しか覚えない怜悧（れいり）な横顔がちゃんとそこにあった。

……間違いなく大神部長である。

狼だよ狼！　猫ちゃん達大丈夫？　怖がって出てこなさそうなんだけど！

もう頭の中はパニック状態だ。

仕事帰りなのか、スーツ姿なので店内ではかなり浮いている。受付の新人さんはそんな大神部長に若干引き気味だ。

しかもそんな受付の様子に、飲食スペースにいる女子高生の集団が気付き、いっそう騒ぎ始めた。

「リーマンだ」

「えー、あんな人が猫カフェとか可愛い〜！」

そんな声が聞こえたのだろう。大神部長はちょっと身体を引いて、眉間に皺を寄せた。女子高生達からは見えないのだろうけど、まるで睨んでいるように見える。すでに受付の新人さんは泣きそうだ。

「駄目ですか？」

いつまでも返事をしない受付の女の子に焦れたのか、大神部長が急かすように言葉を重ねた。

そんな余裕のない態度もどうにも彼らしくない。……とはいっても、噂でしか私は彼のことを知らないのだけど。なんとなく余裕綽々なイメージがあったのでそう思ってしまった。

「え……!?　あ、大丈夫です……！　ご利用は初めてですか？　初回は説明がありまして――」

ようやく返事ができたのに、大神部長の迫力にすっかり萎縮してしまった新人さんの説明は先程以上にたどたどしい。

私も一旦背中を向けて、考え込む。

大神部長が猫カフェに来たなんて、誰に言っても信用してくれないだろう。……いや、そんなことを誰かに言おうものなら、喉元を食い千切られて口封じされてしまいそうだ。

頭の中に猫を咥えた狼の姿がやけにリアルに浮かんできて、ぞっとする。

だけどあの落ち着かない様子から察するに、大神部長だってこんな場所に来ていることをあまり人には知られたくないみたいだ。

会社の同僚、しかも女子なんてその最たるものじゃない？

気まずい以上にこの場に私がいることがバレたら、普通に脅されそう……なんて思って――私は今更ながらまったく別の、とても重要なことに気付いてしまった。

と、その時、たすきがけにしていたスタッフ用の携帯が震えて、ドキッと心臓が跳ねる。

慌ててタップし、耳に近付けた。

受話口の向こうから聞こえてきたのは麻子の声だ。

『今入ってきた男の人、一人客らしいから。まぁあんなイケメンが盗撮とか考えにくいけど、一応気をつけて見ていてね』

どうやら厨房から受付を見ていたらしい。

小窓から受付やそれぞれのスペースが覗けるようになっているので、念のため注意喚起しようと電話をかけてきたのだろう。私は急いで携帯を抱え込み、小声で答えた。

「麻子やばい。あの人、同じ職場の人！」

私の勢いにちょっと驚いたらしい麻子は、少し間をあけて答えた。

『そうなの？　じゃあ延長料金サービスしてあげてもいいわよ』

「違う！　そうじゃなくて！　あの人、他の部署の部長さんなんだけど、うちの銀行、副業禁止だからバレたらまずいかも……！」

そう。うちの銀行は副業絶対禁止なのだ。

こんな風に、お店の名前がデカデカと印刷されたツナギ姿で見つかったら言い逃れできない。

『え、マジ⁉　やばいんじゃないのソレ！　とりあえず奥に引っ込んで！』

「うん！」

急いで電話を切り、踏み出しかけたところで、ぴたっと足を止める。

受付を終えたらしい大神部長が、猫スペースの方へ向かってくるのが見えたのだ。

猫スペースの出入り口は一つしかない。このまま私が出入り口に向かえば、当然鉢合わせすることになる。かといって、このままここにいても、大神部長が入ってくれば、逃げることはできなくなってしまう。

通常なら飲食スペースでドリンクやフードを注文してから、こっちに来るお客さんが多いんだけど、あの様子だと受付で注文を済ませてしまったのだろう。

少しでもたくさんの時間、猫達と触れ合いたいという人はそうすることも多いけど、……あの大神部長が？

――いや、さすがにナイナイ。

自分でそう突っ込むものの、すぐにそんな場合じゃないと気付き、少しでも見つかりづらいように身を縮こませた。

一呼吸の後、とうとう大神部長が扉を開けて猫スペースに入ってきた。

突然の大男の登場に、猫達はそれぞれタワーやお客さんの背中や足元に隠れて、大神部長をうかがっている。元々、スタッフは全員女性だし、お店に来るお客さんも女性が多い。あまり男性と触れ合う機会がないので、大神部長のような大柄な男性は苦手な猫が多いのだろう。

読書をしていた常連さん達もそんな猫達の背中を、宥めるように撫でてくれる。かくいう私も、中途半端に屈んだ膝の裏に潜り込もうとしていた猫の頭を自然と撫でていた。

大神部長は入り口から一歩入ったところで、立ったままである。

仁王像並みにすごい威圧感を発しつつも、どこに行こうか迷っているように視線がさまよっている。

その背中に小動物を捕食しにきた狼の幻が見えたその時、扉が開く音がして受付の女の子の声が聞こえてきた。

「あのぅ、こちら高級ささみです～……。コーヒーはあちらにご用意しておりますので」

大神部長の体格が良すぎるせいで女の子の姿は見えないけれど、どうやら大神部長が注文した猫用のフードを持ってきたらしい。

「どうも」

振り返ってそう言い、小さな器を受け取った大神部長は、ファンシーな豆皿に入ったささみの端っこを摘み上げ、まじまじと眺めている。

その間に受付の女の子は逃げるように出ていってしまった。ちなみに私は完全に逃げるタイミングを失っている。

猫達もごちそうの匂いにひょいっと顔を上げたものの、身体は大神部長から一定の距離を保っている。さすがに食欲よりも防衛本能が勝つらしい。

一番近い場所にいたオッドアイの白猫――ミルクちゃんのところに向かった大神部長だけど、残念ながら彼女はそれほど高級ささみが好きじゃない。

ミルクちゃんは大神部長の影が差すよりも早く、キャットタワーの一番上まで駆け上がっていった。

その次に近い場所にいた一回り小ぶりのハチワレのタロウも、ぴょーんと大きく跳んでトンネルに逃げ込んでしまう。

……そこは屈んで近付いて〜！

思わず口に出してしまいそうになったのは、悪気がないことがなんとなくわかったからだ。微妙に眉尻が下がったから、多分大神部長は猫達に逃げられて落ち込んでいる。些細な変化だけれど、日々猫相手に会話をしていると、ちょっとした違いも見逃さなくなるものだ。……とはいえ、まさか人間に応用できるとは思っていなかった。

溜息をついた大神部長が振り返った途端、絨毯の上にいた何匹かが同時に逃げていった。おかげでこっち側半分の猫密度が高い。

自然と生まれた密度差に、大神部長の背中に哀愁が漂う。

密かに見守っていた常連さん達も、そんな大神部長の様子に、とりあえず害はなさそうだと判断したのだろう。

一人はスマホで猫の写真を撮り出し、もう一人は苦笑しながら、ちらりと私を見た。

——助けてあげないの？　そんな声が聞こえてきそうな視線に、私はへらりと曖昧な笑みを返す。

そうだよね。あんなコミュニケーション下手なお客さん、スタッフとして声をかけない方がおかしいよね……

私は小さくなったまま、ずれてきた眼鏡を指で押し上げた。

そして少しずつ冷静になってきた頭で考える。

……そもそも、滅多に見ない窓サの女子社員の顔なんて覚えてないいんじゃない……？

私と大神部長は、会話はおろか一メートル以内で顔を合わせたこともない。銀行の共用スペースである食堂や休憩所で彼を見かけたこともないと思う。

くわえて今の私は靴下のみで靴を履いてないから、身長も低い。何よりすっぴんの眼鏡姿だ。

……毎日顔を合わせている同僚だってわからなかったんだから、大神部長相手なら絶対にバレないいんじゃないだろうか。

魔が差した——まさにこの時の私のことである。

そのままやり過ごせば、何事もなくすんだかもしれないのに、同じ猫好きかもしれない大神部長の、あまりの避けられっぷりに少なからず同情してしまったのだ。

——ちょっとアドバイスするくらい、いいよね？

うん、その後にさりげなくこの部屋を出ていけば、きっと問題は起こらないはず。

——よし。

意を決して、私はキャットタワーから離れ、大神部長にそっと近付いた。

「あの、しゃがんで近付けば逃げないと思いますよ。もしくは黙って座っておやつを持っているだけでも、向こうから来てくれると思います」

私は猫を気にしている素振りで視線を明後日に向けたまま、そう声をかける。

そう。何しろ彼が持っているのは、みんな大好き高級ささみだ。ミルクちゃんは例外として、普通なら猫ダンゴ状態になってもおかしくないハーレムアイテムなのである。

突然湧いて出た私に、大神部長は驚いたようだ。

沈黙が落ち、余計なお世話だったかな、と不安になった頃、大神部長はようやく「そうなのか」と返事をしてくれた。そして素直にその場に腰を下ろす。私はそれを横目で確認して、ほっとした。

……これで猫達も近付きやすくなっただろう。

私の背中側から猫達がそろりと集まってくる気配がして、よしよし、と内心ほくそ笑む。

だけど、今のこの体勢で大神部長に下から顔を覗き込まれたら、素顔が見えてしまうかもしれない。顔の高さをある程度揃えた方が、眼鏡がいい働きをするのでは？

少し迷ったものの結局、私もその場に腰を下ろして、様子をうかがう。

だけど思っていた以上に猫達は慎重だった。掴みは良かったのに、なかなか近付いてきてくれない。アドバイスした手前もあり、続く沈黙に居た堪れなくなった私は、若干声を高くして大神部長に質問を投げてみた。

「猫、お好きなんですか」

「ええ。男一人でこんなところに来るくらいですから」

意外にもあっさりと肯定されて、少し驚く。

そうか。もしかしたら罰ゲームの可能性もあると思っていたけど、大神部長、普通に猫好きでここに来たんだ……。

思いがけない同好の士の登場に盛り上がりたくなるけれど、さすがにそんな危険は冒せない。

続ける言葉に迷っていると、大神部長は私が口を開くよりも先に、自嘲気味に笑って首を竦(すく)めた。

「だけど、どうやら猫には嫌われる性質(タチ)みたいです」

……思いっきり大神部長が避けられているのを見た上で声をかけたので、今更「そんなことないですよ」なんて見え透いた否定はできない。

確かに男の人だし、大きいから猫達が怖がるのはわかる。……だけど、それだけであんなに避けられるものだろうか。

先程の様子を思い出して私は首を傾げた。

「……あの、ずっとあんな感じですか？」

思わず尋ねた私を意外に思ったらしく、大神部長はわずかに目を見張ってから、少し考えるように視線を天井に向け顎(あご)を撫でた。

「まぁ、前から特別好かれる感じではなかった……が、最近は特に嫌われている気がするな」

そうは言いつつも、大神部長はどうやら無理に猫達に触るつもりはないらしい。

その時点でかなり好感度がアップし、どうにか触らせてあげたいと思った。周囲をうかがうけれど、まだまだ猫達の警戒心は解けておらず、一定の距離を保ったままだ。

……だけど、猫好きなのに嫌われるとか、かなり切ない。

雰囲気が怖くても、よっぽど臆病な猫以外なら時間をかければ慣れてくれるし、このお店の子は大部分が人懐っこい子だ。今日は残念ながら閉店まで一時間を切っているから難しいけれど、今度来ることがあったら二時間コースを勧めてみようかな。

そう思って、顔を上げたその時。

――あ。

私は目の前の大神部長の表情に声を上げかけ、慌てて口を閉じた。

眉は厳めしく吊り上がったままだけれど、緩んだ目元に皺が浮かんでいて、それがいくらか彼の雰囲気を柔らかくしていた。視線の先はトンネルで追いかけっこをしている猫に注がれていて、ちらりちらりと猫の顔や尻尾が見えるたびに、やんわりと口の端が上がる。

――銀行では見たことがない優しい表情に、思わず目が釘づけになってしまう。

……こんなレアな表情、初めて見た。

松岡さんだったら写真を撮っていたかもしれない。

なんだか、ちょっと緩んでいる……というか、ぼうっとしている感じ。普段とのギャップが大きすぎてなんだか可愛く見える……と、驚いていると、大神部長はふっと俯いて欠伸を嚙み殺した。

すぐに顔を上げたけれど、その目は少し潤んでいて瞼も若干重そうだ。

……あれ、ちょっとお疲れ……？

確かに銀行にいる時とは違い、その表情は冴えない……というか、今更だけど顔色があまり良くない気がする。

実際、スーツを着ているくらいなのだから、日曜日の今日も仕事だったのだろう。

休日出勤をしなければならないほど、法人営業部は忙しいのだろうか。

本社からの成績優秀賞の報奨金で、窓サである私も銀行内の飲み会の会費が安くなったり、営業成績の目標が緩くなったりと大神部長の恩恵を受けている自覚はあるので、なんだか申し訳なくなってきた。

暖房が暑かったのだろうか、大神部長がコートと上着を脱いだ。シャツ一枚になったことで男らしい体躯が露わになり、きゃあっと、飲食スペースで歓声が上がった。

歓声の主は、すっかり頭から抜け落ちていた例の女子高生グループだ。耳を澄まさなくても、声をかけようかと相談している声が聞こえてくる。

……どうやら、ずっと見ていたらしい。

ここは猫カフェであって、出逢いの場ではない……と言い切るつもりはないけど、明らかに大神部長がそんな気分じゃないのはわかる。

他のお客さん達も、若干居心地が悪そうだ。

女子高生がこっちに来るかなーと気にしていると、大神部長が不意に口を開いた。

「気を遣わせて悪いな」

苦笑混じりの謝罪には、今の女子高生の反応以外にも色々含まれているのだろう。例えば受付の新人さんを怖がらせたことや、猫達や他の常連さん達の反応とか。

咄嗟（とっさ）に顔を上げてしまったけれど、幸いなことに大神部長はキャットタワーを見たままだった。

慌てて、顔を見られないよう下を向いて、だけどちゃんと否定する。

「いえ、ご来店いただけて嬉しいです」

猫好きならどなたでも、というのが、ここ猫カフェ・ノアールの基本姿勢だ。

「男一人で来るところでもないだろう、と今まで避けてきたんだが……看板を見かけて、つい、な。ふらふら入ってしまった」

言葉の途中で大神部長は欠伸（あくび）を噛み殺す。よほど疲れているのか今にも眠ってしまいそうだ。

確かに男一人で猫カフェに来るのは、なかなかハードルが高い。

だけどそんなに猫が好きなら、どうして飼わないんだろう。

確か大神部長は一人暮らしだったはずだ。家で飼えばわざわざ猫カフェに来る必要もないし、何より自分の猫というものはとても可愛い。

当然であろう私の問いに、大神部長は淡々と答えた。

「飼っても忙しくて構ってやれそうにないからな」

返ってきた言葉に、また好感度が上がる。

自分の生活リズムや住環境をちゃんと考えて、『好きだけど飼わない』という選択肢を選んでいる人は、責任感があっていいと思う。世の中にはペット禁止物件なのに、バレなきゃいいと思って安易に飼って、大家さんにバレて捨てる、なんて人もいるのだから。そんな風にしてもらわれてきた猫が、この中にも何匹かいるので、余計にその気持ちは強い。

「君も飼っているのか？」

そう尋ねられて素直に頷くと、どんな猫？　と質問が重ねられた。

猫のことを聞かれると、反射的に答えるスイッチが入ってしまう。

「茶トラのクールな男の子と、人懐っこいサビの女の子です。カイとモコっていう名前の、姉弟猫なんですよ」

そう説明すると、「いいな」と子供みたいな感想が返ってきて、ほっこり胸が温かくなる。

それで、とつい猫話を続けようとした時、てしてしと何かが背中を叩いた。

振り向くと、先程逃げていったタロウと目が合う。

「あ、この子！　抱っこ好きなんですよ」

もしかして抱っこさせてくれるかな、と期待して紹介すれば、タロウはたたたっと私の背中を駆け上がって肩に乗った。小柄とはいえ成猫なのでちょっと重い。

私の首元から顔を出し、大神部長に顔を向けて何度か鼻を蠢かす。髭が頬に当たってくすぐったいと思った瞬間、タロウが大神部長に向かってジャンプした。

そして膝の上に綺麗に収まると、大神部長の指をしきりに舐め始める。

「今！　ささみ、あげてみてください」

突然懐に飛び込んできたタロウに驚いている大神部長にそう伝えると、彼は慌てて絨毯の上に置いたままだった小皿からささみを摘み上げた。

タロウはじゃれるように両手を使ってそれを掴み、仰向けの体勢で勢いよくはぐはぐと食べ始める。

それが合図だったように猫達が集まってきた。大神部長の膝の上に猫達が手を乗せたり、腕に乗ろうとしてくる。大神部長は目に見えて嬉しそうな顔をしていて、思わず私も頬が緩んだ。

長身の――ちょっと強面の男の人が、猫に囲まれているのってなんか可愛い。

しかも狼と猫だよ。夢の競演かも。

さっきまでつれなかったミルクちゃんも興味を持ったらしく、そろりそろりと近付いてきた。

慌てるでもなく大神部長の膝の上に手を置いて、にゃあ、とささみを催促する優雅な姿は、さすがこのカフェの女王様である。

大神部長が表情を緩ませて差し出したささみにタロウが手を出そうとして、シャアッとミルクちゃんが怒る。それにも怯まずしれっと横取りしたタロウは、瞬時に身体を反転させて走り去っていった。

「許してやれよ。まだあるから」

笑ってから大神部長は最後の一個をミルクちゃんに渡した。

今度はしっかりささみを抱えこんだミルクちゃんは、大神部長の膝を跨ぐとその場で食べ始める。

そしてあっという間に食べ終えると、ミルクちゃんは少し浮いていた大神部長のネクタイでちょいちょいと遊び出したのだ。

女王さまの首を傾げる可愛い仕草に、思わず携帯を掴む。

宣伝素材用としてスタッフも猫の写真を撮ることを許可されているのだ。

「可愛いな……」

「ですよね！」

私の心の声とあまりに同じタイミングでそう呟かれたので、思わず食い気味に同意してしまった。

知らない間に随分距離が近くなっていたらしい。ふと気が付くと、お互いの膝はくっついており、十センチ以内に大神部長の顔があった。目が合った瞬間、大神部長の目が驚いたように丸くなったのがわかった。

「君……」

驚いたような声に、背筋がひやりとする。

バレた？　今、確実に驚いた顔をしてたよね⁉

慌ててずれた眼鏡を押さえて俯（うつむ）くものの、頭頂部に刺さる視線が痛い。

そして何よりこの沈黙。何もないってことはないだろう。

やっぱり仕事のできる人は、すれ違うレベルの人の顔でも覚えられるのだろうか。

「……」

いつまで経っても黙ったままの大神部長に、もういっそ駆け出して逃げちゃおうか、と思う。

だけど仮にそうしたって、会社が一緒なのだから待ち伏せされたら意味はない。いや、待ち伏せなんてする必要もない。仲がいいらしい支店長に『窓サの子が副業してる』って言うだけで、私は終了だ。

それはマズイ！　だって私には養わなければいけない猫が二匹もいるのだ！

……さっき話した感じでは噂よりも怖くないし、何より同じ猫好きだ。素直に頼めば今回くらい見逃してくれるんじゃないだろうか。

それならさっさと謝った方が印象がいいかも……？

頭の中で考えることコンマ数秒。

私はミルクちゃんがびくっとするくらい、勢いよく頭を下げた。

「すみません……！　うちの銀行が副業禁止ってことはもちろん知ってます！　だけど、ここ友人の店でスタッフが足りない時だけ手伝ってるんです！」

他のお客さんの手前小声で、でも真面目にそう説明する。けれど、大神部長は返事すらしてくれない。

「あの、だから支店長には言わないでもらえると嬉しいんですけど……！」

ますます焦って一気にそう言い放ったものの、やっぱり返事はない。

いったい、どうしたんだろう。

ちらりと顔を上げると、大神部長はなぜか私をじっと見つめ、驚いてる……ッポイ？

……あれ、もしかして私、早まった……？　最初に思ったとおり、私が同じ銀行に勤めているのなんて全然知らなかった……？

え、じゃあ、さっきの沈黙と驚きの表情は一体⁉

パニック状態で次の言葉を探しているうちに、大神部長ががらりと表情を変えた。

その表情は先程猫を見ていたものとは全く違う。

一度だけ見た、商談をまとめている時の表情と同じものだった。ノーとは言わせない威圧感と、同時に彼に任せておけば大丈夫という頼もしさ——そしてどこかゲームを楽しむような余裕めいた瞳が印象的で。……端的に言えば、いかにも獲物を狙う狼っぽい。

……背中が寒くなったのは気のせいだと思いたい。

自身の顎（あご）を親指と人さし指で撫でる大神部長を見ているうちに、なんだかいたぶられている気分になってきた。

沈黙に耐えかねた頃、大神部長がようやく口を開いてくれた。

「そうか、うちの銀行に勤めてたのか。確かにうちの支店長、そういうところには厳しいもんな」

やっぱり自爆していた……！

自ら（みずか）暴露してしまった間抜けさ具合にその場に突っ伏したい気分だったけれど、存外優しげな口調に、私は一筋の希望の光を見出した。

これはイケる！

「っお願いします。今日で最後にしますから見逃してください！」

副業をしていた女子社員が、停職になったことがあると、以前松岡さんから聞いた。しかも、結局居づらくなってそのまま辞めてしまったとか……

そろりと顔を上げると、大神部長の顔にはわかりやすく、楽しそうな表情が浮かんでいた。

「あの……？」

「どうするかな。支店長とは昔からの知り合いなんだ。あの人の査定にも響くだろうし……」

「そ、そこのところをなんとか……！」

まずい。このままじゃ職なしだ。自分はともかく、カイとモコを飢えさせるわけにはいかない……！

頭の中をフル回転させると、なぜか脳内でモコが追いかけてきた。ふわっとしたその尻尾を掴むように、ぴん、と閃(ひらめ)いた。

そうだ！

「あ、あの！　良かったらウチに遊びに来ませんか！」

「え？」

「さっきも言ったとおりウチにも猫がいます！　えっと、ほら！　こういう場所にはやっぱり来づらいですよね？　うち、一匹はものすごく人懐っこくてお客さん好きなんで、好きなだけスキンシップできると思います！」

名付けて『猫で気を引いて仲良くなってしまおう』作戦！

ぐっと拳を握り締めて力説すれば、大神部長は私の勢いに驚いたらしく、数回目を瞬（また）かせた。

そして戸惑ったように顔を傾ける。

「……家に遊びに行ってもいいってことか？」

「え？　そう言ってるつもりですけど……」

「……まぁ。そうしてもらえると嬉しいが」

――お、いけそう！

確かな手応（てごた）えを感じて、心の中でガッツポーズをしかけたその時――がしゃんっとガラスが割れる音が店の中に響いた。

「きゃあ！」

次いで聞こえた悲鳴に、慌ててそちらを見る。

いつのまにか猫スペースに入ってきていた女子高生が、猫スペースと飲食スペースの間にある扉を、開けっ放しにしていたらしい。猫が飲食スペースに入り込んで、食器をひっくり返してしまったようだ。再び、がしゃんと食器が割れる音とお客さんの悲鳴が聞こえ、私は慌てて立ち上がった。

「すみません！　続きはまた！」

そう言って大神部長を残して駆け出し、猫スペースの扉をきっちり閉める。

出ていったのは悪戯好きな猫が三匹だった。

受付の女の子が一匹確保するのを確認してから、飲食スペースを見回してあとの二匹を探す。

騒ぎに気付いて出てきた麻子がもう一匹を確保し、残りの一匹は苦労の末、私が確保した。

その後、猫達の可愛い肉球を傷つけるわけにはいかないので、すぐに掃除道具を取りに行く。

お客さんに対してはすでに麻子がフォローしており、女子高生のグループはそそくさと逃げるようにお店から出ていった。本当に最後まで人騒がせなグループだ。

「ガラスが刺さってないか、チェックしてくるね」

一旦三匹をケージに入れ、怪我をしていないかチェックをすると、幸いなことに上手に避けたらしく傷らしきものはなかった。ひっくり返したのはコーヒーカップだったので、火傷していないかも確認するけれど、中身は温くなっていたようで、そちらも大丈夫そうだった。

だけどコーヒーを直接被ってしまったので、毛色はすっかりまだらに染まっている。

もちろんそのままにしておくわけにはいかず、給仕係のスタッフと二人がかりで手早く洗い上げた。

そうこうしているうちに、いつのまにか閉店時刻になっていたらしい。

麻子にドライヤーのある場所を聞こうと一旦飲食スペースに戻ると、後片付けをしていた麻子が手を止め、にやにやしながら近付いてきた。

「もう和奏が驚かせるから焦ったけど、うまいこと話はついたみたいね。彼、最後まで和奏のこと待ってたわよ～」

……すっかり忘れていた大神部長の存在。

そういえば話も途中でほっぽり出したままだった。

だけど最後まで待っていた――なんて、よほど家に来る話を詰めたかったのだろうか。

思わず考え込んでしまった私の隙をつき、バスタオルで包んでいた猫が、急に暴れて腕から飛び出した。

「いたっ！」

おそらくシャンプーが不本意だったのだろう。腕に派手な猫パンチを喰らってしまった。袖を捲(まく)っていたせいで剥(む)き出しだった腕に薄く血が滲(にじ)む。

……まさに踏んだり蹴ったり。

そんなことを思いながら、私は再び捕まえた猫を宥(なだ)めて、丁寧に水分を拭きとっていったのだった。

†

——ありえない場所で、ありえない人と鉢合わせてしまった翌日は月曜日で、ただでさえ気が重い。その上ガラス越しに見える雨にやむ気配はなく、いっそう気分が滅入ってきた。

お昼少し前の今は、お昼休みにやってくるお客様に備えるようにすっと波が引く時間帯だ。

手持ちの仕事を終え、手持ち無沙汰(ぶさた)気味に机の上を整理していると、松岡さんが声をかけてきた。

「ねぇ、あの子。本社から出向してきた新人じゃない？」

耳元でぽそりと呟いた松岡さんの視線を追う。すると、階段脇のＡＴＭコーナーに、ワンピースにノーカラーのジャケットを合わせた清楚な雰囲気の女の子がいた。その首には名札がかかっている。

確かに松岡さんが言うとおり、今年本社から出向してきた新卒の女の子だ。

確か渉外部（しょうがいぶ）に配属された子で佐々木（ささき）さん、だったと思う。本社から出向してくる新卒は、一年後には本社に戻る有名大学出身ばかりのエリートさん達だ。そういえば、今年の新人女子はとても可愛いと男性社員が盛り上がっていたっけ。

「あの子、就業時間内だっていうのに堂々とＡＴＭ使ったわよ。部長に見つかる前にさっさと行けばいいのに」

松岡さんの言葉に少し驚いて、私は背後を振り返る。

そこに部長の姿はない。そういえば、上役達は会議でこの場にいないんだった。

ほんと、いなくて良かった。窓サ部長は怒鳴って叱るタイプなので、聞いているこちらも嫌な気分になるし、職場の雰囲気も悪くなるので見つからないに越したことはない。

用事が終わったのなら、早めに業務に戻ってほしい。

だけどこちらの心配をよそに、佐々木さんはその場で、仲がいいのだろう窓口の派遣の女の子とおしゃべりを始めた。……バレたら結構な問題になるのだけれど、もしかして二人とも知らないのだろうか。

「――大神さんが――」

不意に彼女達から聞こえた名前に、ぎくっと心臓が跳ねた。

きゃあきゃあ騒いでいるところを見ると、どうやら彼の話で盛り上がっているらしい。

一瞬無言になった私はそろりと松岡さんを見て、さりげなく尋ねてみた。

「あの、相変わらず大神部長モテモテですね……」

松岡さんは「お」と笑顔を作って私を見る。

「ナニナニ？　宮下さんもオオカミ部長に興味出てきた？」

「……単なる好奇心です」

「またまたぁ。オオカミ部長がモテるなんて今更よ？　赴任した時の騒ぎ以降みんな表立ったアプローチはしてなかったけど、ここ最近の活躍がまたすごいしね。新しく入った派遣の子達は前の騒動を知らないし――」

ふと、松岡さんの言葉が止まった。視線が一点に向かっている。そちらを見ると、階段から誰かが下りてきたところだった。会議室は二階にあるから部長かと思ってぎくりとしたけれど、やってきたのは長身のパンツスーツ姿の若い女の子だった。

後ろ姿だけでもわかるスタイルの良さに感心していると、その子が佐々木さんの前で立ち止まる。仲のいい雰囲気から、どうやらあの子も新卒の出向組らしい。横顔しか見えないけれど、確かに彼女にも見覚えがある。

「ああ、ホラ。あの子、榎本（えのもと）さん。あの子も大神部長狙いらしいわよ」

「へぇ」

改めて見ると、遠目にもわかるくらい美人で背が高い。

ツンとした感じがノアールのミルクちゃんに似てるなぁ、なんてつい明後日（あさって）なことを考えていると、殊更声をひそめた松岡さんの言葉に一気に現実に引き戻された。

「特にあの榎本さん。大神部長と同じ法人営業部に配属されてさぁ、やっかみがすごかったらしいけれど、誰に対しても物怖じしない気の強さと優秀さで全部撥（は）ね除けたっていうんだから、最近の若い子は強いわよね」

「えぇ⁉ すごっ！　ホントですか」

もちろん、私にはそんな気概も優秀さもない。

美人の新人が大神部長と同じ部署になっただけでやっかまれた、っていうのはなんとなく聞いた記憶がある。すぐに更衣室の話題に出なくなったのですっかり忘れていたけれど、そんな経緯があったのか。

……あんな美人なら、お似合いだと誰もが納得しそうなのに。

うわぁ。彼女でそれなら、地味な私が大神部長とわずかでも接点なんて持とうものなら、面白おかしく噂されるか、嫌がらせされるか……想像すらつかない。

「なんかすごいですね……」

もはや私の口からは、乾いた笑いしか出てこない。榎本さんの綺麗な立ち姿を茫然と眺めていると、その肩越しに、楽しそうにしゃべっていた佐々木さんと目が合った。私と松岡さんを交互に見つめて、長い睫毛をぱちぱちと瞬かせる。

それからふっと鼻で笑ったかと思うと、ちょっと内緒話をするみたいに二人に顔を近付ける。こちらを指差して何か言っているのがわかった。その口元は緩く弧を描いていて、明らかに悪口を言っている雰囲気だ。……わかりやすく感じが悪い。

こっちも噂話をしていたからお互い様だけど、松岡さんも私も一応先輩だ。むしろ勇気があるなぁ、と感心してしまった。……佐々木さんも、榎本さんに負けず劣らず気が強そうだ。

「……先輩に向かっていい度胸だわ、あの佐々木って子。清楚っぽく見せてるけど、女の子達の評判は悪いわよね。就業時間内にATM使ったの、チクってやろうかしら」

笑顔で物騒なことを言い出した松岡さんを「まぁまぁ」と宥めているうちに、三人はそれぞれ散り散りになった。榎本さんは、そのまま営業に出るのだろう。二人と別れて外へ行き、派遣の女の子も自分の定位置に戻った。呑気に二人に手を振っていた佐々木さんも、入ってきたお客様の流れに乗るようにエレベーターに乗って、自分の部署へと戻っていった。

「いらっしゃいませ――」

それから続々とお客さんがやってきた。十二時を過ぎるとさらにどっと増え、発券機の番号が溜まっていく。それを捌きながらも、頭の隅っこに昨日見た、猫と戯れる大神部長の顔がちらちらと過(よぎ)って、なんだか集中できなかった。

その後――私はお昼休憩を使い、他の女子社員からさりげなく大神部長についての情報を集めて回った。

その結果、わかったことは大神部長は思っていた以上にモテるということ。

この支店だけではなく、本社にもファンがいるらしく、取引先でも大人気。松岡さんに聞いた新卒の二人、特に榎本さんはかなり本気らしく、積極的にアプローチしているらしい。……私が大神部長を家に呼んだなんてバレたら……

「……」

終業時刻まで思い悩んだ末、私は申し訳ないと思いつつも、彼とは関わらない方がいいと結論付けた。つまり、ノアールで大神部長に会ったことを綺麗さっぱり忘れることにしたのである。

なぜなら情報収集している途中で、ふと思い出したからだ。彼が私を知らなかったことを。

……幸いなことにあの時、私は名乗ってはいないし、所属先も言っていない。うちの支店は派遣や外交員を合わせたら結構な数の女子社員がいるし、その上あの時、私はすっぴんの伊達(だて)眼鏡だった。それに屋内だったからヒールも履いていない。目線が変わると印象も変わるはずだし、顔を合わせることがあっても、声を聞かれない限りは気付かれないのではないだろうか。

そう思い付いてしまえば、後はもう楽な方へと流されるのが私という人間なのである。

いや、うん。わかる、わかる、わかるよ⁉ 自分から猫見に来ますか？ とか提案しておいて、知らないふりをするなんてありえないってことは。

だけど、今日ちらっと大神部長の名前を出しただけで、「いいよね〜！」とか「憧れる」とか夢見がちに語った女の子達の多いこと！ ある意味『オオカミ上司』はアイドルみたいな存在なのである。そんな中、大神部長と仲がいいなんて噂にでもなったら、一人抜け駆けしたように思われてしまうだろう。

……そもそもあのモテっぷりなら、私じゃなくても、猫を飼っている女の子の一人や二人簡単に見つかると思うんだよね。ホラ、榎本さんが猫飼ってるかもしれないし！

心の中で罪悪感を薄めるための言い訳を繰り返し、普段どおりのちょっと忙しい月曜日を何事もなく過ごした私。その日の夜には、すっかり肩の荷を下ろした気分になっていた。

しかし、その次の日。

「わっ、オオカミ部長……！」

誰かが呟いた声に、窓口の後ろで事務作業をしていた私は、咄嗟(とっさ)にその場にしゃがみ込んだ。

そう。なんと朝から、滅多に窓口に来ないはずの大神部長が顔を出したのである。

『誰か』を探すように窓口を見回し、すぐ近くにいたコンシェルジュが、そんな彼に用件を聞こうとすると「いい」と断り、すぐに立ち去った……らしい。

これはしゃがみ込む私に「……何してんの？」と怪訝そうに尋ねてきた松岡さんから聞いた話だから、どこまで真実かはわからないんだけど。

「ケーブルに足引っかけちゃって！」

なんて苦しい言い訳をしつつ、跳ね上がった心臓を宥めるべく胸を押さえる。

た、たまたまだよね……？　と自分に言い聞かせたものの、あろうことかその次の日も、大神部長はロビーに顔を見せたのである。

今度は顔見知りらしい営業に話しかけ、そのまま結構な時間、ロビーにいた。

その後、大神部長が帰ってから女子社員がその営業に何の用事だったのかと聞くと、法人のお得意様の会社で仲良くなった人が、個人的に投資信託を申し込みたいという話を持ってきてくれたらしい。

今月の投資信託の目標契約数が足りていなかったから、営業も窓口ももちろん感謝し、大神部長の株はますます上昇した。もちろん私も営業目標のプレッシャーから解放されたけれど……正直、別のプレッシャーがすごい。

その次の日も大神部長はやってきた。その仕草や視線から、確実に『誰か』を探していると確信する。

こわいこわいこーわーいーー！

気分はまさしく、狼に捕食される前のウサギである。

しかも他の人達も大神部長の動きには気付いており、オオカミ部長の探し人は誰だ、なんて噂になってしまった。幸いなことに大神部長は具体的に、銀行で働いている女の子を探しているとか、その探し人がチビだとか童顔だとかは口にしていない。だから窓口では、彼の探し人は今のところ『お客様の誰か』ということになっている。ちなみに窓口に来るのは、法人・渉外（しょうがい）には新人以外に若い女の子がいないからだろう。……あえて私の身体的特徴をあげて探さないのは、彼が自分の女子社員への影響力を知っているからかもしれない。

もちろん毎回隠れることなんてできるわけもないから、おそらく何回かは顔を見られている。

だけど身長と化粧、そしてバイトの時に無造作に下ろしていた前髪をきっちり分けて斜めに流し、後ろもひっ詰めているおかげか、いまだその鋭い瞳が私を捉えることはなかった。……前髪の印象はやっぱり大切である。ババくさいわよ、と松岡さんに言われてもやめることはできない。

そうして、のらりくらりと大神部長をやり過ごすこと数日。

「そうそう。昨日もオオカミ部長が窓口に来たのよ。今日来たら五日連続ね！」

朝礼が始まるまで担当の窓口に座っていると、すでに準備をしていた松岡さんが、朝の挨拶もそこそこにそんな言葉をかけてきた。大神部長の窓口来襲は、今ではちょっとしたイベントごとになっている。

ちなみに私は昨日、有給休暇を取っており、ここ最近の心労を癒すべく通販で買ったばかりの新しい玩具で、モコとカイと思う存分遊んできた。そのせいかもしれない、大神部長にやけに後ろめたさを感じるのは。

「……へぇ」

引き攣った顔を見られないように、机の上を整理するふりをしながら、さりげなく俯く。

「ちょっとでも話すために、ロビーのコンシェルジュを担当したい、ってみんな取り合いよ。窓口はお客様がいると話せないからって」

そういえば今朝の更衣室は騒がしかった。

朝からどうしてじゃんけんをしているのかと思っていたけれど、そんな事情があったとは。

そして本日も大神部長来襲。

早速、じゃんけん女王となった女の子が果敢に話しかけに行くけれど、クールに追い払われていた。私は窓口で俯き、仕事をしているふりをしてやり過ごす。

そしてそんな心臓に悪い時間を乗り越え、迎えた開店時刻。一番にやってきたお客様は、常連の呉服屋さんの奥さんだった。かなりお年を召しているけれど、シルバーグレイの艶のある髪を綺麗にまとめ、その季節にあった着物を身につけていて、所作も美しい素敵な女性だ。

「早乙女さん。では判子をお預かりしますね」

今はもう滅多に見ない象牙の判子は、モダンな縮緬のがま口に入っていて、それだけでセンスの良さがうかがえる。万が一にもそれが汚れないよう、使った後は、綺麗に朱肉を拭いてお返しした。

地方の支店ならではなのか、先祖代々続いている会社の経理さんと窓口が仲良くなることも多い。早乙女さんもそんな中の一人だ。

「ありがとう」

「いいえ。今日も素敵なお召し物ですね。帯留めもすごくお洒落」

季節をそのまま映したような鶯色の訪問着が爽やかで、溜息をついてしまう。フロアに早乙女さんしかいないので、これくらいのおしゃべりは許されるだろう。

そもそも振り込み詐欺の防止のためにも、うちの支店では積極的にお年寄りに声をかけるようにしているのだ。

「あら。若い人に褒めてもらえると嬉しいわねぇ。ありがとう」

そう言ってきちんと口紅を引いた唇を指先で隠し、上品に微笑んだ早乙女さんにちょっと心が癒された。

いつ見ても素敵なおばあちゃんだ。あんなふうに年を重ねられたらいいなぁ。

しゃんと伸びた小柄な背中を見送っていると、後ろから肩を叩かれた。

振り向いた先にいたのは、松岡さんだ。

「今日、桐谷課長が投資信託の上半期目標達成したから、食堂で奢ってくれるらしいわよ」

昨日私が休んだ時に、そんな話になったらしい。

桐谷課長というのは、私と松岡さん、そしてもう一人、私から見て後輩にあたる田中さんの直属の上司である女性課長だ。

うちの支店の窓口には部長が一人、課長が三人いて、それぞれの課長に二人か三人、私のような平社員がついている。桐谷課長は厳しい面はあるものの、優しく頼りになる上司で、他の窓サのグループからは結構羨ましがられていた。

やった！　お昼代が浮く――能天気にそう思ったのは一瞬。

すぐに、今このタイミングで食堂に行って、大丈夫だろうかと心配になった。

そう。食堂イコール共用スペースだ。大神部長と鉢合わせする可能性がある。

でもせっかく誘ってくれたのに、断るのも気が引ける。

そもそも窓口はともかくとして、法人や渉外の営業は外回りが多いので食堂で昼食を食べることはほとんどない。私も週に二回は食堂に行くけれど、これまで大神部長を見たことは一度もなかった。

……うん、まぁ大丈夫だよね？

決して目先の餌に釣られたわけじゃない。それに大神部長が窓口に来た時に何度かすれ違ったけれど、まったく気付かれなかったので、妙な自信もついていた。

その後、お客さんが多かったこともあり、あっという間に時間は過ぎ、時計の針は一時半。

グループみんなで行く、ということなので、先にお昼休憩を取っていた他のグループと交替して席を立った。

地下にある食堂は人気があり、通常のお昼休みはいつも混んでいる。でも、今の時間はそうでもないみたいだ。早めに来ていた田中さんが席を取ってくれていたので、そこに腰を落ち着けた。

観葉植物で区切られ独立した形になっている四人テーブルに座り、課長が奮発してくれたA定食を前に手を合わせる。A定食は会社の食堂なのにお刺身がついていて、千円近くもするセレブメニューなのである。

ほくほくしながら課長にお礼を言って、久しぶりのお刺身の味を噛みしめる。

お刺身美味しい……。家ではカイが食べたがるから、落ち着いて食べられないんだよね。

世間話をしながら和やかにお昼を食べていると、一足早く食べ終えた課長がお茶を飲みながら口を開いた。

「本当は呑みにでも誘おうかと思ったんだけど、そんな時代じゃないしねぇ。せっかくの金曜日に上司に付き合わせるのも悪いかと思ってランチにしたのよ。でも食堂でごめんね」

申し訳なさそうに眉尻を下げた課長に、お刺身を頬張っていた私よりも早く、松岡さんが首を振った。

「むしろ夜だと子供の預け先に困るし、ランチ会の方が助かりますよ」

最近の若手は上司との飲み会を嫌がる子が多いらしい。私も呑むのは嫌いじゃないけれど、あまり酔わないせいか介抱役にまわることが多いので、こうしてランチを奢ってもらえる方が気楽で嬉しい。お酒は麻子や気の置けない友達と、猫を愛でながら呑むのが一番美味しいし楽だ。

お刺身を呑み込んで「私もです」と同意する。田中さんも頷いて口を開いた。

「私はどっちでもいいですけど、明日朝早いので、今日はランチの方で嬉しいです！」

「どこか行くの？」

「はい。横浜まで遠征です」

今時の若い子は遠くでやるライブに行くことを、遠征というらしい。彼女とは三つしか変わらないはずだけど、こういうところにちょいちょいジェネレーションギャップを感じる。

「三連休だもんね。宮下さんは？」

「私は特に何もないですよ。家でゆっくりしようと思って」

「猫と遊ぶんでしょ」

いつもどおりの遠慮のなさで松岡さんに言われて、むっとしつつも頷く。

「猫と一緒にのんびり過ごしますよ。あ、昨日撮った写真見ます？」

「いらんわ」

いつもの一連の流れを披露すると、それを見ていた二人が噴き出すように笑った。

……休みに好きなことをして何が悪いのか。課長と後輩の、微妙に可哀想な子を見る目が痛いんだけど。

まぁいいか。こっそりと溜息をついたのと同じタイミングで、背中側からちょっとハスキーな女の子の声がした。

「――大神部長はどう思われます？」

一瞬、頭の中が真っ白になる。

投げかけられた問いに淡々と答える声は間違いようもなく、あの大神部長のものである。

ぎぎぎ、と音がしそうなほどぎこちなく振り返った私の視線の先には、なんと避けに避けていた、あの大神部長が鎮座していらっしゃった。

最初に座った時には、人が多いこともあって気付けなかった。

どうやら向こうはランチミーティング中らしい。忙しい部署は大変ですね！　と、慌てて顔を戻そうとしたところで、ばちっと目が合った。

大神部長が目を見張ったような気がして、ぱっと顔を元の位置に戻して――すぐに後悔する。

やばっ……今の、すごい不自然だった！

せっかくのお刺身を味わう余裕もなく水で流し込んで、私は食べ終わったトレイを持って立ち上がった。

「課長すみません！　あの、歯医者に予約の連絡入れるの忘れちゃってて、先に戻ってますね」

食べている間に考えた言い訳を口にしながらも、どうしても後ろが気になってしまう。

声を聞かれると本当にバレるかもしれないので、音量を抑えて言ったけれど……大丈夫かな。

今も歯が痛いと思ったらしい課長が「大丈夫？」と気遣ってくれる。その優しさに良心の呵責(かしゃく)を感じつつ「大丈夫です。ごちそうさまでした」と頭を下げ、その場からそそくさと離れた。

食堂を出て、少し迷ってからエレベーターじゃなく、普段あまり使わない非常階段へ向かった。

まぁ、まさか追いかけてはこないと思うけど……

人気(ひとけ)がないせいかひんやりした階段スペースの空気に身体を震わせ、両腕を擦(さす)る。少し気合を入れて階段を上ろうとしたその時。

「……っ！」

大きな手に肩を掴まれ、思わず叫びかけてしまった。

……心当たりは残念ながら、ある。

逃げてしまおうとする本能を抑え込んでゆっくりと振り向くと、そこにはこめかみに青筋を浮かせたまま器用に笑顔を作る大神部長の姿があった。

全身から噴き上げる捕食者のオーラに、今度こそ悲鳴を上げた。慌てて口を押さえたけれど、いっそ誰かに聞かれて助けてもらった方がよかったかもしれない。

「やっと見つけたぞ。月曜からちょこまか逃げ回って、いい度胸だな？」

いっそ甘いと錯覚するほどの声でそう囁かれるけど、その底には剣呑な響きがある。

めちゃくちゃ怒ってる――！

私の肩に置かれた手が器用に動いて、くるり、と身体を返された。

距離の近さに驚き後ずさると壁へと追い詰められる。背中に伝わるコンクリートの冷たさが、否応なしに緊張感を煽った。

猫カフェで話した時は、もうちょっと柔らかい雰囲気があったのに、今はもう別人かと思うほどの禍々しさだ。むしろコレがオオカミ部長の真の姿かもしれない。何が彼をこんな風に変化させたのか――いや、考えるまでもない、私への苛立ち一択だ。

顔を背けつつ「逃げてなんかイマセンヨ」と答えるが、自分でも上擦っているのがわかった。

完全に逃げていた後ろめたさがあるので、気分は羊飼いの少年である。

すると大神部長の笑みがますます怖い方向に深くなり、飛び上がりそうになった。

「ほう。で？　俺はいつになったら家に招待してもらえるんだ？」

「あいにくですが！　今週は実家に帰らなくてはいけなくてですね！」

「そうか。食堂でのんびり猫と過ごすって言っていたのは、俺の聞き間違いか」

聞こえてた――！

ん？　とそれはもう怖いくらい優しい仕草で顎を持ち上げられて、じっと顔を覗き込まれた。

部長の彫りの深い顔立ちに影が差し、迫力が増す。

「……それにしたってイメージ変わりすぎだろう。もうコレ擬態に近くないか。身長は……ああ、ヒールか」

呆れが含まれた声と共に溜息が額にかかる。それほど距離が近いということだ。

左手を壁につき、進行方向を塞ぐこの体勢。

あ、これが昔一世を風靡した壁ドンか――なんて明後日な逃避をしていたら、今更ながらこの体勢が恥ずかしくなってきた。

男の人とこんなに近いとか久しぶりすぎて、何だか手とか視線とかどうすればいいのかわからない。俯くと余計に赤くなりそうな気がして顔を上げると、大神部長は屈んでいるのか、顔が同じ高さにあった。

――ホント、雰囲気は怖いけれど顔はかっこいいんだよなぁ……

脳が現実逃避し出したのか、改めてそんなことを思って、じっと見つめてしまう。大神部長と視線がぶつかると、彼はわずかに驚いたような表情をした後、目を眇めた。

すっと伸びた指先が私の額に触れる。

何をされるのかと身構えると、固めた前髪を指で崩された。どうやら本当に私かどうか確認しているらしい。時々、指が薄い皮膚を掠めてくすぐったい。

首を竦めて耐えていると、ようやく確信したのか前髪から指が離れていった。

かと思ったら、大きな手で再び頭を撫でられる。不意に耳に手が触れた。

とうとうくすぐったさに我慢できなくなり身を捩ると、大神部長はまとめ髪からほつれた一筋の髪を摘むように掬い取った。

「お前、こんなひっ詰めて痛くないのか」

「い、痛い、ですけども」

突然問いかけられ、反射的に答えてしまう。

確かに慣れていないと、まとめ髪は痛い。特に私の髪はあまり癖がつかず、巻いてもすぐに伸びて落ちてきてしまうのでワックスでびしっと固めるしかなく、頭が痛くなることもしばしばあった。

「じゃあ、明日昼過ぎに行くから会社の俺のメルアドに住所送っとけよ。四時までに送ってこなかったら窓口で名指しで呼び出すからな?」

ほつれていた髪を撫でていた指は、いつのまにか首からかけている名札を引っかけていた。

「宮下和奏サン?」

脅しにしては楽しそうに名前を呼ばれて、今度こそどんな顔をしていいのかわからなくなる。

多分、私の顔色はどっちつかずで、まだらになってるんじゃないかな。

——これは絶対に逃げられない。自分の立場と影響力を知っての脅迫だろう。もし本当に部長が窓口に来て、私を名指しで呼び出したら……

誰がコンシェルジュをやるかで揉めていた窓口の女の子達を思い出し、背筋が寒くなった。

職場が一瞬で地獄絵図になりそうな予感に私は慄く。

そして出した答えはただ一つ。

「お、お待ちしております……」

白旗を上げた私に、大神部長はようやく通せんぼしていた手を壁から離してくれた。

「楽しみにしてるぞ」

ポンと軽く頭を撫でられ、完全に身体が離れる。いつかも嗅いだシトラス系の香水が、自分にまでうつってしまった気がして居心地が悪くなる。

そろりと見上げたオオカミ部長は、ふてぶてしいほどの笑顔だった。

二

朝。息苦しさに唸(うな)りながら、鳴り出したスマホのアラーム音をオフにして重たい頭を持ち上げる。

見下ろすと、お布団越しのお腹の上に、カイがどっしりと乗っていた。

……これは昨日、大神部長が来るからと、掃除ついでに彼のお気に入りの段ボールを捨てた腹いせだろうか。

いつもならもうちょっと置いておいただろうけれど、あまりにボロボロすぎてお客様の目に触れさせるのはためらわれたのだ。

ついでに、大神部長は背が高いから自分には見えない場所まで見えるかもしれない、と不安に駆られ、いつもはしない棚の上も埃(ほこり)を取った。そのうち、台所の油汚れまで気になってしまい、換気扇を掃除――と、結局明け方まで掃除に明け暮れたのである。

大神部長との約束はお昼からだ。

昨日は掃除を頑張ったことだし、アラームをセットしたものの状況によっては昼まで二度寝する予定だったけれど、変に目が醒(さ)めてしまった。

開けっ放しだった隣の部屋を見れば、なぜかトイレの砂が大量に床に散らばっていた。……ああいう陰湿な嫌がらせをするのは、モコの方だ。こちらは昨日構ってやれなかったせいだろうか。ああもう、拗ね方がいちいち可愛いな！

もぞりと身体を動かすと、まだ寝ていたかったらしいカイがぴくっと耳を動かして、ぴたんと抗議するように、お布団に尻尾を叩きつけた。

「いや、こっちが抗議したいくらいなんだけど……」

よいしょ、と身体を捩って起き上がると、カイは寝起きとは思えない俊敏さでジャンプし、空いたばかりの布団の中へと潜っていった。

モコが散らかしたトイレ砂を片付けてから、朝昼兼用のご飯としてパンを焼く。

たまにはちゃんと料理をしなきゃなぁ、と思うけれど、メニューによっては一人分なら買った方が安いし早いから、年々自炊しなくなる一方だ。

不健康な生活の罪悪感を解消するためだけに買っている野菜ジュースを、なみなみとコップに注いで、焼き上がったパンと共に机に置き両手を合わせる。

モコが机に手をかけて覗き込んできたけれど、特に興味を引くものはなかったらしい。すぐに手を下ろして膝に乗ってきた。

「モコー。オオカミさんが来るけど愛想良くしてねー」

モコの好きな顎のあたりをマッサージするように撫でながら、ご機嫌をうかがう。正しく猫撫で声だ。

カイについてはすでに諦めている。たまに来る小柄なうちの弟にすら、いまだに一定の距離を保っているのだ。体格が良く長身で雰囲気の怖いオオカミ部長に懐くわけがない。

多分、一番奥のベッドを置いてある部屋から出てこないだろう。

大神部長も、猫カフェでの言動からして、引き摺り出してこいなんて言わないはず。

……あれ、私は半ば引き摺り出すようにして約束を取り付けられたんだけど。私の扱いは猫以下ってことですか？

「……」

いっそ猫耳でも着ければ、優しくしてもらえるのだろうか。

一瞬頭を掠めたけれど、そんな自分の姿を想像してゾワッとする。

……駄目だ。思っていた以上に疲れている。

鳥肌の立った両腕を擦りながら冷蔵庫の中身を確認する。

買い物に行ったり、昨日出たごみを片付けたりしているうちにあっという間に時間は過ぎてしまい、約束の時刻ぴったりに来客を告げるチャイムが鳴った。

安普請の団地らしく、インターホンなんて上等なものはない。

リビングの内扉を閉めて直接玄関に向かう。カイはいつもどおりチャイムと共に奥の部屋へ逃げ込み、お客さん好きのモコはお迎えしたそうについてきたので、外に出ないように抱っこすることにした。

大神部長以外の来客予定なんてないので、まず間違いない。

そう思った途端、不意に昨日の非常階段での出来事と、その時の近さを思い出して、ぶわっと顔が熱くなった。

……ホント、目的を果たすためなら手段を選ばない人だよね……。私が弱みを握られていなかったら、確実にセクハラ案件で上司に相談している。

顔がいいからって、すべてが許されるわけじゃないんだぞ！

「モコ～愛想良くしてね……！　私のクビはモコにかかってるからね！」

抱え込んだモコの背中をおでこでぐりぐりと撫でると、まるで『任せておいて！』とでも言うように、振り返ってむふーっと鼻息をかけてきた。

「よし！　モコの魅力で、狼なんてめろめろにしてしまえ！」

頼もしいモコの態度に勇気をもらって扉を開ける。

「……あ、いらっしゃいませ……！」

一瞬挨拶が詰まったのは、大神部長がスーツ姿じゃなかったからだ。

休日なのだから当たり前なんだけど、見慣れなくて一瞬、戸惑ってしまった。

淡いカーキのジャケットにジーンズ。中はTシャツっぽくって、ごくシンプル。ジャケットが薄手なので、鍛えられた身体つきが上からでもわかり、ワイルド感が前面に出ている。……世の中にはスーツを着ると何割増しにもかっこよく見えるスーツマジックというものがあるらしいけれど、大神部長には全く当て嵌まらないらしい。というか、私服がこれほどかっこいいなんて反則では!?

思わず観察してしまっている自分に気付き、はっと我に返る。

だけど大神部長も同様に私——もとい私が抱いているモコを、じぃっと穴が空きそうなくらい見つめていた。次第に厳めしい表情が解けて、眉間の皺も薄くなっていく。

ふふふ、そうでしょう。ウチのモコは、麻子のお店のミルクちゃんにも負けないくらい、美人さんなんだから！

これは案外、モコを引き合いに出せば何かと有利になるかもしれない。

『モコが遊びに来られるのを嫌がるんで』とか『会社をクビになると、モコが路頭に迷います！』とか訴えるのはどうだろう。

そもそも今日は仕方がないとはいえ、基本的に二匹と遊ぶのが私の至高のストレス解消法なのに、この調子で毎週なんて来られたら非常に面倒くさい。

思いがけない奇策を思いつき、勝利を確信して思わず頬が緩む。

そんな私の表情に気付いたのだろうか、大神部長はいくらか表情を硬いものに戻し、取り繕うように一度咳払いをして、玄関の中に入ってきた。手には大きな紙袋を抱えている。

何だろう、と思って近付いた途端、今まで大人しかったモコが、腕の中でぶわぁっと全身の毛を逆立てた。

「うわっ」

尻尾まで太くなって、今やその身体は二倍くらいに見える。大らかで基本的には大人しいモコの珍しい様子に、私の方が驚いた。

「モコ、どうしたの？」

そのまま暴れ出したので、慌てて屈(かが)んでモコを床に下ろし内扉を開けてやると、カイがいる寝室へ飛ぶように逃げ込んだ。

「……大神部長、なんか変なフェロモン出してます？」

いくらか沈黙が続いた後、思わずそう聞いてしまった私はおそらく悪くない。

大神部長は大神部長でショックだったらしく、その場で無言のまま固まっていた。私の言葉にようやく意識を戻し、眉間(みけん)の皺(しわ)をより深く刻んで「知らん」と短く吐き捨てる。

まぁ、わかってたら、何らかの対策はしてくるよね。

でもここ最近は、特にひどいって言ってたっけ？

ノアールでも思ったけれど、やっぱり猫は大柄な男の人が苦手なんだろうか。でも、うちのお父さんもかなり大柄で恰幅(かっぷく)がいいけれど、モコは初めて会った時から懐いてたし。

……お客さん大好きなモコが避けるってことは、よほど大神部長に嫌がる何かがあるのだろう。

少し迷って私はそろりと顔を上げた。

「……入ります？」

なんだったら、ここで帰ってくださっても構いませんよ？

言外にそう思ったのが伝わったのだろう。大神部長は一瞬目を丸くする。

冗談とはいえ怒られるだろうなぁ、と覚悟していたのに、なぜか大神部長は、次の瞬間には爆笑していた。

「っお前、冷たいな……！　ここまで来て帰れって言うのかよ！」

そう言いながらまだ笑いが収まらないようでゲラゲラ笑う。

今、何か面白いこと言いましたか、私。訝しく思いつつも口を開く。

「だって猫を触りに来たんでしょう？　あそこまで嫌われていたらご希望に添えないかなって。無理をさせたら猫が可哀想ですし」

「いや、お前ほんと猫が一番なんだな。なんだ、猫馬鹿って言うのか？」

――猫馬鹿。

途端に、前の彼氏の声が鼓膜に蘇り、反射的にかっとなった。

「猫馬鹿で悪いですか？」

別に大神部長に迷惑かけてませんよね？

置かれている立場も忘れ、喧嘩腰に顔を上げれば、大神部長は上機嫌そうに顎を撫でていた。

「悪くない。ははっ、いいな。そりゃ俺より飼い猫を取るよな。猫馬鹿で大いに結構だ」

銀行では決して見せない全開の笑顔で肯定されて、私は呆気に取られた。

――え、なんで？　大いに結構ってどういうこと？

思考の処理が間に合わず戸惑っていると、大神部長はぽんと私の頭に手を置き、ぐしゃぐしゃっと手荒に撫でてきた。

「ちょ……！」

「無理矢理触ったり、追いかけたりしないから安心しろ。――ああ、でもこれで帰るなら予定が空いちまうし、支店長を誘って呑みにでも行こ……」

「狭い家ですがどうぞ！」

ぴしっ、と部屋の奥を手で示してスリッパを勧める。

……なんなんだろう。急に笑い出したり、変なこと言い出したり……。

ぐしゃぐしゃにされた髪を撫でながら考えるけれど、答えなんて見つかるわけもない。

ふと自分の頬が妙に熱いことに気付いて、俯いてしまった。

……一体自分は何に対して顔を赤くしているのだろう。

猫馬鹿と言われてかっとしたから？

猫馬鹿を肯定されたこと？

頭を撫でられたこと？

これもまた答えが出ない。

悩みつつも私は大神部長を部屋に上げる。先に入ってもらって後に続くと、すでに覚えてしまった大神部長の香水の香りに、『何か』引っかかった。

「……？」

首を傾げて、立ち止まる。

何だろう、今一瞬、ひらめいた気がしたんだけど。

「どうかしたか」

「え？　いえ」

中途半端な場所で立ち止まった私に、大神部長が振り返る。

何だろうと首を傾げつつも、大神部長を座卓を置いている部屋に通した。

正方形の座卓は一般的なサイズのはずなのに、オオカミ部長が前に座るだけで小さく見えてしまう。そしてそんな彼と、ラメの入った古くさい砂壁との違和感が半端ない。

こういう人はきっと、革張りのオシャレなソファが似合うのだろう。

「えっと、コーヒー淹れてきますね」

そう断って私は台所へと向かう。

なんとなくインスタントだと怒られそうなので、冷凍庫で眠っていたもらいもののコーヒー豆を使ってみた。

ミルで豆を挽きながら、奥の部屋から出てこない二匹の様子をうかがう。

カイは相変わらずどこかに隠れて影も形もなかったけれど、モコはやっぱり大神部長が気になるらしく、ベッドのある部屋の襖の隙間から大神部長を見つめていた。

それに気付いたらしい大神部長が、ちょっと頬を緩ませて手を伸ばすと、モコはまたぴゃっと飛び上がって奥に引っ込む。

思わず噴き出してしまった。慌てて口を押さえたけれど、こちらを見た大神部長に思いきり睨まれる。

「俺の顔を見て逃げるなんて、飼い主そっくりだな」

「……さ！　コーヒーどうぞ！」

冴え渡る嫌味を聞こえなかったふりをして、大神部長の前にコーヒーを置いた。一応ミルクと砂糖をつけたけれど、ブラックで飲みそうなイメージだ。

今気付いたけれど、大神部長も休日だからかそこまで髪をセットしていない。下りた前髪が大神部長を年齢相応に、そして猫カフェで話していた時みたいに、雰囲気を優しくしてくれている。

「色々持ってきたんだが、これ食べさせてもいいか？」

「え、……」

大神部長はそう言うと、絨毯（じゅうたん）の上に置いていた紙袋を引き寄せてひっくり返した。

雪崩（なだれ）のように出てきたのは、電池で動く玩具（おもちゃ）から、ベーシックな猫じゃらしまで多種多様な猫グッズ。さらに、おやつの袋がいくつもあって、なんだか季節外れの福袋みたい。

私がずっと気になっていた玩具（おもちゃ）もあって、ついつい身を乗り出してしまう。

「お土産（みやげ）にしては豪勢すぎますね……。ありがとうございます、きっと喜びます。……あ、でもおやつはご飯が食べられなくなるので、一、二個でお願いしますね」

カイはともかく、モコは最近太りすぎなのだ。冬毛も抜けてきたというのに、ふわふわ感がちっとも変わらないのは問題だろう。

わかった、と真面目な顔で頷いた大神部長は、もう一つ持っていた小さめの袋から可愛らしいリボンがかかった箱を取り出した。そしてなぜかそれを私の頭にのせたのである。

「お前にはこれな」

「え？」

顔を上げた拍子に滑り落ちそうになった箱を両手で受け止める。

掴んだその箱には、某老舗チョコレート屋さんのロゴが金字で印刷されていた。細めのストライプのリボンが大人っぽくお洒落に巻かれている。

「さすがに手ぶらで来るわけないだろう。口に合わなくても知らんが」

「……ありがとうございます！」

まさか、私にまで手土産を用意してくれているとは、想像もしなかった。

一呼吸置いてお礼を言った後、じわじわと喜びが込み上げてきた。

嬉しい！　私だって年頃の女の子らしく、甘い物は大好きだ。

しかもここのショコラは一粒五百円はする代物で、数年前のバレンタインデーに部長が取引先でもらったものをお裾分けしてもらって以来。あれは、しばらく口の中が幸せになるほど美味しかった。

「チョコレート、嫌いだったか？」

じっと見ているから不審に思ったのだろう、大神部長がそう尋ねてきたので慌てて首を振った。

「いえ、大好きです！　パッケージが可愛くて解くのもったいないなぁって。……あ、でもこのリボン、カイが好きそうだから置いといても解かれちゃうかも」

解くくらいならまだしも、引っ繰り返してチョコを口に入れてしまったら大変だ。

慎重にリボンを解いて、包装紙を破かないよう丁寧に剥がし、そっと箱を開ける。中を見て思わず歓声を上げた。

「マカロン！　……うわぁお洒落！　すっごい可愛い……」

八個入りで全部色が違うから、きっと味も違うのだろう。

チョコレートとばかり思い込んでいたので驚いたものの、チョコより嬉しいかもしれない。マカロンは小さいわりにお高い贅沢品である。自分の場合、同じ値段ならもっと食べ応えのあるケーキを買うだろうから。

「わざわざ買ってきてくれたんですか？」

「ネット通販のついでだ」

なるほど、この大量の遊び道具とおやつは、インターネットで買ったらしい。確かに大神部長の忙しさじゃいちいちお店まで行っていられないだろうし、第一、店頭で猫の玩具を吟味している大神部長なんて想像もつかない。

一旦マカロンの箱を閉じ、広げられた玩具を眺める。ちらりと見えたお値段は、一つ一つはそれほどじゃないけれど、こういうものは塵も積もれば……というやつなのだ。

ちょっと散財しすぎじゃないかな？

ネットで高評価だったから私も購入しようかと迷っていた高級玩具まであって、つい心配になってしまう。

多分貸すつもりで持ってきたんじゃないよね？

だって大神部長は、猫を飼ってるわけじゃない。つまりこれはモコとカイへのプレゼントなわけで。

開けるのを手伝ってくれ、と言われて、ためらいながらも一つずつビニールの袋を外していく。

その音に再びモコが顔を出した。

苦笑しかけたところで膝にのせたままだったマカロンに気付き、慌てて顔を引き締める。さっきの喜びぶりから猫なみにモノに弱い、とか思われていそうだ。

改めてモコを見ればソワソワしていて、もう襖（ふすま）から上半身が出てしまっている。やっぱり気になるのだろう。

わざと外装のビニールをカサカサと音をさせながら破り、中身を取り出す。これは玩具（おもちゃ）だけど、モコは基本的に食いしん坊なので、ビニール袋の音イコールおやつなのである。

案の定、音につられたモコは、私を間に挟むように回り込んできて、そろりと手を出す。

おやつではないことに若干がっかりした素振りを見せたけれど、気を取り直したようにずるずると猫じゃらしを爪で持っていこうとした。私は素早く猫じゃらしを掴み、柄の方をそのまま大神部長に差し出す。

「そのままじゃらしてあげてください」

ちょっと緊張した様子で猫じゃらしを持った大神部長は、ぎこちなくその羽先を動かす。

微笑ましい光景に思わず俯いてにやにやしてしまった。だけどさっそく食いつく……と思ったのに、モコは私から離れようとしない。というか、大神部長から一定の距離を保っていた。

「……」

沈黙と共に、大神部長の溜息が落ちる。

……何だろう。ホントに大神部長、変なフェロモン出してんじゃ……

そう思って他の玩具で気を引こうと大神部長に近付いたその時、ふわりとかすめた匂いに思わず声を上げた。

「香水！」

「あ？」

「大神部長、香水ですって！」

一言でわかってくれない大神部長に焦れた私は、近付いて彼の首元に顔を埋めた。そしてすんすん香りを嗅いで確信する。

「なんだ？」

「だから香水！　猫ってシトラス系、っていうか柑橘（かんきつ）系の香りが苦手な子、多いんですよ！」

　私の突然の行動に驚いたのか、呆気にとられたまま固まっている大神部長をよそに、私は机の上に置いていた自分のスマホを掴み、検索する。

　ああ、ほらやっぱり！

　私はスマホの画面を向けながら説明する。といっても私も大昔、麻子に聞いた話なのだけれど。

「猫は柑橘（かんきつ）類の匂いが嫌いな子が多いんですって。だからモコもさっき逃げたんだと思うし……最近になってひどくなったって言ってましたよね？　もしかして同じくらいの時期に香水を変えませんでしたか？」

　体格のいい男性というだけでは、説明できない避けられっぷりだったのだ。

　猫カフェで猫達が集まってきたのは、夜で香水の香りが薄くなっていたからかもしれない。

「……最近、知り合いにモニターになってくれって言われて使い始めたんだ。よく考えてなかった」

　心当たりはばっちりあるらしい。

　大神部長は少し間を置いてそう答えると、スマホの画面を覗き込んだ。

最後まで読んだのだろう。眉間（みけん）に皺（しわ）を寄せてから、くしゃりと前髪を掻き上げ、大きな溜息をつく。

「あー……俺の今までの苦労はなんだったんだ……」

すっかり丸くなってしまった背中を撫でそうになり、伸びかけた手を慌てて引っ込めた。

いやいや猫じゃないんだから。

そう自分に言い聞かせて、私は立ち上がった。

「とりあえず、タオル濡らしてきますね。手首と首元ですかね？　拭（ぬぐ）ってみてください」

——果たしてその効果は抜群だった。

あれほど距離を置いていたモコがすぐに寄ってきて、大神部長が持っているおやつを強請（ねだ）るために、絨毯（じゅうたん）の上に転がったり身体を擦りつけたりと、愛想を振りまいている。

「可愛いな」

そう言ってモコを撫でる大神部長の表情は、今までで一番の笑顔だった。頬はかすかに紅潮しているし、緩（ゆる）みっぱなしだ。久しぶりの猫との交流はよほど楽しいらしい。

私の存在がなかったら、笑み崩れていたかもしれない。そう思った時、大神部長がモコを撫でながら、もう片方の手で奥の部屋を示した。

「あれがカイか？」

指の先には襖の陰から、こちらを見ているカイの姿があった。

……それにしても一度ノアールで話しただけなのに、よく名前覚えてたな。

猫好きのなせる業か……と感心しながら頷く。

「そうです。もともと構われるのが好きな子じゃないんで、撫でるのは無理だと思います。私も急に抱っこすると遠慮なくバシッとやられますし」

注意と警告を兼ねて片方の袖をまくり上げ、傷の残る腕を大神部長に突き出した。二、三日前うっかりご飯を食べている時に撫でてしまい、引っかかれたのだ。

まぁ、それ以外にもたくさん傷はあるけれど、ここ最近は二匹とも大人になって落ち着いてきたので、真新しい引っかき傷はそれだけだ。

だから安易に触らないでくださいね、と念を押そうとしたら、突き出していた手首を取られた。かさぶたになった傷跡のそばを親指でそっと辿られる。

「痛そうだな」

手の内側の薄い皮膚を撫でられ、くすぐったさに肌が粟立つ。

それに気付いたのだろう。大神部長が低い体勢から上目遣いに私を見た。

「寒いのか？」

薄く笑った唇から零れた声は低く、触れたままの肌を伝ってじわりと身体に広がる。

『男っぽい色気を醸し出していて、声も低くてセクシー』

いつか聞いたオオカミ部長の噂を思い出した。思いのほか近い距離に、ぶわぁと顔が赤くなる。

「……っ大丈夫です……！」

叫ぶように答えると、大神部長は余裕たっぷりに笑って、ゆっくりと離れていく。

「急に怒鳴るからびっくりしたな」

そう言って、驚いて顔を上げたらしいモコの背中を撫でて、あやし始める。

だ、誰のせいだ！　誰の！

銀行の非常階段で追い詰められた時も思ったけれど、意地悪くからかうのは、本当にやめてほしい。オオカミモードとでもいうのだろうか。……わかりやすく言ってしまえば男くさくて、エロい。怖いのとはまた違うゾクゾクとした感覚が背中を走ってしまうのだ。

一人で怒っているのも悔しくて、すっと立ち上がる。

楽しそうに遊んでいるし、モコと二人きりにしても大丈夫だろう。

私はとりあえずコーヒーのお代わりを淹れている間に、どうにか心を落ち着かせねば。

オオカミ部長にはお代わり、私は自分用にカフェオレを淹れ、ちょっと気合を入れ直して部屋に戻る。すると先程まで様子をうかがっていたカイが、ゆっくりと部屋に入ってきたところだった。だけどすぐに壁側に置いていた座椅子の陰に隠れ、顔だけ出してじっと大神部長の様子をうかがっている。

——行けカイ。思いきり引っかいてしまえ。

さっきの報復を願ってそんなテレパシーを送ってみると、カイは私を見てにゃあ！と強めに鳴いた。

『はやくこの大きい人、追い出してよ』

うんうん。私も同じ気持ちなんだけどね、人間の社会は色々複雑なんだよ。

『使えないなぁ』

呆れたような間の空いた声で再び鳴く。

そのうち、そんなカイに何の反応も示さない大神部長が気になり始めた。カイが出てきたことに気付いていないのかな。

背中しか見えないけれど、よくよく観察すればどうやら眠っているらしく、肩が規則的に上下している。

……人の家に脅すように来て居眠りとか、いいご身分ですねぇ。

呆れて溜息をついてしまう。突っついたらそのまま横に倒れるかな、なんて考えながら顔を覗き込むと、ぱち、と大神部長の目が開いた。

「び、びっくりした……！」

「ああ……悪い。ちょっと寝てたな」

大神部長は、まだ眠そうに首の後ろを掻きながら、欠伸をする。

「お疲れですか？」

そう聞いて麻子のお店でも同じことを思ったな、と思い出した。

「ああ……たまに仕事が立て込むと、寝なきゃいけない時でも、変に神経が冴えちまってな。こういう時に猫を見たり触ったりすると、頭の切替がうまくいってちゃんと眠れるようになるんだ」

「へぇ」

これは結構思っていたよりも深刻だ。

市販の睡眠導入剤もあるけれど効かない、っていうことだろうか。でもああいう薬って確か飲んだら車の運転しちゃダメとか、色々約束事があったよね。まぁ薬に頼らずに済むのならその方がいいだろうし。要はアニマルセラピー的なものだろうか。

眠れない、って大変だろうなぁ。あれだけ仕事をしているのなら、疲労は半端ないだろう。

「……大変ですね。えっと……今、横になってくれても構いませんよ？」

今日はぽかぽか陽気だから、掛け布団だけでも風邪は引かないだろう。なんならベッドを貸してもいいけど。

私の提案に大神部長はもう一度ぱちっと瞼を上げる。そして表情を緩ませて首を横に振った。

「大丈夫だ。でもこの部屋落ち着くよな。子供の頃住んでたばあちゃんの家に似てる。砂壁とか今時一般家庭では見ないしな」

……古くさくて悪うございましたね。なんてつい思ってしまうけれど、今の言葉には嫌味は入っていない。前から思っていたけれど大神部長は猫がいるところでは、基本的にその牙を収めている気がする。……やっぱりセラピー効果？

「あ、もしかしておばあちゃんが猫ちゃんを飼ってたとか？」

ふと思いついて尋ねると、大神部長は、やんわりと目を細めて「よくわかったな」と頷いた。

「子供の時、よく祖母の家に預けられていてな。そこで猫を飼ってたんだ。全然懐かない雌の三毛猫だったよ。でもつかず離れずの距離にはいてくれて、ソイツが立てる音とか鳴き声が好きだったんだ。不思議と寝る時は布団に入ってきてくれて、よく眠れた——だから、こんな変な癖がついたのかもしれん」

ぽつぽつと語られる言葉は一つ一つ優しい。小さい頃の大神部長は、きっとその猫が大好きだったのだろう。

「落ち着くの、すごくわかります」

しばらく一人暮らしをしていたからこそ、大神部長の言うことは本当によくわかった。決して騒がしいわけじゃない、小さなもう一つの生活音。人恋しいってほどじゃないけれど、なんとなく寂しい感覚を、猫達が立てる小さな音が埋めてくれるのだ。ほっとする優しい音。……まぁ、たまにすごい音も混ざるけれど。

私が真面目な顔で同意すると、大神部長は、照れくさそうな、嬉しそうな、曖昧な表情を浮かべて「そうか」と小さく頷いた。

お、なんか可愛い。

それからモコと遊びながら猫カフェ・ノアールの話や、今まで猫達に避けられ続けたエピソードなんかを聞いて爆笑したり慰めたり……

おもたせで悪いですけど、と出したマカロンは外はさくっとしていて香ばしく、中はねっとりと濃いけれどちょうどいい甘さだった。砂糖を抜いたカフェオレとよく合って、いつまでも味わっていたい逸品だ。

名残惜しくもゆっくり呑み込んで次はどれを食べようかな、と箱の中を吟味していると、大神部長が喉の奥で小さく笑ったのがわかった。顔を上げると悪戯っぽく目が細められる。

「好きなもん食べてる時は、猫も人間もおんなじような顔するんだな」

おやつを食べたばかりだというのに、ちゃんといつもと同じ時間にご飯を催促し、今はすでに空っぽになったお皿を舐めているモコ。そんな彼女と私とを交互に見比べているのが視線でわかった。

気恥ずかしくなった私は、足元に転がっていた電池で動く小さな玩具を、大神部長にポンッと投げる。

「モコー！　大神部長がまた遊んでくれるってー！」

大神部長が持ってきた玩具の中で一番食いつきがよかったものだ。玩具は彼の膝の上で一度弾んで鼠花火のように不規則に動き出した。

ぴんと耳を立てたモコが、すぐに大神部長の膝へと飛び込んだ。

ばか、やめろ、と言いつつも、自分の膝の上でじゃれる様子にその顔はにやけている。

そんな感じで気がつけば結構な時間が経っており、意外にもあの『オオカミ部長』と私はそれなりに楽しい時間を過ごしたのだった。

†

ある日のお昼休み。銀行の食堂で松岡さんと田中さんの、いつものメンバーでお弁当を広げる。

珍しく炒り卵でもレンチンでもない、ちゃんとした卵焼きに箸をつけようとしたところで、コンビニの袋を探っていた田中さんが呟いた。

「そういえば最近、オオカミ部長、機嫌よくないですか？」

田中さんは取り出したサンドイッチの封を開け、同意を求めるように私を見る。

「そりゃ先週からガンガン大口契約取ってきてるからね。機嫌もよくなるだろうけど……どっちかっていうと笑顔が増えたっていうか、雰囲気が柔らかくなったんじゃない？」

私より先に答えたのは、うどんを啜（すす）っていた松岡さんだ。

田中さんも松岡さんに視線を流して「そうかも」と頷いた。

「でもまぁ、契約を取ってくるのはいつものことですし、雰囲気が変わったって……やっぱり彼女でもできたんですかねぇ」

それはない。

思わず心の中で突っ込む。田中さんの言葉で跳ねた心臓がだいぶ落ち着いてきたので、ようやく卵焼きを口に入れた。

うん、美味しい。

……大神部長が上機嫌なのは、うちの猫に癒（いや）されているからである。……なんて言っても、きっと誰も信じないだろうけど。

そう。実はあれ以来大神部長は、私の予定がなく、かつ彼の残業が少ない日は、平日でさえも必ずうちにやってきてモコと遊んでいるのだ。

最初の二、三日は初日と同じく居眠りや欠伸（あくび）をすることが多かったけれど、それでも帰る頃には十二分に癒（いや）されたほくほく顔。日を重ねるにつれ顔色も良くなっていった。聞けば遊んだ日はぐっすり眠れるらしい。ここ最近はウチに来ても欠伸（あくび）をしなくなった。おかげで仕事も効率よく回せるようになってきた、と本人が言っていたので間違いない。

すでにうちに来た回数は片手では足りないくらいで、モコはいつも遊んでくれる上に、美味しいおやつまで持ってくる大神部長をすっかり気に入っている。

最初は警戒して奥の部屋から出てこなかったカイも、最近は一定の距離は置くものの、自然と同じ部屋で過ごすようになっていた。モコが玩具（おもちゃ）で遊んでもらっているのを遠目で見ては、ソワソワしているから、あと二、三日もすればまざって遊ぶようになるんじゃないかなと睨（にら）んでいる。

そして、それほどしょっちゅう遊びに来られたら、私自身は面倒じゃないのかと思うかもしれないが、それがまた微妙にそうでもないのだ。

平日に来た時は二時間ほどしかおらず、九時を過ぎればどんなに短い時間しか過ごせていなくても必ず帰る。多分なるべく私が負担に感じないように、そうしてくれているのだろう。三日前なんかトラブルが起きたとかで急な残業が入り、来た時間も遅かった。

にもかかわらず、十分も経っていないのに九時を過ぎたから帰ると言い出して、思わず引き止めたほどだ。

大神部長は強引だけど、同時に、真面目で気配りの人でもあるらしい。

他にも毎回私にもお菓子を持ってきてくれたり、帰りが早い平日は家で一緒に食べられるように美味しいお惣菜をテイクアウトしてきてくれたりと、ポイントが高い。……自分でもチョロいと思うけれど、毎月猫グッズと貯金でいっぱいいっぱいの私にとって、食費削減は大変重要な問題なのである。

さらに久しぶりに誰かと一緒に食べる夕食は美味しくて楽しい。

意地悪だとばかり思っていた大神部長が、意外に聞き上手なこともあり、一緒にいるとついつい おしゃべりが多くなって――という感じで、あっという間に時間が過ぎるのだ。

そんなこんなで夕食も二人分なら、とまたちょっとずつ自炊をするようになったことで、お肌の調子もすこぶるよくて――結果的に特に私に不利益はなく、普通に受け入れてしまっているのが現状だ。

……ついでに材料費は、手間賃も兼ねてということで大神部長持ちである。そして購入した材料をその時に全部使い切れるわけもないので、お弁当や別の日に回し、うちのエンゲル係数は右肩下がりだ。

「あ、宮下さん。着信入ってますよ」

「え？　あ、ホントだ」

一旦お箸を置いて、スケルトンバッグを探れば松岡さんがにんまりと笑って、画面を覗き込んできた。

「男？」

「そんなわけないじゃないですか。ゲームか広告の通知ですよ」

今日も今日とて、隙あらば恋愛話に持っていこうとする松岡さんを牽制する。

まあ、実際この時間帯にくるのはそのくらいだ。

友人は一般企業の会社員が多いので、連絡してくるのは大体夜だし。

それでも一応チェックしようとスマホを取り出し、タップして――固まった。

『昼飯が終わったら、食堂の階の給湯室で待ってる』

松岡さんがこちらを見ていることに気付き、さりげなく持っていたスマホごと身体を引いて周囲を見回した。

……大神部長、何かあったのかな。

食堂の階、なんてわざわざ指定してくるくらいなのだから、私がここで昼食を取っているのをどこかで見たのだろう。この場に部長がいないってことは、もう出ていったのかもしれない。

「やっぱり知り合いからでした？」

不意に田中さんに尋ねられて、咄嗟に「実家！」と答えてしまった。

動揺で弾んだ声を誤魔化すように、言葉を付け足す。

「……お母さんだった。しばらく連絡してないから、生存確認されちゃった」

冗談を交えてそう返せば、田中さんも松岡さんも素直に納得してくれた。

ついでに早めに食べて電話してくるね、と急いでお弁当を食べていると、今度は松岡さんに「あんまりお母さんに心配かけちゃダメよー」と真面目な顔でお説教をいただいてしまった。一男一女のお母さんの言葉はなかなか耳が痛い。確かに実家の近さにかまけて、ここ最近連絡を取っていないのだ。

卵焼きをゆっくり味わえなかったことを残念に思いつつ、お弁当箱を重ねて巾着の中にしまい込む。二人に見送られながら食堂を出て、私はいつものエレベーターとは反対方向に向かった。

角を曲がるだけで人気は全くなくなる。しんと静まり返った廊下の奥にある給湯室の扉を開けると、すでに大神部長がシンクにもたれて待っていた。

彼はスマホから顔を上げ、涼し気な顔で「よう」なんて声をかけてくる。

いやいやいや！

「大神部長！　急に何なんですか……」

どうやら緊急事態ではないようだ。

こんなところに呼び出して、二人でいるのを誰かに見られでもしたら、私がどうなると思うのか。いまいち大神部長には危機感が足りない。ここはしっかりと釘を刺しておかなくては。

「あー……。昼飯急かしたみたいで悪かったな。もっとゆっくりしてくれてもよかったのに」

違う。怒っているのは、お弁当タイムを邪魔されたからじゃない。どれだけ人を食いしん坊だと思っているんだ。

憤っていると、大神部長はあまり広くない給湯室をくるりと見回した。

「ここ本当に誰も来ないんだ。結構な穴場だろ」

そう言われて少し考えてから、確かにと納得する。

同じ階に食堂があり、そこにお湯が出るウォーターサーバーもあるから、わざわざ給湯室など利用しないのだろう。手を洗うにしても、もっと近くにトイレがあるし、この階に入っている部署もない。

かくいう私も存在だけはかろうじて知っていたけれど、入るのは初めてだ。

自信たっぷりな様子に、じゃあちょっとくらい大丈夫かな、と肩の力を抜き、私はようやく本題へと入った。

「それで、わざわざ呼び出してどうしたんですか？」

「ああ。これ見てほしくて。これにモコとカイが一緒に入ってたら可愛くないか？」

差し出されたスマホの画像には、『猫ちゃんお気に入り！』『もう離れられない！』と、ポップな宣伝文が躍っている。

そこは某大手通販サイトで、そのままスクロールしていくと、二階建てのツリーハウスを模した、キャットハウスの写真が載っていた。裏の壁は爪研ぎになっていて、そこにはサビ猫と茶トラの絵が描かれている。そう、誂えたようにモコとカイにそっくりなのである。そして別売りの階段が今ならセットでついてくる。

意識しないままに大きな溜息が出た。

……確かに可愛い。可愛いんだけど。

私は脱力してしまう。

可愛いからこそ大問題なのである。自ら古傷を抉ることになるので言いたくないけど、ここで言わなきゃ大神部長に無駄遣いをさせてしまうことになる。

……これがそこそこ、いいお値段だということを、私はよく知っていた。

「結構なサイズだから、一応家主の許可を取っとこうと思って――」

「残念ながらウチにも同じものがあります」

続けられた言葉を遮り淡々とそう告げると、大神部長はぽかんとした表情になった。

銀行では珍しい、ちょっと間抜けな顔だ。だけどすぐに眉間に皺が寄せられる。

「……見たことなかったと思うが」

「全然入ってくれなかったので、納戸にしまい込んでるんですよ。それが入ってた段ボールはすごく喜んで遊んでましたけど」

そう。せっかく奮発して高い玩具やベッドを買っても遊ばず使わず、それが入っていた段ボールで遊び始めるというエピソードは猫飼いあるあるでも上位である。しかも今回のコレは、高い買い物に加えて結構な組み立て時間だったにもかかわらず、ちっとも遊んでくれないので絶望した。脱力して一晩放置した結果、知らない間にカイが粗相してしまったので、返品もできなかったという代物なのだ。

「……そうなのか」

大神部長はがっかりしたように溜息をついて、名残惜しげに私の手の中の画面を見ている。

大神部長は猫が絡むと、表情が豊かになる。ウチに通うようになってからわかったことの一つだ。

ヒールを履いているから、いつもより少し視線が近い。おかげでそんな表情もよくわかってしまった。

しゅんと下がった眉尻に、お尻がむずむずとくすぐったくなる。可愛いな、と思ったのは、やっぱり普段とのギャップのせいかもしれない。

「わかりますよ。すごく可愛いですよね。私も見つけた時は給料日前だったのに、速攻ポチりましたもん。……金曜日来るんですよね？　もう一回試してみましょうか。一か月は経ってるから興味を持ってくれるかもしれません」

「そうか」

途端に眉尻がご機嫌に吊り上がる。

猫馬鹿モード発動中につき、オオカミモードはお休みらしい。うん。やっぱりこっちの方が安心する。オオカミモードは色んな意味で心臓に悪いのだ。

預かっていたスマホを返そうとした時、大神部長の親指に真新しい切り傷が走っているのを見つけた。

「それ、どうしたんですか」

「ああ、紙でちょっとな」

「あー痛いですよね。私、絆創膏持ってますよ」

契約確認書類なんかはいまだに紙のことが多いので、私も時々うっかり切ってしまう。血はあまり出ないのだけど地味にぴりぴりして痛いし、お客様の書類に血を付けるわけにもいかないので、いつも絆創膏を持ち歩いているのだ。

「悪い。用意がいいな」

手早くスケルトンバッグからポーチを取り出し、絆創膏を差し出す。消毒してからって思ってるか

……いや、さすがに巻いてあげるのはやりすぎだろう。それどころかちょっと首を

もしれないし。

そう判断したのに何故か大神部長は受け取ってくれない、それどころかちょっと首を傾げて片眉を上げた。

「なんだ。巻いてくれないのか」

にっと口の端を上げて聞いてくる。そのからかうような口調はオオカミモードだ。

胡乱げに彼を睨む。安心したところでコレなんだから性質が悪い。

「血の流れが止まるくらい、ぎっちぎちに締めてよかったら」

「さすがに遠慮する」

もう、とポーチのチャックを締めると、手早く絆創膏を巻いた大神部長が、ふと私の手元を見て噴き出した。

「なんだそれ」

決して尖った口調じゃなかったのに、咄嗟に手で隠してしまったのは、やっぱり前の彼氏とのやりとりがあったからかもしれない。私が持っているのはモコそっくりの猫型ポーチだ。

「何だよ。見せろって」

そう言って手ごと持ち上げて、まじまじとポーチを見る大神部長。

笑いが収まらないとでもいうように、口に拳を当ててくっと喉の奥を鳴らす。

「モコそっくりだな。お前、こんなのよく見つけてきたなぁ」

緩(ゆる)んだ私の手からポーチを引き抜き、表と裏を交互にひっくり返してまじまじと観察する。

「……近所の雑貨屋さんで見つけて、つい」

本当は一度諦めた買い物だけど、別に話す必要はないのでそう答える。

その途端、あの時の記憶が鮮明に蘇(よみがえ)ってきて――そして、唐突にわかってしまった。

あの時どうしてあんなに悲しかったのか。

買ってもらいたかったとか、可愛いと言ってもらいたかったとかじゃない。

ただあの時、私は――

「変なもんでも入ってんのか？　なんで隠したんだよ？」

「……いえ、子供っぽいかなって」

「そうか？　他人に不快感を与えなきゃ、何持っててもいいと思うけどな」

大神部長はそう言って、不思議そうに顔を傾ける。

「でも、これは俺でも買うな」

似すぎだろ、とポーチに向けられた楽しげな声に、鼻の奥がつんと痛んだ。

あの時私は、気持ちを共有したかったんだ。

子供っぽい自分の見かけや趣味を否定され続けて、喧嘩するのも面倒だったから、彼の好きな化粧や服で『自分』を作っていった。だけど心はずっと疲れていたし、だんだん自分の心が彼から離れていくのがわかったから。

大神部長はまだ楽しそうに笑っている。

——私、これが見たかったんだなぁ。

ただ笑ってほしかった。

そう心の中で呟いたら、ぽろ、と頬を涙が伝った。

そんな私に大神部長は目を見開く。慌てて俯いたけど、遅かった。

「おい……？」

「す、すみません……」

「俺が取り上げたせいか。別に取ったりしないから。あーほら。泣きやめ、な？」

ふわりと抱き寄せられて頭を撫でられる。ヒールを履いていても身長差は大きくて、顔が胸元にすっぽりと収まってしまった。

耳のすぐ近くで心臓の音がする。

その優しい鼓動にだんだん気持ちが凪いでいく。落ち着いたのを確認して、軽く息を吸う。その頃には、もう涙は止まっていた。時間にしたら多分、五分も経っていない。

冷静になると、大神部長に抱きついているこの状態に、頭を抱えてしゃがみ込みたくなった。

近いし、情緒不安定すぎて恥ずかしいし！　私何やってんだろう⁉

「で、なんで泣いてんだ」

さっきとはまた違う意味で泣きたくなっていると、それまで黙っていた大神部長がそう尋ねてきた。私はタイミングを見計らって身体を離す。

「も、もう泣いてないです……」

そうは言ってみるものの、こうして迷惑をかけている手前、なんでもない、ではすまなそうだ。

「……あの、感傷と言いますか……。ちょっと前の彼氏のこと思い出しちゃって。彼、あんまり猫好きじゃなくて色々合わなくなって、それで別れたんです。そのポーチも」

いまだ大神部長の手の中にあるポーチを指さす。

「子供っぽいからやめろ、って言われて、なんか急に思い出しちゃって」

「……まだ好きなのか？」

渋い表情で静かに尋ねられ――私は首を振った。

「それは全然。むしろ嫌いです。できれば二度と会いたくないし。……ただ、さっき、大神部長にそのポーチがモコに似てるって笑ってもらえて。そのポーチを見つけた時に、多分私はそうやって笑ってもらいたかったんだ、って気付いたらなんか自然と涙が出てきて」

なんだかうまく説明できない。

共感？　共有？　そんな感じ？　そういえば女の人は共感を求める生き物だって、昔何かで読んだことがあったっけ。

こんな説明じゃ意味不明だろうな、と思ったのに、大神部長は、ふっと表情を緩(ゆる)めて、なぜか自分の唇に触れた。そして、くしゃっと笑う。

「お前、可愛いなぁ」

――なぜ。

「……すみません。今の話のどこからそんな感想が」

いつものようにからかっているのだろうか。

睨(にら)もうとすると、大神部長は勢いよく頭を撫でてきた。

「いや、いじらしいのか？　笑って気持ちを共有してくれたら、それだけでよかったんだろう？　他のことは我慢できるくらい」

「……」

思わず無言になってしまう。どうしてあんな拙(つたな)い言葉でそこまでわかるのだろうか。頭のいい人は、一を語れば十を知るみたいなアレだろうか。

照れくささと、言葉で説明できない感情に、胸がぎゅうっと痛くなる。

もう！　と怒ったふりをして、身体を離し、髪を直す。

「まぁ、すっきりしたならよかったな」

そんな私に気分を害した様子もなく、大神部長は大らかに笑う。

……確かに前の彼氏への怒りは嘘みたいに消えている。フルネームを反芻（はんすう）しても何も感じない。

「……」

ああ。馬鹿だな私。忘れたいとか思い出すだけ時間の無駄とか思ってたくせに。ずっと怒ってたら忘れられるわけがないじゃない。

改めて大神部長を見て、そっと溜息をつく。

――大神部長のおかげ、だよね。

偶然にしても必然にしても、泣いて気持ちを吐き出したことで、すっきりしたのだ。……しかも慰（なぐさ）めてもらったし……そう思ってお礼を言おうと口を開いたところで、スマホをポケットにしまった大神部長が顔を上げた。

「でもお前、化粧はともかく、ヒールはやめといた方がいいんじゃないか。転びそうで見てる方が怖い」

「余計なお世話です！」

反射的に言い返す。

確かにヒールはいつまで経っても慣れないけれど！

「ああ。もうこんな時間か。目元、ちゃんと冷やしてから戻れよ。――じゃあ金曜日な」

そう言って大神部長は私の頬を、手の甲で撫でる。

その仕草にどきりと胸が弾んだ。意識するのと同時に大神部長は給湯室から出ていく。

……それまで以上に熱くなった頬に手を当てたその時、バッグに入れたままだったスマホが震えて、今度こそ心臓が飛び出るかと思った。

「麻子だ」

今日はこんなのばかりだ。

だけどお昼休みに珍しいな、と思いながら、スマホの画面をタップする。

「麻子？　どうしたの。珍しいね」

『あ、よかった。昼休みだったらいいなぁと思って電話したの。今からフード頼んでる業者さんにファックスを送ろうと思ってるんだけど、モコとカイの分どうする？』

聞き慣れた声に、どきどきしていた心臓が落ち着いてくる。

そのことにほっとして、ふわふわしていた気持ちを引き締めてから、「大丈夫」と返した。

「わざわざ電話してくれたのにごめんね。今月はいいや」

何しろ猫パトロンが、猫グッズはおろか猫フードもたくさん持ってきてくれるのだ。いつものフードはまだたくさん残っている。

『え？　大丈夫？　先月買わなかったし、来月は注文しないつもりだから、なくなっても分けられないけど……』

「うん、大丈夫。いっぱいもらっちゃって」

そこまで言うと麻子は無言になり、一呼吸おいて電話口だと言うのに声をひそめた。

『もしかして、この前お店に来たイケメン上司？』

「……いや、私の上司じゃないし」

残念ながら否定できるところが、そこしかない。

猫フードをもらった、って言っただけなのに、どうして大神部長の存在が出てくるのだろう。

あまりに聞いてくるので、詳細はぼかして『猫好きだけど家では飼えないから、モコとカイと遊ぶためにウチに来ている』と説明する。思えば麻子は急にウチに遊びに来ることがあるし、先に説明しておいた方が、変な誤解は生まれないだろう。

無言になった麻子に「何」と私は返事を促（うなが）した。

『それってさぁ……猫をダシに和奏に会いたいだけじゃ』

「ないない！　むしろ逆だから！　さっきの説明聞いてた？」

確かに猫がいないと眠れない云々という部分は、個人の事情でもあるしと端折(はしょ)ってしまったから、説得力が足りなかったかもしれないけれど。

『でもアンタも満更でもないんでしょ？　それだけ来られても鬱陶(うっとう)しいと思わないんだから』

「それは……まぁ、同じ猫好きだし……」

また無言になる麻子。何度目だ、と内心突っ込みながらも今度は黙っていると、麻子は電話の向こうでふっとわざとらしく笑い声を立てた。

『惚れたね』

「はぁ!?　ナイよ！」

会社だというのに、思わず大きな声を出してしまう。

私が大神部長に？　ないない！　そもそも、他の女の子に二人で話しているのを見られるのが怖くて、銀行では極力顔を合わせないように避けているくらいなのに。

『だってさぁ、ワイルド系イケメンで銀行マンで将来有望、身長も高いし、何より猫好きじゃん！　むしろ惚れない要素がどこにあるの』

「いや、だってさ。今更って感じじゃない？　大神部長、うちの支店に赴任してから一年以上経ってるんだけど」

『お店で会った時は他人同然だったのに、今はそうじゃないんでしょ？　むしろそっちの方が、中身知って好きになったたって感じで、説得力があっていいと思うけど』

その言葉に反論できなくなる。『オオカミ部長』の中身。馬鹿がつくほどの猫好きで、案外表情豊かで気配り屋で――可愛い。

そんなことを心の中で列挙し始めている自分に気付いて、慌てて止める。

『実はさ、最初にその大神さん？　が、お店に来た時、騒ぎになったらフォローに出ていこうと思って、しばらく厨房の小窓から二人のこと見てたんだよね。だけど途中から仲良く話し出したじゃない？　大神さんの顔は私からは見えなかったけど、和奏は楽しそうな顔してたから、あ、問題なさそう、って思って仕事に戻ったのよ、私』

「……私、そんな楽しそうな顔してた？」

『それはもう』

きっぱりと断言されてしまい、再び言葉が出なくなる。

……あの時なんの話をしていたっけ。ああ、そうだ、きっとモコとカイの話をしてたから――

『あ、ごめん。電話かかってきた。じゃ、また近いうち連絡するわね。ゆっくり大神さんの話、聞かせてよ』

言うだけ言って慌ただしく電話は切れた。きちんと反論できなかった私は、整理しきれない感情を持て余し気味だ。

おかげで午後は、ミスしそうになること数件。松岡さんにまで「実家で何かあったの？」と、心配されてしまう始末。

家に帰ったら帰ったで、頭を切り替えるべくシャワーで頭を冷やそうと思ってお風呂に入ったらすごい音がし――慌ててバスタオル一枚でリビングに向かうと、猫用フードが台所の床一面に広がっていた。

どうやらぼうっとして、あろうことかカリカリ――猫用ドライフードの透明プラスチックケースの蓋を、開けっ放しにしていたらしい。

「ああもう～～！」

思わず叫んで頭を抱える。

カリカリを玩具(おもちゃ)にして遊んでいる二匹を奥の部屋に隔離した後、私は自分のドジさ加減を呪いつつ、部屋の掃除に取りかかったのだった。

†

そしてもやもやしたままやってきた金曜日。

終業時刻が過ぎ、更衣室で着替えた私は、ロッカーに入れていた鞄からスマホを取り出して画面を見た。着信はないけれど、一件メッセージが入っていた。

大学時代の友達から『久しぶりに今度呑みに行こう』とのお誘いだ。

確か、付き合いの長い彼氏がいたはずだ。ここ最近増えてきた結婚報告だろうか、と思いながら『お休み前ならいつでもいいよー』と気軽に返そうとして、途中でタップする指を止める。

……お休み前って大神部長と約束することが多いもんね。予定を聞いてから返事しよう。

そう思い直し、久しぶりという挨拶の後『予定確認して改めて返信するねー』と送信した。

よし、と思ってから数秒後――いやいやいや⁉　と自分に突っ込む。

彼氏彼女じゃあるまいし！　なんで部長と会うことを優先させてんの私⁉

大神部長だって、予定が入っているなら、いつでも断っていいって最初に言ってたじゃん！

得体の知れない恥ずかしさに身悶(みもだ)えていると、スマホに新しいメッセージが入ってきた。

噂をすればなんとやら――すっかり見慣れたアイコンである。

一瞬まだ職場であることを思い出してぎくりとするものの、名前はすでに編集済みだから、大神部長とはバレないだろう。だけど大神部長のアイコンを知っている人もいるかもしれない。そんな人に見られないかとドキドキしてしまう。

ちらりと周囲を見回せば、遅れて上がってきた松岡さんと田中さんはおしゃべりに夢中で、少々挙動不審な私には気付いてもいなかった。

『今日は十九時くらいになると思う』

さっと流し見て、『大丈夫です。駅で待ってますね』とメッセージを返した。

そう。今日は珍しく外で待ち合わせをしているのだ。

昨日テレビで季節外れの鍋特集を見ていたのだけど、大神部長も同じ番組を見ていたらしく、一人だとお鍋が美味しくない、それならいっそ二人で食べようという流れになったのである。

そんなわけで今日は私が住んでいる団地の最寄り駅で待ち合わせし、駅から自宅に戻る途中にあるスーパーへ一緒に買い物に行く予定だ。

一応一人でも買いに行けますから、と伝えたものの『重いから』という理由で強引に待ち合わせすることに決められてしまった。でもまぁ実際、白菜は二分の一カットでも重いし、正直に言えば助かる。

――大神部長と最近は毎日メッセージのやりとりをしている。相変わらず定期的にオオカミモードになってからかってくる大神部長に怒ったり照れたりと、色々感情が忙しい……。でも自分の感情が何なのか、いまだに答えを出していない。大神部長と顔を合わせるのは、あの給湯室以来なので、会うのが少し照れくさいけれど、楽しみな気持ちもあった。

――今が、とても楽しくて、満足している。

猫のことではしゃいでも興奮しても、大神部長は嫌な顔一つしない。むしろ同意して一緒に盛り上がってくれることの方が多いし、大神部長自身も猫のことに関しては饒舌（じょうぜつ）だ。

あの例のモコそっくりのポーチだって気に入ったらしく、わざわざスマホをテレビ電話モードにして隣にモコを並べさせて『そっくりだな！』と笑っていた。

その時の笑顔を思い出すと、ふんわりと胸の奥が温かくなる。

「宮下ちゃーん！　なにニヤニヤしてんの～！」

モコと大神部長が一緒にお昼寝をしている姿を思い出していた私は、横から肩を小突かれて、思わず悲鳴を上げてしまった。

慌ててスマホを鞄に戻せば、いつのまにかおしゃべりを止めていたらしい二人が私に注目していた。

「……ニヤニヤしてましたか。私」

「してました」

きっぱりとそう言ったのは田中さんだ。両手で顔を覆うけれど今更遅い。

まずい。一人でニヤニヤしてるとか怖すぎる……！

「何かいいことでもあったんですか？」

「そうよ。なんか嬉しそうな顔しちゃってさぁ。相手は男？」

「……残念。猫仲間です」

……ギリギリ本当。あえて男だとか女だとかは言わない。

それにしても松岡さんにここまで言われちゃうとか、私どれだけ緩（ゆる）んだ顔をしていたんだろう……

「えーまた猫！　婚期遅れるわよ」

「ほんっと、猫好きですよねぇ」

呆れた気持ちを隠さない二人に私は唇を尖らせた。

「余計なお世話です。それに結婚とか考えてないし、ずっと猫と暮らすんで独身でいいです」

「そこまで言い切っちゃいます？　もったいない。あ、だけど猫好きの人なら付き合ってもいいってことですか？」

「猫好き……」

思わず声に出して反芻（はんすう）する。

ぽん、と大神部長が思い浮かんだけれど、慌てて打ち消した。

確かに猫好きだし理解があるし、私の趣味も子供っぽいなんて言わないけれど……付き合ってもいいとか図々しすぎる！　大神部長なら恋人なんてより取り見取りだろうし、彼を好きだという女の子の中には、きっと猫好きで飼っている人だっているだろう。

シトラス系の香水もやめて久しいし、もう飼っている猫に速攻で逃げられるなんてこともなくなるだろうし……もし、そんな人が現れたなら、私なんてお払い箱だ。

「……」

そこまで考えて、気持ちがもやっとする。今までで一番のもやもやだった。

「そんな素敵な人、現れたらいいけどね」

そう言いつつも痛くなった胸になんとなく嫌な予感がして、私はそれ以上考えないことにしたのだった。

「宮下」

最寄り駅に到着し、どこで待とうかとキョロキョロしていたら、もうすっかり聞き慣れた低い声に呼び止められた。

てっきり私が待つ側だと思っていたので、のんびりと歩いていた私は、逆の方向から歩み寄ってきた大神部長に慌てて頭を下げる。

「お疲れさまです！　お待たせしてすみません」

大神部長の後ろに見えるロータリーの時計は、まだ七時少し前だ。この早さだと出先から直帰したのかもしれない。

「いや、今着いたところだからちょうどよかった。宮下もお疲れさん」

お互い労（いたわ）りあってから隣に並ぶと、大神部長の背中越しに若い女の子達がこちらを見ていることに気が付いた。

「あーやっぱり女連れじゃん」

「でも仕事っぽくない？　上司と部下って感じ。女の子ちっちゃいし、雰囲気からして釣り合わなすぎるでしょ」

「もういいって。どうせなら二人連れに声かけようよー」

そここそそんなことを言いながら通り過ぎていったけれど、そのうちの一人は道を曲がる直前まで何度もふり返って、名残惜しそうに大神部長を見ていた。

やっぱり大神部長モテるなぁ……

銀行内でもそうだけど、大神部長は可愛らしい子よりも、モデル系美人にモテる。今の子達だってそっち寄りだ。確かに大神部長の横に並ぼうとすれば、ある程度身長が高い方が釣り合う。

……やっぱりヒール履いてくれればよかった。

久々に『ちっちゃい』と言われてしまって、溜息をつきたくなる。

私一人でいればそれほどじゃないんだろうけど、大神部長が長身すぎて、余計にそう見えるのだろう。

今日は雨だったこともあって、ヒールは避けたんだよね。履いてきた綺麗目のぺたんこ靴を見下ろす。

顔はどうにもならないけれど、身長差はどうにかできたのに。

……悪目立ちしてたら悪いなぁ、なんて申し訳なく思っていたら、不意に大神部長がぽつりと呟いた。

「意外に恋人同士に見られないもんだな」

どうやら今の女の子達の会話を聞いていたらしい。ごく自然にそんなことを言ったので、一瞬素直に頷きかけ、次いでぎょっとして大神部長を見上げた。

「ちょっと、何言ってるんですか！」

まずい。顔が赤くなってないだろうか。

「やっぱり年が離れてるからなんだろうな」

「……え？　いやいや、それより身長差ですよ！」

「小さくて可愛いじゃないか」

私の勢いにちょっと目を丸くしながらも、宥めるようにそう言われて溜息が出た。

小さくて可愛いとか、まんま子供扱いである。

おそらく膨れっ面になっているであろう私を見て、大神部長はさすがにマズイと思ったのか、あからさまに話題を変えた。

「スーパーこっちだったよな？」

そのまま何事もなかったかのように大神部長は歩き出す。結局一人で騒いでいるのが虚しくなった私も、その後に続いたのだった。


久しぶりのお鍋は協議の結果、スタンダードに寄せ鍋ということになった。

具材はかなり豪華で、大きなエビやホタテまで入る予定だ。しかも材料費は折半する気でいたのに『場所代ってことにしておけ』と言われて、私は一円も出させてもらっていない。だけど合計金額が一食分の食事代じゃなかった。魚も高いけれど今年は野菜も高いのである。

さすがに甘えすぎでは……と、悶々としながら帰りの夜道を歩いていると、大神部長が買い物袋を片方の手にまとめながら「そっち重くないか」と手を出してきた。

「え？　大丈夫です！　一袋くらい持たせてください」

持っていくっていっても、こっちは軽いものばかりだ。慌てて買い物袋を大神部長から遠い方に持ち替えると、「無理に取るかよ」と笑われてしまった。街灯の灯りでその表情がばっちり見える。

子供みたいな笑顔に心臓がきゅうっとなる。顔が熱い。

急いで視線を逸らし、もう一回くらい払うって言ってみようかな、なんて別のことを考えて落ち着きを取り戻そうとしている間に、家に到着してしまった。

「ちょっと待っててくださいね」

買い物袋を持ち変えて、鞄から鍵を取り出す。

鍵穴に差し込み捻って扉を開けると、足元で「にゃあ」とモコの声がした。

足元を見れば、なぜかそこにモコの姿があった。

「あれ？」

玄関から台所へと繋がる扉はいつもきっちり閉めているので、モコ達がこちら側に来ることはない。ぱっと顔を上げると、台所の中扉が開いていてぎょっとした。

――やだ。私もしかして今朝、扉閉め忘れた？

慌ててしゃがみ込みモコを抱いたその時、手前の洗面所からカイが顔を出した。

「カイ！」

一瞬ぶわっと鳥肌が立った。嫌な汗が背中を伝う。

カイは私の声に一瞬反応して顔を上げたかと思うと、勢いよく走り出した。私の足元を通り抜けて外へ飛び出していく。

「やだ、カイ！　戻ってきて！」

モコを抱っこしたままそう叫ぶけれど、カイは建物を囲むように植樹してある緑に突っ込んでそのまま消えてしまった。どんなに目を凝らしてもその毛色すら見えない。

「今のカイか！」

茫然と立ち尽くす私に、大神部長はそう言うと素早く玄関先に荷物を下ろした。そしてカイが消えた植木の方へ駆け出し、その向こうへと回り込む。

はっと我に返った私も慌てて靴を脱ぎ、抱っこしていたモコを部屋へ連れていって下ろしてから、今度はきっちり台所の扉を閉めて取って返した。

玄関の扉は開けたまま、その前に立って忙しなく周囲を見回す。私も探しに行きたいけれど、カイが戻ってくる可能性もある。

……もしカイが事故にでもあったら。

このあたりは幹線道路の抜け道になっていて、すごいスピードで走っていく車も多い。

最悪の事態を想像して口元を押さえる。同時に自分の迂闊さを呪いたくなった。

「どうしよう……」

病院に行く時以外、カイは外に出たことがない。ただでさえ人見知りなのに、そんな子が外に出たら、パニックになっちゃうんじゃないだろうか。

どうして、朝、ちゃんと中の扉を閉めなかったんだろう。きっとここ最近浮かれていたからだ。迷子にしちゃうなんて飼い主失格だ。

こういう時のためにGPSのついた首輪だってネット通販で見てたのに、どうして買っておかなかったんだろう。

次から次へと込み上げる後悔に喉が鳴る。

胸の前で重ね合わせた手が震えているのがわかったけれど、一向に収まらない。

ただただ扉の前に立ち尽くしていると、大神部長が駆け戻ってきた。

「宮下、落ち着け。戻ってくることも多いっていうから、とりあえず宮下は玄関だけ開けて家の中で帰ってくるのを待ってろ。で、わかりやすいカイの写真、俺のスマホに送ってくれるか。その辺聞いて回る」

私の肩を掴み、顔を覗き込んでくる。触れられている感覚が遠い。

「……あ……、あの、それ私がやります！　大神部長がここで」

「馬鹿。夜に女一人で夜道を歩かせるわけにはいかんだろう」

そう言って大神部長が私の髪をくしゃりと乱暴に撫でた。同じタイミングで、アパートの前を車が二台すごい勢いで通り過ぎていく。

ごくりと唾を呑み込んだ私に気付いて、大神部長はちっと舌打ちする。

そして私の頬を両手で挟み込んだ。

「大丈夫だ。案外あいつ臆病だから、その辺の繁みで丸くなってるよ」

言い聞かせるように、ゆっくりと言葉を紡ぐ。

「大神部長……」

後悔の言葉しか響かなかった耳の中に吹きこまれたその言葉は力強く、不思議と心に届いた。

「そ、……不安だからこそ、現実になるように声に出してみる。だって確かに大神部長の言うとおり、カイは警戒心が強い。どこかでじっとして様子をうかがっているかもしれない。

「ほら、買い物袋の中身もしまっとけ。カイの好きな刺身も買ったじゃないか。傷んでたらきっと怒るぞ」

最後はわざとらしく軽い口調でそう言ってくれたけど、私はうまく返事ができなくて、ただ頷いた。

大神部長は「よし」と言って私からそっと離れる。

それからスマホでカイの写真を送り、大神部長を見送る。

放置したままだったスーパーの袋を部屋まで運び、冷蔵庫にしまい込むと、モコを抱っこしながら玄関先に座り込んだ。

物騒かもしれないけど、玄関もカイが通れるくらいの隙間をあけている。

モコもいつも一緒にいるカイがいなくなったせいか、それとも私の不安を感じ取っているのか、じっと抱っこさせてくれていた。

時計の針の進みが遅い。それに、カチカチという音に心が追い詰められていく。

目に溜まった涙で、ふわふわのモコの輪郭が見えなくなった——その時、玄関の扉が開く音が大きく響いた。

大神部長が一旦戻ってきただけかもしれない。あまり期待しないように、と自分に言い聞かせてモコを抱っこしたまま一歩近付く。

そして大神部長が抱っこしている小さな影を見つけて、ぴたっと足が止まった。

「——カイ！」

不機嫌そうに尻尾の毛を太くし、大神部長の腕の中でうにゃうにゃと暴れている、その姿すらちゃんと見えないのは、もう涙で視界が滲(にじ)んでいるからだ。

大神部長がきっちり扉を閉めてから下ろせば、カイはすぐに私のもとへ駆け寄ってきた。

「カイ！　怪我とかっ、ない⁉」

モコが私の腕から飛び下りる。二匹はお互いの匂いを忙しなく嗅(か)ぎ合い始めた。私もそっと触れてカイの身体のあちこちを見て回るけれど、特に怪我らしきものはなく、歩き方も普通に見えた。

　それでもやっぱりカイも怖かったのか、モコとちょんと鼻を突き合わせた後、心を落ち着かせるためにその場で毛繕いを始めた。

『あーびっくりした。外出たらすごいのがいっぱいでさ、こわくなっちゃった』

『ばかねぇ、外に出ちゃダメって言われてるじゃない』

　カイが身体を舐めているとモコも毛繕いを手伝う。二匹がそんな会話をしているように感じられて、ああ、いつもどおり、と心からほっとした。

「もう二度と開けっ放しにしないから。怖い思いさせてごめんね」

　カイの尻尾の付け根のあたりを撫でながらそう約束する。そして、ようやく落ち着いてきた私は振り返って、大神部長に頭を下げた。その拍子にぽろっと涙が落ちる。

「大神部長。ありがとうございました……！」

「見つかってよかった。やっぱりあんまり遠くには行かなかったみたいでな。ここから少し離れた家の庭にいたんだ」

　大神部長もほっとしたような穏やかな声だ。

　顔を上げると、大神部長の腕が目に入る。袖を捲ったそこは傷だらけだった。カイの引っかき傷らしきものもあるけれど、それよりも細かいものも多い。

「大神部長、傷だらけ……」

「植込みの中からなかなか出てこなくてな。その家でも猫飼ってて、オヤツ分けてもらえたから、それで釣って引き摺（ず）り出した」

　にゃあん、とカイが珍しく鳴いて私の指先を舐（な）める。首の付け根を撫でると、気持ち良さそうに脚に身体を摺（す）り寄せてきたので思いきって抱き上げてみた。

　珍しいことに大人しく私の腕に収まって、少し驚く。

「ああ、やっぱり飼い主は違うのか。ここまで来るのに随分抵抗されたよ。その家の人が倉庫にキャリーバッグがあるはずだから探して貸しますよって言ってくれたんだけど、カイも興奮するしお前も気になったし、少しでも早く戻してやりたくてな」

「ぶちょ……」

　もう言葉が涙で溶けて、音にならない。

　この前、大神部長の前で泣いてしまったばかりだから、もうみっともないところは見せたくないのに……これは駄目だ。我慢できない。

　大神部長の優しさが心の柔らかい場所に染みて、次々と涙が溢れてくる。

　安堵感と、そしてまた別の感情に押し流され、嗚咽（おえつ）を堪（こら）えることができなかった。

「お前はよく泣くな」

　ぽんぽんと頭を撫でられて、抱き締められる。

　かすかに感じる汗の匂いに、一所懸命探してくれたんだとわかった。

「――さて、じゃあ帰るとするか」

泣きやんでしばらく経ってから、大神部長は自分の腕時計を見下ろしてそう言った。

部屋に上がってもらい大神部長の擦り傷を消毒していた私は、慌てて時計を見てぎょっとする。時間はすでに零時を過ぎている。うちの最寄り駅の終電はとっくに終わっていた。

「あの、……終電過ぎてますよね」

「タクシーで帰るから気にするな」

「じゃあ、私、払います！」

「いいって」

「でも私のせいで、迷惑かけたんで！」

つい大きな声になってしまい、慌てて口を閉じる。しまった、真夜中だった。

そんな私に大神部長はちょっと笑ってわざとらしく肩を竦めてみせた。

「さすがに年下の女の子に、足代なんてもらえるわけないだろ。——ああ、じゃあいっそ泊めてくれるか？」

おそらく冗談だったのだろう。そんな声音だった。

「……」

きっと大神部長はいつものように私が「からかわないで」と、怒ると思ったに違いない。

だけど今回はどうしても譲りたくなかった。

カイが見つかって心からほっとして力が抜けたことで、ずっと頑なに見つめようとしなかった本音が、ぽろりと唇から零れ落ちてしまった。

「──いいですよ」

私の言葉に大神部長の目が見張られる。次いで不機嫌そうに細まり、「……お前な」と呆れた声が、溜息混じりに落ちてきた。

「無防備にもほどがあるぞ。男を泊めるなんて、襲われても文句言えないんだからな?」

「文句言いません」

大神部長を見上げる。

大神部長の目がますます鋭さを増して、私を捉えた。

「それはつまり、お前は俺に抱かれてもいいと思っているってことか?」

直接的な言葉に顔が熱くなる。だけど私はまっすぐに大神部長を見て頷いた。

いつからだろう。

まどろむ顔をずっと見ていたいとか、大神部長に彼女ができて、家に来なくなったら寂しいとか──そう思った時点で、私はもう大神部長のことを好きになっていたのだろう。

最初は前の彼氏と比べて猫に理解があって素敵だな、って思う程度だった。けれど一緒に過ごしているうちに猫に理解があるんじゃなくて、周囲に気を配れる優しい人なのだと気付いた。

最近は、前の彼氏と比べることもなくなっていた。ただただ一緒にいるだけで楽しくて、からかわれて顔を赤くして、大神部長の一挙一動に胸がいっぱいになった。

「……お前は猫じゃないな。小悪魔だ」

最後の方は聞き取れなくて、首を傾げたら「もういい」とやや乱暴に、顎（あご）を掴まれた。

「俺達は付き合う、ってことでいいな？」

そして彼から発せられた言葉を意外に思う。だって――

「えっと……あの、律儀ですね」

こういう時はムードで、なし崩しにしちゃうものなんじゃないだろうか。

それなのにいちいち確認を取ってくれる大神部長の真面目っぷりに――いや、見た目に反して律儀なのは前からわかっていたけれど――呆れるやら感心するやら気持ちは複雑だ。だけど何度か彼の言葉を反芻（はんすう）したことで現実味を帯びて、照れくささと嬉しさがじわじわと込み上げてくる。

付き合う――そうか。そういうことになるのか。

「言葉にしとかなきゃ不安になるだろう。お前サバサバしているように見えて、結構ぐずぐず悩むからな。しかも明後日（あさって）の方向に自己完結しそうだし」

「……ぐずぐず悩む」

自覚があった自分の弱点をさらりと言われて、目を瞬かせる。そして、敵わないなぁ、と思った。

「宮下和奏。お前のことが好きだ。ノアールで初めて会話した時から」

至近距離で顔を覗き込まれて告白される。

突然のことに目を見開き、数秒かかってようやく理解した。

「え、……え？」

ノアールって、初めて会話したあの時？

……すっぴんでツナギ姿だったはずだ。どこに好かれる要素があったのだろう。

不思議に思って首を捻ると、大神部長はそんな私に苦笑して再び口を開いた。

「最初は俺のこと怖がってるのに、わざわざアドバイスに来てくれてイイ子だな、って思ったんだ。それで顔を見たら可愛いし小さいし、一瞬未成年かと思って焦った。でも話し方はしっかりしてるから大人だろうとほっとして、笑った顔を見たらますます可愛いな、ってどんどん嵌っていった——結局は一目惚れだったんだろうな」

熱の籠もった告白に身体が熱くなってくる。そして私も負けじと、大神部長の服の裾をぎゅっと掴んだ。

「わ、私も大神部長の、ことが好き、です！」

言い終わる前に抱きしめられて「知ってた」と悪戯っぽく耳元に囁かれた。

そ、そんなに私、わかりやすかっただろうか。

「いつから⁉」

「からかうとすぐ赤くなって目を逸らすし、可愛いなと思ってニヤニヤしてた」

「もう！」

ぽかぽか殴るけれど大した攻撃にはならなかった。

大神部長は立ち上がり、私の膝を掬うようにカイごと抱き上げる。

「きゃっ！　ちょ、重いですって！」

私の悲鳴にびっくりしたのか、カイがぴょんと飛び下りる。

すぐ近くで口角が上がるのが見えた。これは大神部長がご機嫌な時の笑い方だ。

大神部長の足は部屋の奥へと向かい、襖を開けるために、私の身体を抱え直す。

その拍子に軽く鼻と鼻がぶつかった。

「猫の挨拶か？」

くっと笑って、大神部長が私の額にちゅっと唇を落とした。

「人間の挨拶の方がいいな」

そう言うと、大神部長は私をベッドに下ろして、噛みつくようなキスを仕掛けてきた。

ぽすん、とそのままベッドの上に押し倒される。二人分の体重を受けベッドのスプリングが軋んだ。

至近距離で見ることになった大神部長の目は情欲に燻り、かすかに潤んで熱い。

身体の奥が反応するようにきゅうっと疼いた。

「っふ……っ」

想いを通じ合わせたばかりのキスにしては、いささか濃厚すぎるそれに翻弄されてしまう。苦しい息が鼻から抜ける。角度を変えては口の中を蹂躙するように舌が這い回り、絡み合った。

ようやく唇が解放されたかと思うと、今度は首筋に生温い舌が這う。

「んん、……っ」

軽く歯を当てられるのがくすぐったくて、背中がゾクゾクする。

反射的に首を振って抵抗しようとしたら、大神部長はお互いの両手を合わせて、私の手をシーツの上に縫い止めた。

「暴れんなよ」

乱暴な言葉なのに口調はひどく優しく甘さを含んでいて、くらくらしてしまう。

「顔、また赤くなったな」

熱が籠もった頬に彼の頬がすり合わされる。

大神部長の頬は逆に冷たくて、いっぱいいっぱいだった頭が、少しだけ冷静になった。

低く笑う声。伸びた髭がちょっとチクチクする。

「も、くすぐったい……」

「くすぐったいだけか。ん？」

お腹に響く低い声で意地悪く囁かれて、ゾクゾクと身体が震える。

再び首筋を舐め上げられ耳朶を甘く噛まれた。

しゃぶられて響く水音と、からかう言葉と共に吹き込まれる熱い息に、一足先の未来を予感し、どんどん身体が熱くなっていく。

薄いニット越しの胸に大神部長の手が触れて、いっそう心臓の鼓動が速くなった。

大神部長の手は大きすぎて、私の胸がすっぽりと収まってしまう。もうちょっと胸が大きかったらなぁ、なんて今更なことが頭を過った。だけどそれは一瞬のこと。

最初は様子をうかがうように、胸の膨らみをやわやわと揉まれ、軽く揺らされる。

ん、と吐息を零すと、今度は膨らみの先端を指先で擦り上げられた。

「っ、……っあ、……ん」

「全部脱がすか」

ぽつりと独り言のように呟いた大神部長は、縫い止めていた手を一回ぎゅっと握り込んでから解放した。そのまま上半身だけ起こしてスーツの上着を脱ぎ、無造作に床に投げ捨てる。

「大、神部長、皺になっちゃ……」

慌てて起き上がって拾い上げようとすると、大神部長はそれを押しとどめ、器用に片眉を吊り上げた。

「明日休みだから大丈夫だ。それより色気のない呼び方すんなよ」

床に手を伸ばそうとしたのに、腰に回った手にがっちりと抱え込まれて動けない。薄いシャツ越しに、籠もるような熱さを感じた。

「ほら、蓮だ。れ・ん。呼んでみろ」

顎を掴まれ、至近距離で覗き込まれる。

子供に言い聞かせるようにそう言われて視線が泳ぐ。ずっと苗字で呼んでいた人を名前呼びするのは、なんだか気恥ずかしい。

「えっ……と、おいおい……？」

「却下だ。ほら呼べ。……和奏」

耳朶を甘く噛みながら、同じくらい甘い声音で名前を呼ばれて、もうどうしようもなくなった。

ああ、好きな人にこんな風に名前を呼んでもらえる幸せなんて、すっかり忘れていた。

そっか。大神部長も一緒なんだ。

お返しするべく、だけど掠れた声で、蓮さん、と名前を呼べば、目の前の彼は困ったような顔で笑った。

「呼び捨てにしろと虐(いじ)めたいところだが、今はそれでいい。——俺がもたん」

そう言うと、果物の皮を剥(む)くように、セーターやスカートを脱がしていく。

下着だけになったところで、露(あら)わになった胸の膨らみの上部分に、大神部長……もとい、蓮さんが口づけた。

かすかな痛みに顔をしかめると、皺(しわ)が寄った眉間にも唇が落とされる。

どうやらキスマークをつけられたらしい。……私も後でつけさせてもらおう。こんなにもくすぐったくて嬉しいのだから。

その後は優しいキスが繰り返され、私の身体から力が抜けたところで、また愛撫が再開された。

最初こそ荒々しいキスで始まったものの、蓮さんの手つきは外見に反して、丁寧で優しくて、大事にされているのがわかる。

「……っは」

優しく身体を撫でる手が気持ち良くてぼんやりしていると、背中に回った方の手が、器用に下着のホックを外した。肩紐はかかったまま、下から潜(もぐ)り込んできた手が直接胸に触れる。鼓動の速さに気付かれてしまいそうだ。

「柔らかいな」

長くて太い指が肌に食い込む。硬く尖り始めたその先端を押し込むように親指で潰され、ひゃんっと猫みたいな高い声が上がった。

――そういえば、カイとモコはどうしてるだろう。

一瞬気が逸れて隣の部屋を見ると、ざっざっとトイレ砂を掻く、呑気な音が聞こえてきてほっとした。ご飯はすぐに食べられるようお皿に入れてあるし、問題はないだろう。

「こら。集中しろって」

「っや……っ」

別のことを考えていたのがわかったのか、咎めるように淡く色づいた場所ごと口に含まれる。

思わず声が出て、びくんっと身体が跳ねる。

そのまま口の中で転がされ、歯を立てられ、最後に強く吸いつかれて、そこに意識が集中してしまう。

「ん、っあ……んんっ」

気持ちいいけど切ない。

胸の先端を弄られるたびに、そんな感覚がお腹の奥に積もっていく。

蓮さんの手が身体の線をなぞるように下へ滑っていき、するりと脚の間へと触れた。

くち、と濡れた音がかすかに響く。

久しぶりすぎて恥ずかしい気持ちと、その先を望む気持ちがせめぎ合う。思わずぎゅっと脚を閉じたけれど、その結果蓮さんの手を挟むことになり、余計に恥ずかしくなってしまった。

「邪魔すんなって……」

叱るには甘すぎる声でそう囁かれる。

男の人なのに、何でこんな色っぽい声が出せるんだろう。

ある意味オオカミモード全開？　粗暴なイメージのある普段とのギャップがどうにも慣れない。

脚の力を緩められないでいると、お腹から下着の中に入ろうとしていた指が方向を変え、下着の上から、度重なる快感に尖り始めていた突起を撫で始めた。

「――んんっ」

布越しの感触がもどかしくて腰を揺らすと、低く笑う気配がする。するりと横から滑り込んだ指が、直接突起をきゅっと摘んだ。

「ひゃあああんっ」

突然の強い刺激に爪先が反って腰が浮く。苦しさと切なさに天井を仰ぐと、宥めるような口づけが落ちてきた。

「ん、気持ちいいな？」

指で挟み込むように突起部分を擦り上げられる。駆け上がる快感に、高い声が出た。だんだん速くなっていく指の動きに、思わず蓮さんの背中に爪を立てる。

「あ、あっ、あっ、……ッは、ぁ……！」

高いところまで一気に押し上げられて、そのまま解放される。

達する直前に再び唇を塞がれて、息苦しさも相まって頭の中が真っ白になった。すぐに唇は離れたけれど、久しぶりの感覚は強烈すぎて、自分の呼吸が獣みたいに荒い。

身体を起こした蓮さんは、野性じみた仕草で下唇を舐(な)めた。獲物を前にした狼を想像して、ぞわわっと肌が粟立(あわだ)つ。

太腿に手がかかったと思ったら、ぐいと抱えられて引き寄せられた。すっかり濡れて用を成さない下着越しにそこに吸いつかれる。

「ひゃ、はっ、……っちょ」

「こーら。暴れるなって言ってんだろ」

「そこ、舐(な)めなくても……っ」

多分、大丈夫。むしろどれだけ欲求不満なんだって自分でも引くくらい、濡れているのがわかるし、そういえばシャワーも浴びてない……っ！

今更なことを思い出してしまい、抵抗するものの、脚から下着を引き抜かれ、今度は直接指が濡れた部分を余すところなく辿った。

「駄目だ。お前、体格差舐めてるだろ。このまま突っ込むと痛いぞ」

ぬるついたそこに蓮さんの指が入ってくる。ぴくっと強張った身体を宥めるように、先程散々弄られて硬く尖った芽に吸いつかれた。じゅっ、とすごい音を立てて吸われ、頭の中が真っ白になる。

「ゃあ、あっ、……っッん」

その間に指が慎重に中を広げていく。ますますひどくなっていく粘着質な音に、耳を塞ぎたくなる。

二本、三本と増えていき、お腹の下を強く撫でられると、ちゅくっと一際大きな水音が鳴った。

「あ、っあ、は……っん、っあ、ぁ！」

そうして中に入った指が、お腹の下の弱いところを規則的に何度も擦り上げ、私はいとも簡単に——再び達してしまったのである。

肩で息をする私の頭を撫でると、蓮さんはすっと身体を離し、私に背を向けた。お互いの汗で濡れた肌が寒くなる。離れてしまった身体が寂しくて、ぼんやりとしたまま蓮さんの背中を撫でると「こら、ジャレるなって」とまたこちらに顔を向けてくれた。

そして意地悪く笑う。

「なんだ。着けてくれるのか？」

言葉の意味を理解して、少し落ち着いていた顔がまた赤くなる。

そんな私に蓮さんは低く笑って、のしかかってきた。

膝に唇を落としてから、なにか思い付いたように一旦身体を離すと、脇に置いてあったクッションを手に取った。

何だろう、と不思議に思ったら、それを腰の下に差し込まれた。

「ちょっとは楽になるだろうが、キツかったら言えよ？」

お尻が高い位置に上がったことで、普段自分でも見ないようなその場所が丸見えになってしまった。潤んだ場所に、再び蓮さんの指が埋められる様までつぶさに観察できてしまう。抗議の声を上げるよりも先に中をバラバラに擦られて、結局喘ぎ声しか出なかった。

「もう、いいか」

蓮さんは指を抜き取って腕まで伝った愛液を舐め取る。赤い舌が煽情的で、恥ずかしさよりも、お腹の奥がきゅんきゅんと疼く。

すっかり濡れたソコを広げるように、ぐっ、と腰を押しつけられ、身体が自然と強張った。

思わず繋がろうとしているその場所を見てしまい、――ちょっと、ひやっとなる。

「お、……おっき、い……」

今更ながら体格差問題。

思わず口に出して慄（おのの）いた私に、蓮さんは「そりゃどうも」と軽い調子で返してきた。

いや、笑いごとではないのでは。

「入、ら、ないような……」

逃げるように自然とお尻で後ずさってしまった私に、蓮さんは少し困ったように眉尻を下げた。

「ここまで来て、生殺しは勘弁してくれ」

懇願するように言われて、ぐっと腰を押し付けられる。

わ、わかる。うん、ここまできて、止めるというのは多分キツイだろう。

……ええい！　女は度胸！

「どうぞ！」

そう思って、決心を固めてぎゅっと目を瞑（つぶ）れば、蓮さんは「男前だな」とからかうように笑った。

少し屈（かが）んで汗で額（ひたい）に貼り付いた私の前髪を後ろに撫で、ちゅっと唇を落とす。

「身体が硬くなったな」

肩にも触れてそう言うと、ソコに切っ先を当てたまま、その前の芽に親指を置いて緩（ゆる）

く円を描くように撫でてきた。

「っひゃ……っあ、あっ」

だんだん強く、速くなっていく指に腰が揺れる。

気持ち良い。

そう思ったのと同時に指が引き抜かれ、太い切っ先がゆっくりと潜り込んでくる。

「ん――……っ」

やっぱり、大きい。

痛みはないけれど、気持ちよさは遠くにいってしまった。中がいっぱいいっぱいで圧迫感がすごい。

なんとか身体から力を抜こうとして仰ぐように上を向けば、苦しそうに歪められた蓮さんの顔に目を奪われた。

ひそめた眉や眇めた目が艶っぽくて、中に入ってくる蓮さんをますます意識してしまう。そのせいか余計に息が詰まった。

「辛いか？」

心配そうに尋ねる掠れた声までセクシーだ。身体の奥がきゅうっと切なくなる。

「だ、だいじょ、……ぶ、です」

浅く出入りする先端。気を遣ってくれているのか、それ以上奥に進むことはなく、入り口の浅いところを引っかくように一番太い場所が往復する。

「は……っ」

熱くて苦しい。

蓮さんの額からも汗が伝い落ちた。

私のためを思ってゆっくりしてくれているのだろう。きっと蓮さんもつらいに違いない。わかってはいるけれど、中にいる蓮さんの大きさに怖じ気づいてしまって、好きなように動いていいですよ、なんて言えない。

「ふ、っ……っはぁ」

くぷ、とか、くちゃとか恥ずかしい音が耳を犯す。

そして蓮さんが一度大きく腰を引いた時に、それはやってきた。

物足りない——そんな驚くような感覚に襲われ、自然と腰が揺れる。

様子をうかがうように蓮さんがゆっくりと押し入ってきて、また浅いところで抜けていく。私の腰はそれを追いかけて大きく身体を反らせた。

「和奏？」

「ん、……っはぁ、あー……」

吐き出した声は自分でもわかるくらい媚びていて甘ったるい。

——もっと、深く、欲しい。けれど、あれだけびびっていたのに、そんなこと言葉にできない。

「……蓮、さ、……ん」

思考がトロトロと蕩けて舌っ足らずになってしまう。

願いを言葉にするのは恥ずかしくて、その代わりみたいに両手を蓮さんの首に回す。

軽く引き寄せ眉間にキスをした。汗と蓮さんの匂い。決して不快ではなく、むしろ余計にどきどきする。

ちょっと、しょっぱい。けれど余裕綽々に見える蓮さんも、私と同じように興奮していることに嬉しくなった。

愛しくなって、私はようやく素直な願いを口にする。

「大丈夫、だから、……っ」

だから、動いて。懇願するように囁けば、蓮さんの顔が盛大にしかめられる。

「……また、可愛いこと言いやがって」

私の両脚を折りたたんで、ぐっ、と蓮さんが腰を進める。

「あっ」

一気に突き入れられ、衝撃に息が止まった。

「この体勢だと、すぐ奥、当たるな。逆にキツいか？」

返事は荒い吐息にしかならない。慣らすように腰を緩く揺らされて、ますます背中が反った。

「っ……ぁ、んっん」

「顔隠すなって」

「やだ、恥ずかしい、あ、……、きゃっ」

急に腰を掴まれて軽々と胡坐(あぐら)の上に乗せられる。がっしりしていて危なげなところなんて一つもないので、重いんじゃないか、と心配することもない。

それよりも奥に入り込んだ蓮さんのもので、さっき以上にお腹がいっぱいになっていることが嬉しかった。

耳のすぐ近くで聞こえるのが、私の鼓動なのか蓮さんのものなのかわからない。

ぬいぐるみみたいにぎゅっと抱き込まれ、包み込まれる感触にほっとしたのも束の間、背中を撫でていた手が、急にお尻を掴んだかと思うとそのまま抱え上げられた。

「やっぱり、軽いな」

「やあっ」

そのまま落とされ、これ以上はないくらい深い場所に蓮さんのモノが入り込む。当たったその場所から、ぶわあぁと強烈な感覚が込み上げた。

「は、……っああッ」

「お、いい声。奥が好きなのか？　やらしいな」

蓮さんの意地悪な声にすら感じてしまう。

縋るように腕を掴むと、首に手を回すように促された。

しっかりとしがみつくと、耳朶をしゃぶられる。求めていた感覚に身体が喜んで、自然と中が締まったせいか、蓮さんがゆっくりと腰を動かし始めた。

「きつ、……」

はぁっと吐息混じりの囁きが鼓膜に直接響く。

「ちょっと緩めてくれ」

「わ、わかんな、……んんっ」

最初は小刻みだった動きがだんだんと激しくなる。奥まで突き入れられたかと思うと、ぎりぎりまで引き抜かれる。

ずん、と身体の奥の奥まで甘い痺れが走った。うまく受け止められなくて、首を振れば自然と涙が零れる。

やだ、怖い、気持ちいい。

そう何度も繰り返して、背中に縋りついていると、蓮さんからはぁっと大きな吐息が零れた。

視界いっぱいに蓮さんの歪んだ表情が広がる。蓮さんは私の頭のてっぺんにキスをすると、汗で貼り付いた前髪を後ろへ流してくれた。

優しい仕草にほっとしたのも束の間、大きな手にお尻を揺らされ、また違う場所に蓮さんの切っ先が当たる。新しい刺激に上擦った声が上がって身体が小刻みに震えてしまう。

もう全部がどうしようもなく気持ち良かった。

「——駄目だな。お前の可愛い顔見てるともたねぇわ」

キスの合間もずっと私を見つめていたらしい。

自然と閉じていた瞼を押し上げれば、細く眇められた蓮さんの目尻が赤い。

「ちょっと飛ばすからしっかり掴まってろ」

蓮さんは唸るようにそう言うと、私が返事をするよりも早く、ぐっ、と腰を押さえつけ、下から突き上げた。

「っひゃ、っあ……！」

胸もきつく揉みしだかれ、先端を親指で潰される。

やや強引に上を向かされて、窮屈そうに屈み込んだ蓮さんに噛みつくように口づけされた。

「っく……」

舌が執拗に絡まり、嬌声は蓮さんの口の中に消えていく。

中にいる蓮さんが一際大きくなると、それに応えるように中がうねった。

蓮さんの口から、かすかに呻き声が漏れる。次の瞬間、一際強く奥を突かれて、ぶわりと毛穴が開くようなすごい感覚が背中を駆け上がった。

「や、やっ……っあ、あっ……！」

達してなお身体を揺さぶられる。もう身体のどこを触られても気持ちがいい。叫ぶように喘いで、息を詰めててっぺんまで上り詰める。頭の中が真っ白になって、蓮さんの身体にぎゅうっと抱きつけば、同じように抱き締め返された。

そこからはもうすべてが曖昧で——。ぐずぐずに溶けた身体を蓮さんが優しく抱き締めてくれたのを最後に、意識が途切れた。優しく触れる大きな温かい手を、幸せだなと思いながら。

「……ん」

次に目を覚ましたのは、鳥も起きていないような早い時間だった。

全身に違和感を覚えてぱちっと目が開く。

視界いっぱいに広がる肌色。そして枕の下に通された太い腕に、昨日のことを瞬時に思い出して、ぶわぁっと顔が熱くなった。

……なんか、すごかった……

もう最後の方は、嵐みたいでよく覚えていない。

そして今現在はというと、裸のまま抱き込まれている状態だ。

大神部長……もとい、蓮さんの体温は眠っているせいか高くて、いつまでもくっついていたくなる温かさだ。

……顔を合わせるの、恥ずかしいな。

そんなことを思いつつも、温もりが心地よくて頬を摺り寄せたその時。

「……起きたのか」

真上から声がかかった。

寝起きの掠れた声が色っぽい……けれど、否応なしに昨夜のことを思い出してしまい、顔を上げられなくなった。

「っ……おはよう。ございます……っ」

「おはよう」

せめてもと挨拶すれば、ぎゅっと抱き締められた。広い胸に頬がむぎゅっとなる。

そこでようやく化粧も落としていないことに気付いて、心の中で溜息をついた。

きっとひどい顔をしているだろうし、早く落とさなきゃいけないんだけど、なかなかこの状態から離れがたい。

モコとカイのご飯をあげるのにも早いし、もうちょっとだけ……

胸の中でぐずぐずしているうちに、再びやってきた心地いい眠気に身を任せようとしぱちっと目が開いた。

たら、蓮さんが「なぁ」と私の髪を撫でた。

「支店長に言ってもいいか」

してんちょう……？　と、脳内で漢字変換して、ぱちっと目が開いた。

「支店長ですか⁉　なんでですか⁉」

この状況で『言ってもいいか』なんて、こういう関係になったこと以外にはないだろう。

思わず腕から抜け出して上半身だけ起こし、蓮さんを見る。私の勢いに驚いたらしい蓮さんは、ぽかんとしていて、ちょっと可愛い。……じゃなくて。

「……いや、言っておいた方が、休みとか何かと融通がきくだろう？」

不思議そうに尋ねられて、私は慌てて首を横に振った。……寝起きだからクラクラしてしまうけれど、眩暈を我慢してしっかりと蓮さんを見る。

「いやいやいや内緒にしといてくださいよ！　むしろ誰にも言わないでください！」

「特に隠すつもりはなかったが」

蓮さんの眉間にむっと皺が寄って怯みそうになるけれど、ここは譲れない！

「大神部長、自分がどれだけ人気あると思ってるんですか⁉　付き合ってるなんて会社の人達に知られたら、私、女子社員に袋叩きにあいます、絶対！」

「大袈裟だな」

「事実ですって！」

私が家に呼ぶのを躊躇した時に、窓口で呼び出しをかけるなんて言って脅してきたから、自分の影響力を知っているとばっかり思っていたけれど、そこまで意識していなかったのかもしれない。

彼が目を眇め、「蓮だ」と訂正する。

そして私のほっぺたを、親指と人差し指でむぎゅっと押した。

「お互い虫除けになっていいだろうが」

「それ大、……蓮さんしか得しないヤツ！」

ああ？　と低く唸って蓮さんも起き上がる。

朝からオオカミモードは怖いから！　と後ろに引いたところで「にゃーん」とベッドの下でモコが鳴いた。いつのまにか入ってきたらしい。

なんていいところに！

「モ、モコが遊んでほしいみたいですよ」

ベッドに上がったモコは猫じゃらしを咥えて、フリフリしている。

文句なしに可愛いお誘いだ。

蓮さんも満更でもないらしく、眉間の皺が薄くなる。

今がチャンスだ！　と、モコを抱き上げ蓮さんの背中に乗せると、私はシーツを身体に巻き付け、ベッドから抜け出した。

「おい、和奏……、こら、爪立てんなって」

呼び止める声音はきつくない。

私はほっと胸を撫で下ろし、蓮さんにじゃれかかるモコに感謝したのだった。

三

――蓮さん、と自然に名前を呼べるようになるまで、およそ三日。

慣れないし気恥ずかしい、と騒いでいたわりに短く済んだのは、蓮さんが結局あのまま日曜日の夜まで家にいて、『大神部長』と呼ぶたびに訂正してきたせいだろう。ずぃっと顔を近付けて至近距離で呼び直しさせられるのはマシな方で、……その、している最中にうっかり呼んでしまうと、思いっきり焦らされるのである。しかもそれがまた楽しそうで――たまにわざと呼び間違えるように持っていってない？　と勘ぐりたくなるほどにしつこかった……。まぁそれが嫌じゃないのが困るんだけど。

あの朝の話し合い（?）どおり、職場には私達が付き合っているというのは内緒にすることになった。おかげで特に問題もなく、今までどおりに過ごせている。

ただ更衣室やフロアで、不意に耳に届く蓮さんの噂話には、ついつい耳を大きくして聞いてしまい、そのたびにへこんだり、どうしてこんなにモテるの！　と嫉妬したりと心の中は忙しいけど。

ただ、いいこともあって──『同じ職場の恋人』というのは、一緒に過ごせる時間もあったりするのだ。

特にここ三、四日は、蓮さんは出張前のデスクワークで銀行内に一日いることが多く、昼休みに銀行の人が来ないような場所にあるご飯屋さんにランチに行ったり、待ち合わせをして一緒に帰ったり、後はお昼休みにあの地下の給湯室で待ち合わせをして、缶コーヒーを飲みながらおしゃべりしたりと、なんだか学生時代を思い出させるような甘酸っぱい時間を過ごしている。

そんな時間を私は結構気に入っていた。

「あー……来週からの出張、面倒だな」

そして日課となった給湯室での逢瀬。

どこからか持ち込んできたパイプ椅子に腰を下ろしてぼやいたのは蓮さんだ。

彼がこんな風に仕事のことで弱音を吐くのは珍しい。

「確かに色々準備大変そうですもんね」

そう言って蓮さんを労ってみるけれど、そんな言葉をかけることしかできない自分が少し歯痒い。

実は今度うちの銀行で、各支店の法人営業部の役職クラスが集まり、大手都市銀行と新しいプロジェクトを立ち上げるらしい。そのメンバーのまとめ役として選ばれた蓮さんは、しばらく東京とこちらを行き来することを余儀なくされてしまったのだ。

なんと来週いっぱいは蓮さんとは会えないという。しかもその週の土日は戻ってくるものの、また次の週も東京本社で研修と会合があるらしい。

ここ最近、毎日顔を合わせていたから、会えない日が続けばきっと寂しくなるだろう。でも天邪鬼な私は素直に寂しいと言えなくて、「モコとカイと会えないけど大丈夫ですか？」なんて捻くれたことを聞いてしまう。

「……そうだな」

少し考えるように間を置いてから、蓮さんは唸り、組んでいた脚を下ろした。そしてふいに私の腕を掴んで引き寄せ、開いた脚に引き込む。腰に手が回されそのまま抱え込まれた。胸に蓮さんの頭が押しつけられる。

「もう……っ急にどうしたんですか？」

苦笑して、意外と柔らかい髪の毛をそっと撫でると、蓮さんはすり、と胸元に頬を寄せてきた。

「二匹よりお前のが足りなくなりそうだ」

「え？」

「補充しとく」

上目遣いに見上げてくる目が柔らかく細められる。

若干崩れた前髪も相まって、年相応に見えるその顔に心臓が鷲掴みにされた。

うわぁ……！　可愛いなぁ、もう！

緩んだ口元を見られたくなくて、そのまま蓮さんの頭を抱え込んで目隠しする。

「おい……補充どころか息ができない。……いや、ある意味サービスか？」

そう呟いた蓮さんの手が薄いスカートに包まれたお尻へ下がってきたので、私は慌てて飛びのいた。「仕事場です！」とぺちんと大きな手を払えば、蓮さんは「残念」と肩を竦める。

――そうしてその週の金曜日はまたウチに泊まって、モコとカイの猫エネルギーと、……ついでに私から精力まで搾り取り、蓮さんは意気揚々と出張に出かけていったのだった。

†

「いただきまーす！」

両手を合わせて、あつあつの海鮮ピラフを木のスプーンで掬う。

あさりの出汁がしっかりと沁みたちょっとスパイシーな味は、いつもながらとても美味しい。

本日の猫カフェ・ノアールの賄いは、スタッフ一番人気の麻子お手製ピラフである。

厨房の一角にあるスタッフ用のテーブルはマックスで三人しか座れないのだけれど、小窓から猫スペースが覗けるので、美味しいご飯も相まってお客さん気分だ。

うん、家でソワソワしているよりよかったかも。

私がそうだとモコとカイも落ち着かなくなってしまうので、改めて来てよかったな、と思いながら、ピラフに舌鼓を打った。

今日は蓮さんが出張に行ってからちょうど一週間になる日曜日のお昼。

私は麻子のヘルプ要請を受けて、また猫カフェ・ノアールへお手伝いに来ていた。

本当なら今頃は、昨日深夜にこちらに戻ってくる予定だった蓮さんと、一緒に過ごしているはずだったのだけれど……今日の午前中に急にアポイントメントが入ったということで、蓮さんの帰りが夕方にずれ、お昼の予定がまるまる空いてしまったのである。

ただ先方との打ち合わせ場所はノアールの近くらしい。ちょうど麻子からヘルプの連絡が来ていたこともあって、それならとここで待ち合わせをすることにした。

麻子にも改めて紹介したいし、何より私が終わるのを待つという体にしておけば、蓮さんも人目を気にせずに猫達を堪能できる。

モコとカイは可愛いけれど、蓮さんだってたまには他の猫とも触れ合いたいだろう。いや、むしろ違う猫と触れ合うことで、それぞれのもっといいところが見えてくるのである。……なんだか浮気男の言い訳みたいだけど、実際そうなのだから仕方がない。

たくさんの猫達に相好を崩す蓮さんを見るのが楽しみだ。

緩みそうになる顔を引き締めつつ大ぶりのエビを掬う。ぷりぷりのエビに感動していると、同じく休憩に入るのだろう麻子が、お皿を持って私の向かい側に腰を下ろした。

お疲れ、とお互い声をかけあって食事を続けていたのだけれど、しばらくしてから麻子が言い辛そうに口を開いた。

「あのさ、電話の話だけど、本当にボランティアでいいの？」

「うん。ボランティアで大丈夫。事情は電話で話したでしょ？　むしろ前からお金をもらうの悪いなって思ってたんだよね。そもそも私が頼まれるのなんて月に一回あるかないかじゃない。ここ保護猫活動もしてるし、ボランティアで十分だよ」

ごくん、と口の中のピラフを呑み込んでから、そう説明する。

そう。お金をもらっているから社則に引っかかるのであって、ボランティアとして働くのなら、むしろ推奨されるべき案件だ。

だから今日のヘルプの電話がかかってきた時にそうお願いしたんだけど、その時も今も麻子は納得してないようだ。何度か同じような会話を繰り返し、私が譲らないとわかると「でも」と頭を抱え込んでしまった。

「ピラフ冷めちゃうよー」

確かに麻子の気持ちもわかる。友達だからこそ金銭面はちゃんとしておきたいのだろうし、むしろ逆にボランティアでは頼みにくくなるかもしれない。

少し考えて、あ、と思いついた。

「じゃ、今度の飲み会でさ、麻子の手料理食べさせてほしいなぁ。茶碗蒸しとか日本酒に合う感じの和食が食べたい」

「そんなのでいいならいくらでも作るけどさぁ……」

麻子はまだ物言いたげだけど、私は綺麗に平らげたお皿を前に「ご馳走さまでした」と手を合わせて話を切り上げた。

「基本暇だし、猫達にも会いたいしさ。いつでも言ってよ。でもご飯は楽しみにしてるね！　じゃあ戻るね！」

「あ、和奏！」

これ以上話していても堂々巡りになりそうなので、ちょっと早いけれど仕事に戻ることにする。お皿を流しまで持っていき、戻る時に『気にしないで』という気持ちを込めて、ポンと麻子の肩を叩いた。

……むしろ私の事情で振り回して申し訳ない。

しばらくは手が足りないかどうか、こっちから連絡して確認しよう、と決意し、いつものようにお掃除セットを持って移動する。本日の担当も猫スペースだ。

今日は日曜日でお客さんも多く、猫スペースにもそこそこ人が入っている。

――蓮さんが来る頃には、お客さんも捌けてるかな。

あの時の予想どおり、蓮さんに会えなくて寂しさが募っている。たった一週間だというのに、一か月くらい会っていないみたいな感覚だ。

カイは相変わらずマイペースだけど、モコは私が一人で帰ってくると、明らかにがっかりしている。それがまるで自分の姿を見ているようで、余計に長く感じてしまった。

『補充しとく』

そう言ってくっついてきた蓮さんを思い出して苦笑する。むしろ充電が必要だったのは、私の方だったかもしれない。

そんな考えを振り払い、仕事モードに切り替えて猫スペースに入った途端、歓声に似た高い声が上がった。

ぱっと視線を向けると、オフショルダーニットを着た派手な女の子が、キャットタワーに上った白い猫――ミルクちゃんを追いかけているのが見えた。

思わず顔が険しくなったのが、自分でもわかる。

ミルクちゃんはご機嫌斜めで、人の手の届かない一番上に上ってからも、ぶんぶんと激しく尻尾を動かしている。かなり怒っているから、乱暴な触られ方でもしたのかもしれない。

愛想もないけれど、逆にあまり攻撃的でもないマイペースなミルクちゃんにしては珍しいことだ。

強引に抱っこでもしようとしたのかな……。スマホを手にしているので、無理にポーズを取らせようと思ったのかもしれない。

様子をうかがおうと近付くと、ふわんと女性らしい甘い薔薇の香りがした。

蓮さんの一件で改めて調べたところによると、基本的に猫は犬と同じく鼻がいいので香りの強いものは嫌いらしい。特に苦手な香りの中に薔薇も入っていたはず……

しかも結構濃い……から、香水じゃなく直前にハンドクリームでも塗ったのかな。

とりあえず手を洗ってみることをお勧めしようか。

なんと言っても客商売だ。ご機嫌を損ねないようににこやかな笑顔を作って声をかけようとしたその時——

かしゃ、と眩しい光がして思わず目を瞬（またた）かせる。しかもその後何度も続いた。被写体になったのだろうミルクちゃんも一瞬固まった後、ぶわっと身体中の毛を逆立たせた。

ミルクちゃんは綺麗なオッドアイなので、写真を撮りたがる人は多いけれど、そもそも動物を撮るのにフラッシュは厳禁だ！

「申し訳ありません。猫ちゃん達がびっくりするので、フラッシュは禁止となっております」

ミルクちゃんとお客さんとの間に入って、身体で撮影を止めると驚いたようにお客さん——若い女の子は後ろに引いた。そして改めてスタッフのツナギを着ている私を見て、白けた顔をして目を眇（すが）める。

あれ、この子……

その顔をどこかで見たことがある気がして、一瞬考え込む。女の子はちらっと周囲を見てから私に視線を戻し、おざなりに手をひらひらさせた。

「あー……ハイハイ」

そう言って謝ることもなく、自分のスマホに視線を落とす。

今撮った写真を確かめているのだろう。

……別に私に謝らなくてもいい。だけどあまりにも反応が軽い。間近でフラッシュなんて、猫がびっくりしてタワーから落ちちゃう可能性もあるのに。

あまりにも反省していない態度にどうしようか悩む。また似たようなことをしでかしそうだ。もう一度注意した方がいいだろうか。

すると、彼女の連れらしい、少し奥にいた髪の長い女の子が立ち上がった。猫カフェではなかなか見かけないスカートからすらりと伸びた脚に、同性ながらどきりとしてしまう。

振り返った彼女は、スタイルに相応しい美人だった。

だけどどこかで見た――そう思ったのは向こうも同じだったようで、思い出すように目を細めた後、私よりも先に「あ」と声を上げた。

「窓サの宮下さんですよね？」

そう言って首を傾げると、癖のない真っ直ぐな髪が艶めく。そんな何げない仕草も絵になっていた。

「あ、……新卒の」

私もようやく思い出した。確か榎本さんだ。

あ、じゃあこの写真を撮ってた子もそうだ！　銀行で見た時とは印象が違ったから気付かなかったけど、少し前にＡＴＭの前で私達の方を見て笑っていた佐々木さんだ！

佐々木さんは私のことを覚えていないようで、明らかに誰？　という顔で榎本さんを見ている。雰囲気が悪かったあの場に私がいたと気付いてなさそうで、むしろちょっとホッとした。

そういえばあの時もしばらくこの子達、話し込んでいたっけ。きっと仲がいいんだろう。同期二人でここに遊びに来たということだろうか。

「榎本です。こっちは同期の佐々木です」

榎本さんがそう名乗って会釈する。あんまり近くで見る機会がなかったけれど、本当に綺麗な子だ。

スタイルも良くて美人、そのうえ頭もいいんだっけ。

世の中不公平だ。顔はもうどうしようもないけど、せめてもう少し身長が高かったなら……と、神様の依怙贔屓を恨まずにはいられない。

……でも榎本さん、すっぴんで伊達眼鏡なのによく私のことわかったよね。

やっぱり賢い人は洞察力にも長けているんだろうか。

そんなことを思っていると、そういえばこの人って……と、蓮さんの顔が思い浮かんだ。

蓮さんと同じ法人営業部だ。

今更ながら以前聞いた噂を思い出して、どきりとする。

……こんな人に迫られて、落ちない男なんているんだろうか？

改めて彼女を見つめれば、二人で並ぶ姿が容易に想像できてしまう。美男美女でとても絵になるだろう。ちくっとちょっとした痛みが胸に走った。

「えー愛菜。この人、同じ銀行の人ってこと？　やだ。私、高校生かと思ったぁ」

そんな佐々木さんの言葉に、近付いてきた榎本さんが肯定する。榎本さんは女性にしては身長が高く、顔立ちも大人っぽいので、同期の佐々木さんよりずっと年上に見える。

榎本さんが私の前にやってくる。身長差故に思いきり顔を上げると、くすりと笑われてしまった。

そして流行の色に彩（いろど）られた唇がゆっくりと開いた。

「うちの銀行って副業禁止じゃありませんでした？」

「え？　あ、あの私ボランティアで」

ちょっと詰まったのは、今日が『ボランティア初日』という後ろめたさがあったからだろう。

「本当ですか〜？」

佐々木さんが、上目遣いに尋ねてくる。

榎本さんよりもわかりやすくその口調には嫌味が含まれていた。平気そうな顔をしていたけれど、おそらく先程注意されたことが面白くなかったのだろう。

「そんなこと言われても……」

この店のオーナーである麻子に、一言言ってもらえばいいのかもしれないけれど、まだ休憩中だろうし、ただでさえ気を遣われているのに、個人的な事情で迷惑をかけたくなかった。

「えー支店長に知られたらヤバくないですか。私、窓サの人が副業してクビになったたって話、聞いたことありますよー？」

軽い口調ながらも悪意たっぷりの物言いだった。

今日は本当にボランティアだし、支店長に言ってもらっても構わないけれど、不穏な空気のせいで周囲のお客さんの注目を集めている。

……これじゃ猫に癒されるどころじゃないって。

お店に迷惑をかけたくなくて、私はせめて場所を移そう、と飲食スペースの方を指さした。

「あの、あっちで話しませんか？」

「えーなんで？　意味わかんなぁい。私達お金払ってここにいるんですけどぉ？」

……話が通じそうな榎本さんに話しかけているのに、佐々木さんがいちいち茶々を入れてくる。

ああ、もうどうしようと頭を抱え込みたくなったその時、猫スペースの扉が開く音がして聞き慣れた声が割り込んできた。

「――何かあったのか？」

振り向くと少し険しい顔をした蓮さんがいた。ほっとして身体の力が抜ける。

蓮さんの肩越しに時計を見れば、大体これくらいでと待ち合わせしていた時刻をすでに過ぎていた。

蓮さん、と名前を呼ぼうとして慌てて口を噤む。そして、改めて状況のマズさに気付いてしまった。

しまった！　蓮さんが出てきちゃ駄目なのに！

一瞬蓮さんを隠そうとしたけれど、体格差がありすぎて私の背中に隠れるわけもない。

そしてそれ以前に、正面に立っていた榎本さんの目がすでに、私の頭越しにしっかりと蓮さんを捉えていた。

「大神部長……？」

どうしてこんなところに、とでも言うように長い睫毛をぱちぱちと瞬かせる。それを間近で見ながら、私はどうするべきかと再び蓮さんに視線を戻した。

そもそも蓮さんが無理矢理私の家に来た理由も、こういう猫カフェに行くのが恥ずかしかったからだろう。直属の部下なんて私以上に見られたくない相手なのではないだろうか。しかも佐々木さんは明らかに隠しごとなんて、苦手なタイプ――言葉は悪いけど口が軽そうに見える。

蓮さんはきっと私が、お客さんとトラブルになっていると思って入ってきてくれたんだと思う。

普通のトラブルなら、体格も見た目もいい男の人が出てくるだけで、冷静になって引いてくれる人も多いから。

そのせいでこの状況になってしまったと思うと申し訳なくなった。

そして蓮さんも声をかけられるまで、お客さんが榎本さんだと気づかなかったらしい。

「……榎本か」

返事の前に少しためらうような間があった。やっぱり蓮さんも驚いたのだろう。

しばらく沈黙が続く。それを破ったのは佐々木さんだった。

「えーまさか。大神部長、猫が好きなんですかぁ？　やだ可愛い」

そういうしゃべり方なのかもしれないけれど、少し鼻につく笑い方に、嫌な気分になる。……違う。今はそれよりもこの状況をどう切り抜けるか、だ。

黙ったままの蓮さんに違和感を覚えつつも、引き続き様子をうかがう。……なんとなく蓮さんならこういう緊急事態でもソツなく話題を逸らして、煙に巻きそうな気がするんだけど、様子見しているのか難しい顔をして黙ったままだ。

「大神部長が猫好きだなんて、私、聞いたことないです。もしかして……宮下さんと会う約束でもしてたんですか？」

少しの間の後、それまで黙っていた榎本さんが呟くように尋ねてきて、どきりとした。

……まあ、そうだよね。蓮さんが猫好きで一人でここに来た、というより、よほど納得できる理由だ。現にこうして庇ってもらっているのだから、ただの顔見知りと言い張るのもきつい。

ああ、もうこんなところでバレちゃうのか。思っていたよりも早かった……と、諦めモードで溜息をつき顔を上げると、じっと私を見ていたらしい蓮さんと目が合った。

「――？」

ふっと苦笑した蓮さんを不思議に思っていると、彼は私に向かって口を開いた。

「宮下、悪かったな」

わざわざ私を苗字で呼んだことにびっくりして――反応が遅れた。

「彼女に会ったのは偶然だ。俺はここには普通に客として来たんだ」

「蓮さん！」

慌てて大声で遮（さえぎ）るものの、蓮さんの言葉は榎本さん達にしっかり届いたらしい。

佐々木さんはびっくりした顔をし、榎本さんは訝（いぶか）しむように目を眇（すが）めた。

「わっ！　マジですか？　ちょっと傑作なんですけど！　みんな知ったら驚くだろうなぁ。あ、なんなら猫と写真撮ります？　私、撮ってあげますよー？」

そう言ってスマホを構えた佐々木さんに、慌てて手を広げてカメラ部分のレンズを覆う。と、同時にかしゃっ、と音がした。

許可なく写真を撮ろうとしていたことに怒りを覚えたけれど、佐々木さんは佐々木さんで私に邪魔されたことが不服だったらしく、しかめっ面で睨（にら）んできた。

絶対駄目だ。きっと佐々木さんは撮った写真を色んな人に見せびらかすだろう。それこそ尾びれ背びれが加わって面白おかしく噂されるに違いない。

――ああ、もう！

私は覚悟を決めて口を開いた。

「蓮さん、もういいですよ。……榎本さんが言ったとおり、私達ここで待ち合わせしてたんです」

榎本さんの表情が強張る。さっき思い出した噂話が一瞬頭を過ったけれど、今更黙ることはできない。

「……私が恥ずかしがって、銀行内で付き合っていることは内緒にしておいてほしい、ってお願いしたから、蓮さんはああ言ってくれたんです。佐々木さん、蓮さんが言ったことをまともに取らないでくださいね」

いまだスマホを握っている佐々木さんにそう念を押すと、彼女は視線を鋭くさせた。

「もちろん私だって冗談だってわかってましたけどぉ。真に受けないでくださいよ」

髪の毛を弄りながら肩を竦めた佐々木さんを押しのけるように、今度は榎本さんが一歩詰め寄ってきた。

「ちょっと待ってください。二人が付き合ってるって、……本当ですか」

ふと肩に手がかかる。振り返って蓮さんを見れば、いいのか？　とでも言うように片方の眉が上げられた。

もう今更だ。本音を言えば、今でも付き合っていることは職場に内緒にしておきたいけれど、蓮さんが笑いものになるのは、それ以上に嫌なのだ。

こくりと頷くと、蓮さんはくしゃっと顔を崩した。そして、褒めるように私の頭を撫でる。

予想外の動きに思わず目を瞑(つぶ)ってしまったけれど、蓮さんの口角が上がったのが視界の端っこにばっちり見えた。

何故このタイミングで笑顔……

つい胡乱(うろん)な目で見るけれど、蓮さんはちっとも気にする様子もなく、上機嫌で私の腰に手を回した。そしてぐいっと自分の方に引き寄せ、強い口調で二人に言い放つ。

「本当だ」

また沈黙が落ちる。榎本さんは目を大きく見開くと、さらにもう一歩蓮さんに詰め寄った。

もう私のことなんて見えていないのかもしれない。そう思うくらい、まっすぐに蓮さんだけを見つめている。

「……」

……きっとあの噂は真実だったんだろう。少なくとも榎本さんは蓮さんに好意を抱いている。

縋りつくような必死さは、つまり恋心だ。

「少し前から付き合ってるんだ」

蓮さんは残酷なほど、きっぱりと肯定した。

榎本さんは何か言いかけたものの、唇を噛みしめて俯き、そのまま黙り込む。

震える華奢な肩が痛々しい。でも私にはどうにもできない。だって彼女のために別れるなんてできない。私だって蓮さんが好きだから。

「えー……大神部長、彼女いたんですね。しかも窓サの人とか。びっくりー……」

佐々木さんはそう言って、蓮さんから私へと視線を流す。

「やっぱ、信じらんなぁい」

足元までゆっくりと視線で流して、大袈裟に肩を竦める。

付き合う前から予想していた反応だけど、こうして態度に出されると結構きつい。

居た堪れなくなって俯くと、それに気付いたらしい蓮さんが冷ややかに言い放った。

「お前に関係あるのか？」

「え……？　いえっ。そんなこと」

怒りを孕んだ声に佐々木さんの笑顔が引き攣る。彼女は慌てたように手を顔の前で振った。

「やだ、冗談ですって。ね、愛菜。愛菜からも――」

「ごめん。私帰る」

助けを求めるように、榎本さんの後ろに回ろうとした佐々木さんだったけれど、それより早く榎本さんが硬い声で遮った。

「え？」

「失礼します」

そう言い残して、蓮さんの横を通り抜ける。そして、そのままお店の扉を開けて出ていった。

そんな榎本さんの行動に佐々木さんも呆気に取られていたけれど、すぐに置いていかれたことに気付いたらしい。ぶつぶつ悪態らしきものを口の中で呟いた後、いまだ険しい顔をしている蓮さんに気付いて、慌てたように後ずさった。

「……わ、私も失礼します」

猫スペースを出て、一度自分達がいたテーブルに向かうと、そこに置いていたらしきストールを巻き直してお店を出ていく。

残された蓮さんと私は顔を見合わせた。

「悪かったな。……まさかここで職場の人間に会うとは思ってもみなかった」

「本当ですね」

そう返して溜息をつく。

案外世間は狭い。

職場とは同じ沿線だけど、ここは駅から離れているし、このあたりに結構猫カフェは多い。それほど有名な店でもないここで会うなんて、よっぽどだ。

……榎本さんの気持ちを知っていたのかとか、どうして出てきたのとか、蓮さんに聞きたいことはそれなりにある。だけど、それは仕事が終わってからだ。

お騒がせしたことを謝って、改めて受付をしてくると言った蓮さんと別れる。その後、四時まで仕事を続け、お客さんが引いたタイミングで麻子に紹介した。

私以上にはしゃいで喜んでくれた麻子に、ちょっと気持ちが和んで、素直に「ありがとう」と返す。蓮さんの車で私の家まで戻ればもう夜。

二人でご飯の用意をし始めたんだけど、久しぶりの蓮さんに興奮したモコが足元に絡みついて邪魔ばかりするので、蓮さんにはモコの相手をしてもらうことにした。

そして食事を終え、食後のお茶を飲みながら改めて今日の出来事を思い返す。

今はモコもひととおり遊んでもらって満足したらしく、自分のベッドでお休み中なのでちょうどいい。カイも最初こそ遠巻きに見ていたものの、蓮さんの存在をやっと思い出したのか、いつもどおりお気に入りの場所で眠り始めた。そこには一週間前と同じ、落ち着く光景が広がっている。

……私も何もかも忘れて眠ってしまいたい。

月曜日を思うと、溜息しか出てこない。

榎本さんと佐々木さん、誰かに言うかな……一応、口止めくらいはしておくべきだったと思うけれど、あの状態で二人が私の言うことを聞いてくれるとは思えないよなぁ。

それに榎本さんはともかく、佐々木さんは明らかに隠しごとができないタイプだ。

今日注意したことで嫌われた感じはあるし、面白おかしく噂されるのはむしろ私かもしれない。

カフェオレを入れたマグカップを抱え込んで俯く。

何度目かの溜息にカフェオレの表面が揺れた時、ふとモコの隣に寝転んでいた蓮さんが、私をじっと見ていることに気付いた。

「蓮さん？」

私の呼びかけに、蓮さんはゆっくりと身体を起こし、真面目な顔をして胡坐をかく。

「悪かったな。俺のこと庇うために結局バラすことになって」

少し気まずそうに頭の後ろを掻く。そして珍しく私の顔をうかがうようにじっと見つめてきた。

「なんですか？」

「いや……その、な？　俺は別に猫が好きってバレても良かったんだ」

「は？」

「というか……内緒にしてるのは、恥ずかしいからじゃなくて、ただ周囲の反応が煩わしいからだ。猫が好きだって言っただけで、猫をダシにして付きまとう女が多くて、それを避けるためにあえて言わないだけなんだ」

「で、でも恥ずかしいって言ってたじゃないですか？」

そう言ってから、あれ？　と首を傾げる。

いや、私が勝手にそう思っただけで、蓮さん自身からは聞いていない気がする……

え、もしかして私の思い込みだった⁉

「……いや、そう思うのが普通だろう。だけど俺はあえて否定しなかった。お前の家に行く理由が欲しかったからな」

一瞬、言葉を失って、まじまじと蓮さんを見つめてしまう。

じっとこちらを見つめる切れ長の目は、不安そうに揺れていた。

「あー……もう！」

「怒ったか？」

抑えた声で尋ねられて、一瞬言い返そうとしたけれど、結局私は大きく溜息をついて、座卓に突っ伏した。

ああ――……騙された、っていうか。

「……いえ、もういいですよ……。蓮さんの性格を考えれば、逆にしっくりきました」

そう。蓮さんなら『猫は好きだがお前に関係あるか？』くらい言いそうだし、そもそも他人の目を気にするような人じゃない。むしろなんで今まで気付かなかったんだろう、って自分に疑問を持つくらいだ。

「……今からでも、お前が庇(かば)ってくれたことにしてもいいぞ」

蓮さんは神妙な顔付きになって私の顔を覗き込んできた。

だけど、結局同じことだ。むしろ、猫好きなんて可愛いところもあるのね、なんてこれ以上蓮さんがモテても困る。女の子はギャップに弱い生き物なのだ。

「もういいです……。いつかはバレたと思うし」

私はそう言って首を振る。ただ――

「……それより、悪かったって言うわりに、帰り、ちょっと嬉しそうだったのが気になるんですが」

そう。明日からのことを考えて気の重い私とは正反対に、蓮さんはここに帰ってくるまでの間ずっと機嫌がよかった。蓮さんは最初から私と付き合っていることをオープンにしたがっていたから、この流れは望むところなのだろう。

だけど蓮さんファンに絡まれる……かもしれない私の気持ちも考えてほしい。

「そりゃ嬉しいさ。お前に近付く男への牽制(けんせい)になるからな」

そんな言葉を返され、溜息をついた。

……そういえば初めてここに泊まった時も、虫除け云々って言ってたっけ？

「またソレですか？　私に近付く男の人なんていませんよ……」

謙遜ではなく、実際に職場の異性に誘われたことなんて一度もない。

そもそもうちの支店には、毎年若い子が本社から研修にやってくるし、派遣の子だって若い子が多い。可愛い子も多いし、わざわざ私に声をかけなくてもという感じだ。

呆れながらそう言うと、蓮さんは眉間に皺を寄せて首を振った。

「わかってないな。お前渉外と法人で、小柄で可愛いって人気あるんだぞ。去年まで窓サの書類の引き受け係、お前だったんだってな。ウチの連中も担当が代わって寂しいとか言ってやがったし」

確かに去年まで窓口書類の受付は私だった。

……初耳だ。知らないところでモテていたらしい。だけどここで調子に乗ってはいけない。小柄で可愛いイコール子供っぽい、という意味で言っている人だって多いのだ。

その辺を蓮さん、わかっていないんだろうな。

本当にモテるのは、榎本さんみたいな誰が見ても文句のない美人で――

そう思ったら、またちくっと胸が痛んだ。……なんだか胸が穴だらけになってしまいそう。

マグカップを置いて、机の上にのせた腕の中に顔を伏せた。

「……蓮さんだって、同じ部署にあんな美人がいるじゃないですか」

しかも明らかに好意を寄せられている。

そう続けなかったのは、きっと私が臆病だからだろう。

だけど蓮さんは榎本さんの好意に、気付いているんじゃないかなと思う。今までどんなアプローチをされていたかは知らないけれど、あんな風に逃げちゃったら『好きです』って言っているようなものだ。蓮さんはそんなに鈍くないし、気づかないわけがないと思う。

「なんだ。妬いてるのか？」

案の定、蓮さんはふっと笑ってそんなことを言う。

「……意地悪ですね」

「冗談だ。……榎本自身は何も言ってこないんだが、周囲が煩くてな。榎本もプライドが高いから、ああ言っておけば他人の男に手を出すような真似はしないだろう」

蓮さんはそう言ってくれたけれど、明日からの女子社員の反応と、蓮さんのそばに榎本さんがいることへの不安、その両方に気分が重くなってくる。

「そうかな……」

ぽつり、と思わず呟くと影が被さってきた。あ、と思ったのと同時に、上を向かされ唇が合わされる。

あやすような、いつになく優しい口づけの後、蓮さんが背中から私を抱き込んだ。

お腹に回っていた手に力が入り、胡坐(あぐら)をかいていた脚の上にのせられる。

再び上を向かされて唇が重なった。歯列を割って入ってきた舌が誘うように私の舌に絡んで、ぞくりと肌が粟立(あわだ)つ。息継ぎのタイミングで離された唇が、静かに私の名前を呼んだ。


「……銀行でなんかあったらすぐ言えよ？」


ぱちっと目を開けると、蓮さんの目尻が少し下がっていた。

初めて見る表情に何度か目を瞬(またた)かせて――心配させすぎたかな、と反省する。

無言のまま手を伸ばし、蓮さんの頭を引き寄せてちゅっと唇を重ねた。

さすがに深いキスは仕掛けられなくて、浅く軽いものになったけれど、蓮さんの驚いた顔はゲットできた。

ぷは、と離して口を開く。


「後ろ向きになりすぎてました。付き合ってるのはいつかバレることだし。……榎本さんのことも前から噂で知ってましたし、今更でした。今ここでぐずぐず言っても仕方ないです」

付き合っているのを知った周囲がどんな反応をするかなんて、行ってみなきゃわかんないし。

松岡さんや田中さんも驚くだろうけど、そんなことで態度を変えるような人達じゃない。

……よし。声に出したら元気になってきた！

手を胸元でぐっと握り込むと、蓮さんは困ったように笑って、ぎゅうっと強く抱き締めてくれた。

「……悪かった。一瞬あのまま銀行の皆に知られるのもいいかもしれないって考えて、対応が遅れた」

「……いいですよ」

軽く頭を撫でてそう言うと、「ごめんな」と低く呟かれた。その声に、本気で私に誰かがちょっかいを出すことを心配してるんだなぁ、と思う。私の方が、その百倍は心配しているというのに。

「……蓮さん。好きですよ」

少しでもその不安を取り除ければ、と勢いが残っているうちに口に出してみる。

蓮さんはうっそりと顔を上げて、後ろから私の顔を覗き込み、そして優しく微笑んだ。

珍しい表情に驚いていたら、低く甘い声が鼓膜を撫でた。

「俺はもっと好きだ。愛してる」

さらりとそんなことを言ってのける蓮さんに、じわじわと羞恥心が込み上げてくる。

顔が熱い。そのうえ、何だか涙が出そうだ。

すると、「可愛い」という囁きとともに耳朶を軽く噛まれて「んんっ」と声が出た。

いつのまにか先程までの穏やかな空気はなくなり、蓮さんは熱の籠もった視線で私を見つめている。

「っん……」

首筋を辿る舌の熱さに、身体の奥がじんわりと痺れ始める。

お腹に回っていた大きな手が、トレーナーの裾から潜り込んで胸をまさぐる。思わず反った背中が蓮さんの胸に当たった。

「あ……っ」

そのまま下着をずらされ、入り込んできた指に胸の先端を優しく摘まれる。

「んん……っちょ、こんなとこで」

ベッドでもないし、何より灯りをつけっぱなしなので明るくて恥ずかしい。今は寝ているけれど、モコ達に見られたら気まずい。……多分二匹は気にもしないだろうけれど。

だけどそんな私の非難を閉じ込めるように口が塞がれる。

すっかり硬くなった胸の先端を、今度は指で挟まれて軽く引っ張られた。

「む、……っふぅ……んッ」

唐突な刺激に声が漏れて、お腹の奥がきゅんっとなる。

その感覚を逃がしたくて両脚を擦り合わせると、笑みを含んだ声が「触ってほしいのか？」と聞いてきた。

「ここじゃ……」

「まだ言うのか。じゃあスカートは脱がさないから」

少し考えて、こくん、と頷く。今穿いているのは、部屋着にしている裏起毛のロングスカートだから、ある程度の目隠しになるだろう。

だってこの流れだと、ベッドには行かないパターンだ。むしろゴネたら散々焦らされ苛められる。

――蓮さん、絶対Sだ。

一度そう言ったことがあるけれど、蓮さんはあっさりと否定し、『お前が焦らした方が可愛くなるのが悪い』と意味深に笑っていた。

スカートを膝まで捲り上げた手が、そのまま太腿を広げて両脚のつけ根に伸びてきた。脚を閉じようとした瞬間、まだ柔らかい芽を下着越しに指で挟まれ、細かく震動するように揺らされた。

「あっ……あ、っあ、……っんんッ」

ますます仰け反って、蓮さんに体重をかけてしまう。重くないかな、なんて一瞬頭を過るけれど、そんな心配も首筋を這う舌や、的確に私の弱いところを責める指に押し流されていく。

久しぶりだからだろうか、きゅうっと一際強く芽を潰され、私の身体は呆気ないほど簡単に達した。

「早いな」

からかうような吐息混じりの声は、やっぱり意地悪だ。

蓮さんはくたりと脱力してもたれかかっている私の身体を優しく抱っこし直して、頭のてっぺんやおでこにキスを降らせる。けれど、そんな些細な動きにすら、身体が小刻みに揺れた。

それでも必死で呼吸を整えていると、すっかり膨らんで硬くなった突起に親指を置いたまま、長い指が中に入ってきた。

「ひゃ……っ、ま、まだダメっ」

まだびくびくしている状態なのでしばらく待ってほしい……！

思わず腰を浮かして蓮さんの胡坐から逃げようとすると、まるで逃がさないとでもいうように、もう一本指が入り込んできた。その衝撃に目の前の机にしがみつく。

「っや……っ」

「弄りやすくなった。ほら、もっと突き出してしっかり支えとけ」

じゅぷじゅぷとわざと音を立てて掻き混ぜられる。お腹側をしきりに太い指でバラバラに擦られて、腰が揺れてしまう。

「ひゃんっあ、あっ……だめ、だめ……っんー……っ」

激しくなる指の動きを必死に机にしがみついてやり過ごす。

また一気に追い上げられて、呼吸すら追いつかなくなった。頭の中が真っ白になったのと同時に涙が流れる。蓮さんが伸びあがってそれを唇で掬い取った。

ようやく指が引き抜かれたかと思うと、すっかり溶けたソコに、ぴたっと蓮さんの熱いものが押しつけられた。

「ヒクヒクしてんな」

そのことを確かめるように、太い部分が入り口に少しだけ入り込む。はふ、と苦しい息が鼻から抜けつつも、物足りなさに自然と腰が上がった。

「久しぶりだからゆっくりな？」

蓮さんを受け入れる時は、いつも最初は少し辛い。だけど、あっという間に快感に変わってしまうことを私はすでに知っていた。

ゆっくりと受け入れながら、背中で蓮さんの掠れた吐息を感じる。思わず振り返って見た、その色っぽくて切ない表情に、満たされた気持ちになる。

「キツいな……あんまりもたない。締めんなよ」

「も、わかんな……っ」

ゆっくりと形をなじませるように小刻みに動かされる。

「んっ、あ、……ん」

前に回った手が揺れる胸をぐにぐにと揉みしだく。大きな手で真ん中に寄せられ、両方の先端を伸ばした親指と人差し指で押し潰された。

「また締まった、……コレ好きだな?」

「ゃあっ」

押し込むようにぐりぐりと弄られて、また声が出る。

気持ちよさに支えきれず落ちた腰を、蓮さんがまた高く持ち上げた。

ぐ、っとさらに奥へと蓮さんが入り込む。この瞬間は、いつもちょっと怖い。それでも、私は息も絶え絶えに懇願した。

「く、くっつきた……」

「よかった。俺もだ」

そう言うと蓮さんはそのまま私のお腹を支えて、胡坐をかいた体勢になる。

すとんと膝の上に落とされて、衝撃に背中がしなった。

蓮さんは私の胸を弄りながら、自身が入っているその上部にある芽に、また指を伸ばしてくる。

ぬるぬると滑るその動きを恥ずかしく思っていると、「漏らしたみたいだな」と意地悪い声が舌と共に耳に入り込んできた。

「やっ……っいっぱい、しないでっ」

苛むさいな場所の多さにそう抗議すれば、「こっちは動かしてなかっただろ」と、腰が打ちつけられた。

「っあああ……ンッ」

同じタイミングで胸の先端とぬるついた芽を弾はじかれて、もう声も出ない。

「あ、あ……っあー……っ」

長く尾を引くように続いた絶頂に、蓮さんが辛そうに顔をしかめたのが視界の端に映った。

蓮さんが肩に頭を擦りつけてくる。汗がすごくて、落ち着いているように見えて蓮さんも興奮しているんだ、とわかった。

「ああ。──もう俺が駄目だな」

胸を弄いじっていた手がお腹に戻って、腰を持ち上げられる。

「あっ、あっあっ」

次第に、息も突き入れるスピードも激しくなっていく。

「は……っ……和奏も動いてくれるのか」

自然と浮いた腰に蓮さんがそんなことを言う。

「やっん、あ、あー……ッ」

一際強く奥を突かれて、揺さぶられて息ができなくなった。

蓮さんの呼吸がだんだん速くなっていくのがわかる。

蓮さんがまた噛みつくようなキスをして、押し殺したような声で囁いた。

「ん、……は……一緒に、な？」

ぐちゃっぐりゅっとすごい音をさせて奥のお腹側を突かれながら、芽を押し潰すように捏ねられる。

水音が喘ぎ声を掻き消しそうなほど上がっていて、それにまた興奮を煽られる。

「んんっは、……れ、蓮さ……ッ」

背中にしがみついて悲鳴を堪えたら、一際強く奥を突かれた。その後に蓮さんのくぐもった吐息が聞こえる。

「──は……っ」

二人して達した後、抱き合ったまま息を荒らげていると、いつのまにか起きていたカイが珍しくこちらへ近寄ってきた。

「っあ、……っカイっ」

慌てて離れようとしたけれど、腰が立たない。

「ひゃんっ」

焦っていると中から蓮さんが出ていき、そして肩にタオルケットがかけられた。

「お前雄だから。あんまり見んな」

カイに言ったセリフに呆気に取られていると、蓮さんは、手早く自分の後処理をし、私をタオルケットでグルグル巻きにして抱え上げた。

『何言ってんの？』

なあぁ、と不機嫌そうに鳴いたカイの顔にはそう書いてあるようだ。

蓮さんは私をベッドまで運ぶと、布団の中へ押し込む。そしてぽんぽんと頭を撫でて再び立ちあがった。

「風呂用意してくるな」

その背中を見送っていると、不意におかしさが込み上げてきて噴き出してしまった。

カイにあんまり見んなって……！

「今更……っ！」

あんなところで始めたのは蓮さんだし、散々喘いでしまったしで、むしろ彼等かられば安眠妨害をされて大迷惑だろう。

ムスッとしてタオルケットを手に取った顔を思い出して、笑い声を殺すべく枕に顔を押しつけた。

明日からのことを考えて、憂鬱（ゆううつ）になっていたけれど。

……ん、なんとかなるかも。

蓮さんの思いがけない可愛い嫉妬に癒(いや)されて、ひどく楽しい気分になってしまった。

いつのまにかベッドの下にいたモコが上がってきて、にゃあん、と鳴く。

モコは女の子だからいいのだろうか。

私は笑いながら手を伸ばしてモコの頭を撫でる。そして、そのまま心地いい眠気に誘われ、目を閉じたのだった。

†

蓮さんが再び出張に行ってしまってから、三日目の昼休み。

私と蓮さんが付き合っているという噂は、じわじわと広がっていった。

お昼ご飯が終わってトイレで歯磨きをし、女子トイレの入り口を前の人に続いて出ようとしたら、ぱん、と目の前で扉が閉まった。

びっくりしつつそろりと扉を開けたら、あまり見覚えのない女子社員が「あ、ごめんなさい」と鼻で笑って駆け出すように去っていった。

「何あれ……渉外(しょうがい)の事務じゃない？」

後ろにいた松岡さんが険しい顔で呟く。

一足早くトイレから出ていた田中さんも見ていたらしく、「性格わるっ！」と女子社員が消えた方向を見ながら毒づいた。そして私に向き直るとがしっと手を握って頷いてみせる。

「大丈夫ですよ！　宮下さん！　窓サはちゃんとわかってますから！」

「そうよ〜。嫌がらせしてんの、法人と渉外の女子社員だけじゃない。あんまり気にしないのよ。どうせすぐに飽きるんだろうから」

二人がそう言って励ましてくれたので、私も強張った肩から力を抜く。

とりあえず孤立無援という状態ではない。食堂やトイレなどの他部署との共用スペースを使った時に、ごく一部の女子社員に、さっきみたいな地味な嫌がらせをされるだけなので、思っていたよりも状況は悪くなかった。

直接何か言ってくる人がいないのは、なるべく側にいて牽制してくれている田中さんや松岡さんのおかげだろう。特に松岡さんの旦那様は本社勤めのお偉いさんで、怒らせるとそのへんの部長より怖い、という噂があるから、その影響もあるのかもしれない。

二人に蓮さんと付き合っていることを話したのは、月曜日のお昼休み。

「黙っていてごめんなさい」と謝ると、松岡さんは驚き、すでに噂を聞いていたらしい田中さんは「あと十分遅かったら私から聞いてました！」と、詰め寄ってきて――その後は我に返った松岡さんと共に、質問責めにされた。

蓮さんが猫カフェに来たことは伏せて、偶然に偶然が重なり、迷子だったカイを助けてくれたことがきっかけで付き合うようになった、と説明すると、二人は妙に納得していた。

「あー……なんか納得しました。宮下さん、猫絡みじゃない限り、男と付き合うとかしなさそうですもん。え？　オオカミ部長は……まぁアリだと思いますよ。ああいう人って自分と真逆の小さくて可愛いもの好きな人が多いですから」

猫好きをも見通すような田中さんの観察力に驚いた。一方、松岡さんを見ると、うーん、と唸っている。やっぱり怒ってるのかな、と不安になった私の視線に気付くと、苦笑して口を開く。

「付き合い始めたばっかりでしょ？　まぁ言ってほしかったけど、社内恋愛って別れた時のこととか考えると難しいしねぇ。私も今の旦那と付き合ってた時は、誰にも言わなかったし、宮下さんのこと、どうこう言える立場じゃないのよ。寂しいと言えば寂しいけどそんなことで怒らないわよ」

唸っていたのは、自分の過去を思い出していたかららしい。

それぞれ彼女達らしいフォローをしてくれて、ほっと胸を撫で下ろした。

――私、本当にマイナス思考だったんだなぁ。

改めてそう思う。

蓮さんにも言われたけれど、私はけっこうぐずぐず悩みすぎるのだ。何か起こりそうな時は傷つかないように、一番最悪な状況を想定するのが癖になっている。

だけど今回、自分が想像していたよりもみんな優しくて——二人だけでなく同じ窓サの女子達も意外なほど好意的で、励ましてさえくれた。結局私が同僚の良識とかそういうものを信用せず、必要以上に怯えていた、ということなのだろう。……実は私は『人間不信』だったのだろうか、と反省してしまった。

そのうちの一人曰く『オオカミ部長は鑑賞用』らしい。……確かにわかる。ある意味勇者よね、と言われて苦笑する。

ちなみに蓮さんには、今のこの状況について特に伝えていない。

何かあったら言えよ、って言われたけれど、嫌がらせをされている、ってわざわざ報告するには小さなことだし、向こうは向こうで忙しくて大変なのだ。

——蓮さんが帰ってくるまでに落ち着いてくれたらいいなぁ。

呑気にそんなことを思っていたけれど。

世の中そんなに甘くない、ということを知るのはそれから数日後のことだった。

†

「これ。窓口処理お願いしますぅ」

「え？」

朝一番の忙しい時間帯。お客様対応中だったこともあり、返事もできないうちに一枚の書類がカウンターに置かれた。ぱっと見ただけで、穴だらけなことがわかる。慌てて呼び止めようとするものの、書類を持ってきた渉外（しょうがい）の女の子——そう、猫カフェで会った佐々木さんは、さっさとエレベーターに乗ってしまった。

実はこれ、昨日もやられた嫌がらせだ。結局私が空欄を埋めることとなり、お客さんに電話をかけたり、再度別部署に確認しなければならなくなってしまった。

『同じこと何度言わせるの！』とお客様に怒鳴られた耳の鼓膜がまだ疼（うず）いている。

……嫌がらせに仕事を絡めるの、やめようよ……。

すぐに渉外部（しょうがいぶ）に電話をしたけれど、佐々木さんはまだ戻っていないらしい。折り返しの内線をお願いしたものの、昨日も同様に折り返しの電話を頼み、結局定時になってもかかってこなかったので、期待はできない。

——あまりにも社会人としての責任感が、なさすぎるんじゃないだろうか。

ふつふつと込み上げてくる怒りを落ち着かせるべく深呼吸をしていると、「宮下さん？」と頭上から声をかけられた。

顔を上げると、見たことのない若い営業マンが立っていた。基本的に営業は自前のスーツ、窓口は役職者以外は制服である。

……まさか男の人からも嫌がらせとか？　お前なんて大神部長に相応しくない！　とか言われちゃう？

随分心が荒んでいる自覚はある。

もうなんでも来いという心境で「そうですけど、何か？」とびっきりの作り笑顔で答えた。

よほど昏いオーラが出ていたのか、営業マンはちょっと慄いた様子を見せたものの、すぐに私の手元を覗き込んできた。

「今の佐々木ですよね。俺、渉外の篠原っていいます。ちょっと見せてもらっていいですか」

首に吊っている部署名と名前が書かれた名札を差し出してから、にゅっと太い腕を伸ばしてくる。今気付いたけれど、蓮さんに負けず劣らず体格がいい男の子だ。幼さが残る顔で、そのアンバランスさがちょっと大型犬っぽい。つい観察していると、男の子……篠原君は書類からぱっと顔を上げた。

「あ、俺、大神部長の大学の後輩なんです。付き合いが長くて、出張中宮下さんのこと見といてくれ、って頼まれてて。今、宮下さん、佐々木に嫌がらせされてるでしょう？」

「え？」

……蓮さんが頼んでくれた？

意外な言葉に驚いて目を瞬かせる。昨日の電話でも、蓮さんには『大丈夫』って伝えておいたのに。

蓮さんのフォローが悔しい。だけどその何倍も嬉しくて困る……。

そんな気持ちが入り混じった、よほど微妙な表情だったのだろう、篠原君は焦ったように書類ごと手を振った。

「あの、渉外で嫌がらせしてるのなんて、ごく一部ですからね。俺らの中じゃ、あの大神先輩を落とせたのスゴイって話になってますから！　嫌がらせに負けないでください！」

体育会系っぽい声の大きさに驚いていると、「スンマセン」と篠原君は慌てて謝って、再び書類に視線を戻した。

「なんだこれ、穴だらけじゃん。……一旦これ引き取って叩き返してきます。俺アイツのチューターだったんですよ」

眉をひそめた篠原君はそのまま書類を預かってくれて、爽やかな笑顔で「じゃっ」とエレベーターホールの方に消えていった。

思いがけない優しさに触れて、うっかり目が潤んでしまい、慌てて俯く。

ちょうどお客さんの姿もいないのでそのまま書類を捲っていると、いつのまにか戻ってきていた松岡さんに肩を叩かれた。どうやらさっきのやりとりを見ていたらしい。

「ちゃんとフォローしてくれるなんて、オオカミ部長もやるじゃない」

「……」

返す言葉に困って黙り込む。

つまり私のことを気にかけてくれているということで……それだけで勇気がもらえる。

昨日お客様に怒鳴られたことを引きずって憂鬱だった気持ちも晴れていった。

もちろん、松岡さんがこうして声をかけてくれるのも嬉しい。

「でさぁ、今日部長がお昼奢ってくれるって。……相変わらずの食堂だけど、どうする？　外行くなら付き合うよ？」

「あ！　私も！」

後ろの方にいた田中さんも、そう申し出てくれる。私は二人の気遣いに申し訳なくなった。この時間の食堂は人で溢れているから、嫌な思いをするんじゃないかと心配してくれているのだろう。

だけど窓サ部長は偏屈で有名なので、ここで「行かない」なんて言ってしまえば、私達の上司である桐谷課長が嫌味を言われるかもしれない。

「大丈夫です！　さっきので元気出ましたから。今日の日替わり定食、何かな」

「天ぷら定食らしいですよ。でも部長ケチだし、B定食あたりまでしか奢ってくれないかもですねー。天ぷら食べたいなぁ」

お昼休憩を終えた人達と窓口を交替し、その場を離れて三人で食堂に向かう。

一番手前の大きなテーブルに部長と課長がいた。すでに部長の前には美味しそうな天ぷら定食が置かれている。課長が三人に食券を配ってくれたが、残念ながら天ぷら定食ではなく、B定食である。

「はい、これ食券」

「……ご馳走さまでーす」

期待していたらしい田中さんは私の背中に隠れて「自分だけとか……」とぼそりと呟いた。

松岡さんが苦笑いして肩を小突き、椅子に荷物を置いた後、三人で料理の受取口のある奥へ向かう。

「あ、あれオオカミ部長の……」

「普通じゃん。榎本さんの方が遥かに美人なのに」

ざわめきの中でも、ついヒソヒソ声を拾ってしまう。

意識して聞かないようにしてやり過ごし、お盆とお箸を取った。気遣わしげな二人に「大丈夫！」と笑い、カウンターからおかずを受け取る。

B定食は焼き魚だった。

あっさりしていて、あまり食欲がない私にとっては、よかったかもしれない。

とはいえ、それでもいまいち食べる気になれなくて、ゆっくり魚をほぐしながら、部長の話に耳を傾けていると、背中側のテーブルに誰かが乱暴に座ったのがわかった。

「あー……最悪ぅ」

その声も、語尾を伸ばすしゃべり方も、朝聞いたばかりだ。

さりげなく振り返ると、そこには男女のグループがいた。

一際大きな声でしゃべっているのが佐々木さんで、ちょうどその真正面に榎本さんもいた。榎本さんと、ばっちりと目が合ってしまう。

そのテーブルにいる子達はみんな若い。端っこには窓口の派遣の女の子が二人。他はみんな若いし見慣れない子達ばかりだから、今年の新入社員なんだろう。

「ってかさぁ、窓サの宮下さん。書類ちょっと抜けたヤツ、わざわざ私のチューターの先輩経由で返してきたんだよ」

「めっちゃ性格悪いじゃん」

「ねぇ？　オオカミ部長、気付いてたらいいんだけど」

誤解だ——と声に出して否定したいけれど、今部長の前でやることじゃない。

隣にいた松岡さんは、彼女の口から出た私の名前に気付いたらしく、気遣うような視線を向けてきた。

大丈夫です、と今日何度目かの言葉を小さな声で呟いて、首を振る。

佐々木さんは私がここにいること、気付いてないのかな？ ……それとも、わざと聞かせているんだろうか。

「っていうか地味だよねー。何がいいんだろう」

「あ、よっぽど身体がイイとかさぁ、すごい技持ってんじゃない？」

「ははっ！ 俺も試してみたいな！」

職場の食堂には似つかわしくない下品な会話に、一瞬固まる。

だけど振り返ろうとした松岡さんに気付いて、慌てて腕を掴んだ。松岡さんの眉が吊り上がり、不服そうに唇がきゅっと引き結ばれる。きっと私の代わりに、言い返そうとしてくれたのだろう。

「平気です。でも……私がいることに気付かれたら空気悪くしちゃうと思うんで、席外しますね」

小声でそう言って席を立つ。部長は自分のおしゃべりに夢中で気付いていないのが不幸中の幸いだった。桐谷課長はそんな部長の相手をしてくれているので、きっと佐々木さんの声は聞こえていないだろう。田中さんは追加でうどんを注文しに行って、ちょうど席を外している。

見つかってこれ以上嫌味を言われるのも嫌だし、松岡さん以上に気の強い田中さんがここに来たら、止めることもできなくなる。

しばらく私を見つめていた松岡さんだったけれど、やがて、はぁ、と小さく溜息をついた。

「わかった。トレイ片付けてあげるから置いといて。部長にも適当に言っておくから」

「ありがとうございます」

私一人なら、お腹が痛いとか伝えてもらえば、部長の機嫌も悪くはならないだろう。

松岡さんにお礼を言い、その場から離れようとしたその時。

ぽすっと誰かにぶつかった――というよりは、抱き寄せられた。

……え？

広い胸に包まれる感触は、すっかり慣れたものだ。

「――蓮さん？」

まさか、と思いながらも会いたかったその名を呼ぶと、蓮さんは硬い表情のまま、上から私の顔を覗き込んできた。

「おう。ただいま」

その表情に反して、頬を手の甲で撫でる仕草は優しい。

――え、え⁉　待って。出張って明日までじゃ……

昨日の電話では、今日帰ってくるなんて一言も言ってなかったのに。

――いやいや、違うってば！　その前にここ職場だから――‼

我に返って離れようとしたら、蓮さんは私を胸に抱き込んだまま、無造作にその長い脚を振り上げた。

下ろされた拍子にバキィッという物騒な音が響き、男の子が悲鳴を上げる。少し特徴のある声なのですぐわかった。さっき佐々木さんと『試したい』とか話していた子だ。よく磨かれた革靴の下では、プラスチックの椅子の座面が割れ、派手な音を立てて床に転がっていた。

しん……と食堂内が静まり返る。

「……っちょ」

何してるんですか⁉

驚いてお腹の上の腕を掴んで引き剥がそうとするけれど離れない。そうこうしているうちに一呼吸遅れて、佐々木さんが悲鳴を上げた。

蓮さんが壊した椅子は、ちょうど空いていた佐々木さんの隣の椅子だった。風圧だけでもすごかったのか、佐々木さんは食べていたであろうサラダを、スカートの上に落としている。

「ああ、足が滑った。悪かったな」

静まり返った食堂に、誰が聞いてもわざとらしい蓮さんの声が響く。

明らかに滑ったとは言えない勢いだったし、何より蓮さんの身体から放たれるオーラがひどく物騒だ。ざわめき始めた周囲を刺すような視線でゆっくりと見回すと、視線の先から静かになっていく。そして最後に佐々木さんで視線を止めると、少し顎を上げ、地面を這うような低い声で言い放った。

「お前ら。何か言いたいことがあるなら、俺に直接言ってこい」

複数形だったけれど、視線は佐々木さんを刺したままだ。

低く唸るような声は、まさしく狼のように獰猛で、睨みつけられた佐々木さんは目を見開いたまま固まっていた。

これは私が嫌がらせされてることわかってて……？

らしくないと思うほど、随分力任せな解決法である。

暴力沙汰、とは少し違うけれど、こんな風に脅しをかけたら、蓮さんの立場が悪くなったりしないだろうか。

佐々木さんは顔色をみるみる悪くし、助けを求めるように周囲を見る。けれど、先程まで楽しそうに話していた同じテーブルの子達は、みんな視線を逸らしてしまった。

だけどその中で榎本さんだけが、食い入るように蓮さんを見ている。

そんな彼女と蓮さんの視線が絡み合って――蓮さんは険しい顔をしたまま、ゆっくりと口を開いた。

「榎本。お前ならこんな馬鹿みたいな嫌がらせ、止められただろう。もっと優秀な奴だと思ってたんだが、見込み違いだったみたいだな」

榎本さんは、蓮さんの言葉に俯いて唇を噛む。

榎本さん自身が私に対して何かしてきたことはないから、なんだか可哀想になってしまうけれど――それほど蓮さんは彼女に期待していたということなのだろう。実際優秀だと思っていた、なんて言うくらいだし。

……正直羨ましい。おそらく蓮さんが私には向けない種類の信頼だから。

「大神部長、随分長い脚だね」

不意にそんな声が蓮さんの背中から聞こえてきた。ひょいっと顔を出したのは、――まさかの支店長だ。ざわめきが再び起こり、喧噪になっていく。

「――さて佐々木君。君も随分引っかき回したみたいだね。笹谷様から、いつまで待たせるんだ、ってお叱りの電話が本社に来たらしいよ」

不意に矛先を向けられて、佐々木さんは慌てたように立ち上がった。

私も思い出す。確か佐々木さんから渡された契約書の中に、笹谷という名前を見た気がする。篠原君がすぐに引き取ってくれたから、確信は持てないけれど。

「え？　あの……どうして本社に」

「笹谷様は藤堂(とうどう)建設の前会長の奥さんだ。創業当時からお世話させてもらっている、大口のお客様だということは知っていたかい？　メインバンクを替えるとまでおっしゃっていて、昨日の朝一番で私と役員と君のところの部長とで謝りに行ったよ」

「私、そんなの知らな……」

ことの大きさに気付いたのだろう。佐々木さんはますます顔色を悪くし、視線をさまよわせた。

「あの、それ私じゃなくて……」

「そもそも窓サに任せる書類じゃなかったし、それ以前のミスだよ。大体、君は手持ちの仕事を窓サに落としすぎている。——始末書で済めばいいけれどね、今までも何度も注意されてきただろう。少し反省しなさい」

「……はい」

頷く声は明らかに納得していない。

おそらく穏やかな声音で話す支店長を甘く見てるんだろうけど。……この支店に配属されて長い人はみんな知っている。支店長は見た目や物腰ほど穏やかではなく、むしろ容赦がないことを。

「声が小さいな……」

ちっと舌打ちしながら蓮さんがそう言うと、佐々木さんは「ひっ……っすみませんでした!!」と直角に頭を下げた。普段以上に柄が悪い蓮さんに、周囲もビクついている。

「あとお前だ。お前」

次に蓮さんがわかりやすく牙を剥(む)いたのは、佐々木さんの隣にいた男の子だ。

「『試したい』んなら……俺が色々経験させてやろうか」

椅子の背に手を置いて、何やら耳元で囁(ささや)くと、「ひぃっ」とその場にうずくまってしまった。

後半、あまり聞こえなかったけど、一体何を言ったのだろう。怖い物見たさでギャラリーが前のめりになっていく。

一人冷静な支店長が「まぁまぁ」と取り成し、蓮さんはようやく身体を引いた。

そしてだるそうに首を回して、今までお地蔵さんよろしく固まり、存在感をなくしていた窓サ部長に視線を向けた。

「ちょっと宮下借りてもいいですか」

「え?　あぁ……どうぞ!　ごゆっくり!」

……部長としてそれでいいのだろうか、と言いたくなるほどの慌てっぷりで、何度も首を上下に振る。

「どうも」と軽く会釈した蓮さんは私の腕を掴むと、食堂の出入り口に向かった。

一人で残されても困るから、強引に連れ出してくれて助かったんだけど。

「昼休み何時までだ？」

「あ、一時まで、です……っ」

蓮さんに引っ張られる私を、周囲の人達は何があったのかと足を止めて凝視している。

——昼休みから戻ったら、質問責めにあいそう……。

顔を見られないように俯いて、手を引かれるまま会社を出る。

近くのパーキングエリアに入ると、そこにあったのは蓮さんの車だった。どうやら銀行まで自分の車で来たらしい。

私を助手席に押し込み、蓮さんは素早く運転席に回り込む。そして気付けばその大きな手が私の目前に迫って——鼻を摘まれた。

「っいた……ちょ、何するんですか」

「なんかあったら言えっつったよなぁ？」

ん？　とすごまれて思わず引いてしまう。

「あの……元々あの書類以外は大したことなかったし、そのうち嫌がらせもなくなるかなって」

「大したことあるだろうが。篠原に佐々木を見張っとけって言っといてよかった。なんだかんだと佐々木は上に取り入るのうまいから、お前あのままだとミスを引っ被ることになってたかもしれん。まぁ……支店長まで話が行けば見抜くだろうけど、渉外部長も窓サ部長も、波風立てたくないタイプだろ？　内々で処理されないでよかった」

——思っていた以上に、危ないところだったらしい。蓮さんの言葉に背中が寒くなった。

思わず俯いて膝の上で手を握り込むと、その拳を蓮さんの手が覆ってきた。

「——悪かったな」

「え？」

「お前と付き合えて周囲を牽制できたって、浮かれてちゃんと頭回ってなかった。お前が言ったとおり、もっと周囲への影響を考えるべきだった」

頭を引き寄せられ、ぽすんと肩口に埋められる。

慣れた感触に今まで堪えていたのものが溢れ出てきそうになり、ぐっと唇を噛みしめた。

「あまりフォローできなくて悪かったな」

優しい言葉に、私は首を振る。

後輩に頼んでくれたり、色々根回しして助けてくれたのは蓮さんだ。

ぐいっと目元を拭って、私は問いかけた。

「いえ、全然……っでも、どうして今日ここにいるんですか？　戻りは明日って言ってましたよね？」

「佐々木に嫌がらせされてるって聞いて、急ぎで仕事回して帰ってきた」

その優しい声に、今度こそぽろっと涙が出た。

嫌がらせや陰口なんて、相手にするだけ無駄だって気を張っていたけれど、思っていた以上にダメージを受けていたらしい。

「こら、可愛いから泣くな」

そう言って、ちゅ、と額にあやすような優しい口づけをくれる。

ようやく落ち着いた頃、蓮さんは私の顔を覗き込んで、少し困ったように眉尻を下げた。

「――なぁ。今日、夜中になるけど家に行っていいか」

きっと遅くなるから、私の負担になると思ったのだろう。蓮さんだって出張から帰ったばかりで疲れているだろうに。

断った方が蓮さんの身体のためにはいいのだと思う。だけど、どうしても一緒にいたくて私は我が儘だと知りながら「もちろん」と頷いた。

「よかった」

吐息混じりに呟かれ、顎を持ち上げられる。そのまま唇が重なって舌が歯列を割ってきた。

「……っふ」

突然の深いキスに、びっくりして身体が強張る。

だけど絡まる舌はあくまでも優しくて、苦しいというほどではない。ただ、その焦らすような口づけに、ぞくぞくっと背中に震えが走った。

何度も角度を変えて味わうように、唇を噛まれてまた舌が入り込んで——蕩けるような甘い口づけに身体がだんだん熱くなってくる。

こ、これ以上は駄目だ……っ。

肩に回った彼の手をぱんぱんと叩くと、ようやく蓮さんは解放してくれた。男の色気を溢れさせたまま私の唇に触れ、零れた唾液を親指で拭ってくれる。私も彼の唇に手を伸ばした。

「も、……口紅ついちゃってますよ……」

「何してきたか、バレバレだな」

顔を見合わせて笑う。

「あの……ありがとうございました。気をつけて」

「ああ、続きは夜にな」

その場で別れ、蓮さんは取引先へ、私は銀行へと戻った。

胸がいっぱいのまま、窓口に戻る。

――そして案の定、窓口に足を踏み入れた途端、たくさんの視線が突き刺さった。一瞬慄(おのの)いたもののすぐに立て直して自分の席に戻る。昼からは窓口ではなく、その後ろのフォロー係なので、席に着いてしまえば視線は少ない。残念ながら田中さんと松岡さんはまだ戻っていなかった。

引き継ぎをしてから溜まっていた伝票を片付けていると、すっと手元に影が二つ差した。

松岡さん達だと思って顔を上げると、そこにいたのは派遣の女の子二人だった。さっき食堂で佐々木さん達と同じテーブルにいた記憶がある。

まだ何かあるのだろうか。蓮さんがあれほど脅したにもかかわらず、私にちょっかい出してくるなんて、逆に称えたいくらいだ。

「えっと……？」

何を言われるのかと身構えていると、二人は一度お互いの顔を見合わせ、次の瞬間、私に向かって勢いよく頭を下げてきた。

「あの……宮下さん」

「すみませんでした……！」

――え？

「大神さんがあんな怖い人だなんて知らなくて……あの、今まで感じ悪くてすみません」

ちょっと謝罪の内容が掴めない。どうして蓮さんは怖いイコール謝るということになるのだろう。まさか復讐を恐れて？　いや、さすがに女の子を殴るような人じゃないし。

「――わかりやすく言えば、ドン引いたってことよね」

「松岡さん！」

「ふっふー、白昼堂々公開告白とかもう伝説になるわね」

松岡さんはそう言うと「動画撮っとけばよかったわぁ」なんて楽しそうに笑う。

むしろ本当に誰か動画を撮ってたらマズイかも、と心配になる。……パワハラで訴えられたらどうするつもりなんだろう。蓮さん。

「もう。からかわないでくださいよ」

そう言いながらも、松岡さんのドン引きという言葉の意味を考える。

「私も大神部長に憧れてたんですけど、あんなの絶対無理です。むしろ宮下さん大丈夫ですか」

「宮下さん大人しいし、脅されて付き合ってるとか……」

かわりばんこにそう言った派遣の女の子達。

あまりの蓮さん株の暴落ぶりに、「ないから！」と慌てて否定する。

確かに怖かったけれど、そこまで怯えるほどだったかな……。普段から結構怖い雰囲気を出しているし、そこまで意外だったとは思えない。

きっと憧れが強かった分、そう思ってしまったのだろう。そう片付けようとしたところで、新人の男の子までもが話に加わってきた。

「あの雰囲気ヤバいっすよね……もう、殺人事件が起きるかと思いましたもん。すでに二、三人殺しててもおかしくないくらいの迫力で、俺、一瞬動けませんでした」

「さしずめ、宮下さんは猛獣遣いってとこですかね」

戻ってきた田中さんが、私の背中に抱き付きながらそう呟く。

……妬まれるよりはいいけれど、それはいくらなんでも蓮さんに失礼ではないだろうか。

しかしお昼休憩から誰かが戻ってくるたびに同じことを心配されて、午前中とはまた違う居心地の悪さを感じながら、私はその日の仕事を終えたのだった。

「――っていうことがあったんですよ」

「猛獣遣いってのは傑作だな！　……なんにせよ、俺はもう絡まれなそうでよかったよ」

時間は夜の九時少し前。

家にやってきた蓮さんに軽い食事を作りながら、私がその話をしたら、蓮さんは豪快に笑い飛ばした。

「もう笑いごとじゃないですよ。蓮さん、猛獣扱いされてるんですから、もっと怒っていいくらいなのに」

「それで避けてくれるなら、面倒がなくていいがな」

膝にいたモコを下ろして、ぽんぽんと膝を打つ。

座れ——ということなのだろうけど、素直には行けない。

だって膝の上とか重いだろうし、いくらなんでも子供じゃないんだから。

「ほら来い来い」

「猫じゃないんですから」

腕を掴んで引き寄せられ、結局蓮さんの膝に落ち着いてしまう。

背中から感じる温かさにほっと息をついたのも束の間、不埒(ふらち)な手が服の上から胸を押し上げた。

「……何してんですか」

「続きは夜って言ったぞ」

「もう……っ」

すでにパジャマ姿で、下着は着けていなかったせいで、くっきりと胸の中心が浮き上がった。

「本当に悪かったな」

「もういいですって。言ったの私ですし……んっ」

きゅっと指で摘まれて声が上擦る。蓮さんが私の首筋に唇を滑らせ、熱い吐息と共にくすぐってきた。

「……っそんなに付き合っていることを公表したかったんですか」

「年の離れた恋人が可愛すぎて不安なんだよ」

年が離れてるって言っても五つか六つくらいだ。……まぁ、童顔の私と、彫りが深いせいか大人びて見える蓮さんとでは、見た目がちぐはぐなんだろうけど。……やだな。今自分で自分の心を抉ってしまった。

しかし、私が可愛いなんて、恋は盲目というアレだろうか。

「お前可愛いよ。何回言えばわかるんだ？」

腑に落ちない顔をしていたせいか、蓮さんが追い討ちをかけてくる。

「え……っと」

「ああ、じゃあ『可愛い』じゃなくて『愛しい』にするか？」

「それは百倍恥ずかしいです！」

すごいことをさらりと言ってのける蓮さんに悲鳴を上げた。

なんなのこの人！　イタリアとかあっち系の血でも流れてるんだろうか。

破壊力がありすぎて顔に熱が籠もる。それを手のひらで隠しながら却下すると、蓮さんは「じゃあ素直に認めろ」と私の手を外し、鼻のてっぺんにキスをした。

「えっと、あの、まぁ、小さくて可愛いって意味で」

「違う。っとに素直じゃないな。素直になるまで躾けてやろうか」

……まだオオカミモードが抜けきっていないらしい。ぺろりと唇を舐める仕草は獰猛で、瞳は熱を持ち始めている。だけどそれもまたかっこいいな、なんて思ってしまう私は、すでにこの狼さんに躾けられているのかもしれない。

ちゅ、ちゅっ、と軽いキスが顔中に降ってきて、軽く身を捩る。

「ん、あの……今日はちゃんとベッドでしましょう。ね……」

ここだと、モコとカイが気にしそうだから。

口づけの合間にそう言えば、タイミングよく「にゃあぁん」とカイが鳴いた。私と蓮さんは同じタイミングで噴き出す。

「そうだな」と蓮さんは笑いながら私の膝の裏を抱えて立ち上がった。

相変わらず力持ちだ。

ベッドに下ろされ、指が絡まる。それが合図だったかのようにお互いの服を脱がしていった。

そして私が素直になれたかどうかは二人と——おそらくモコ達しか知らないことである。

四

結局、私と蓮さんの交際は、完全に銀行中の人達が知るところとなった。とはいえ、蓮さんの脅しが効いたのか、こちらを見てコソコソ話す人はもういない。

あれから榎本さんと顔を合わせることもなくなった。共用スペースで会うこともないので、向こうも避けているのかもしれない。ついでに佐々木さんはあの騒ぎの次の日から休んでいる。普段から欠勤が多かったらしくもう辞めてしまうのでは、と篠原君から教えてもらった。

……せっかくエリート街道まっしぐらだったのに辞めるなんてもったいない、と思ったのが一番初めで、次に込み上げたのはやっぱり罪悪感だった。思うところがないわけではないけれど、辞めさせたかったわけではないから。

そんな事情もあって少し憂鬱(ゆううつ)な日はあったけれど、嫌がらせの中心人物だった彼女がいなくなったおかげで、私の身の回りはほぼ平常どおりに戻った。

……ただ一点、問題があるとしたら——

「あ、宮下さん！」

窓サの同期に声をかけられ、給湯室に引っ張り込まれる。こうして呼び止められるのはもうすでに慣れっこだから驚かない。だけど眉を寄せて不安そうに私を見つめるその表情に、申し訳なくなった。

二人きりになってからも、彼女は迷うように視線をさまよわせていたけれど、私が促すとようやく意を決したように顔を上げた。

「あのさ。宮下さん、大神部長に脅されて付き合ってたりしてないよね……？」

殊更声をひそめて尋ねられる。

もう何度目かの問いに、思わず笑いたくなってしまったけれど、彼女は本気で心配してくれているのだ。

もちろんきっちり否定してから「心配してくれてありがとう」とお礼を返した。

そう。実は蓮さんの脅しが効きすぎたのか、未だにこうしてこっそり尋ねてくる人も多いのだ。

『オオカミ部長』のことを野性的で素敵だと思うか、荒っぽくて怖いと思うかは人によって分かれる。この質問をぶつけてくるのは後者の人達で、かつ私とそれなりに仲がいい人達が多かった。

猫好きで男に興味がない、かつての私を知っているからこそ、わざわざこうして心配してくれるのだ。

……まぁ、あの場にいた窓サ部長にまで聞かれたのには驚いたけどね……

結局、蓮さんは、私の居心地が悪くならないように、わざと自分が悪役を引き受けたんだと思う。だからこそ仲のいい人達には、そう説明して少しずつ誤解を解いていっている。蓮さんからは、女子社員が寄ってこない方がありがたいから余計なことしなくてもいいって言われてるんだけど。

そして月末に差しかかり、銀行の窓口も給与関係と月締めのため、連日忙しくなった。もちろん蓮さんも相変わらず忙しそうだ。蓮さんの家よりうちのアパートの方が銀行に近いこともあり、平日でもうちに泊まりに来ることが増えた。そして今更ながら蓮さんのお家にもお邪魔したんだけど――驚くことに一戸建て！　しかも自分で買ったというのだから、すごい。

『まぁ、田舎だしな』

なんて蓮さんは言ったけれど、最寄りはターミナル駅だし、そこから歩いて五分という立地だ。しかも一階が店舗スペースで、二階と三階が居住スペースになっている。もしかしたら将来的には賃貸に出すのかもしれない。

……資産運用まで考えているなんて、銀行マンの鑑だ。とりあえず私もモコとカイと暮らせる一戸建てを買うために貯金をしているけれど、今以上にド田舎の中古物件が精一杯だろうな。

外階段から上がって二階の玄関から入ると、広いＬＤＫに、最低限の家電、そしてベッド代わりにしているらしい布団が置かれたソファが置いてあった。それ以外はテレビすらない。

スペースがもったいない、と私が呟けば、ほぼ寝に帰るだけの家だからな、と言っていた。

いいなぁ。お家がこんなに広かったら、壁にキャットウォークを作っても圧迫感はないだろうし、カイも思う存分走り回れそうだ。

そんなことを思いながら部屋を見回していると、蓮さんが何気なく『引っ越してくるか？』なんて尋ねてきた。

思わず、いいですねぇ、なんて頷きそうになってしまった私。いつのまにか私の背後にいた蓮さんは、いつものちょっと意地悪な笑顔で私を見下ろしていた。

……もう、本気なのか冗談なのかわからないからやめてほしい。

そもそも銀行で偶然すれ違った時にアイコンタクトをしてきたり、エレベーターでさりげなく指に触れてきたりする時もこの顔だ。蓮さんは焦る私を見るのがお気に入りらしい。……そういうところが、人に誤解されるんじゃないかと思うんだけど。

　蓮さんがそんな感じなので、たまに周囲にからかわれたりするけれど、その雰囲気は優しいものなので、自然に笑うことができている。

　しばらく平穏な日々が続いたある日、蓮さんは九州の新店舗計画のメンバーとして抜擢され、一週間ほどの急な出張に行くことになった。その後すぐに本社と京都支店でファイナンシャルプランナー講習会の講師役をするとのこと。九州から直接会場に移動するので、ざっと二週間は会えず、その間――私にも、もちろんモコとカイにも触れることはできない。後者の方が蓮さんには切実かもしれない。

「――眠れないかもしれん」

　私のアパートの部屋で、珍しくどよんと暗雲を背負った蓮さん。その広い背中に、モコとカイが上り始める。蓮さんの服に穴が空いたりしないかと心配になるけれど、蓮さんが着ているのは爪の引っかかりにくそうなシャツが多いので今のところは大丈夫みたいだ。

「慰めてくれるのか？」

　そう言いながら、ずるずると落ちていったモコを抱き止め、膝に抱っこする。

　モコはそのまま胡坐を組んだ中心に丸まった。モコはあの場所がお気に入りだ。私はついつい正座してしまうタイプなので、それに比べたら、確かにあちらの方が落ち着くのだろう。

カイはすでに肩まで上って、蓮さんの髪で遊んでいる。

「こらカイ。駄目だって」

ひょいっと掬い上げて絨毯の上に下ろすと、不満たっぷりにカイが鳴いた。だけどその口に大好物のおやつを押し込むと『しょうがないな』とばかりに、蓮さんの膝の側面にぴたっと背中をつけて転がる。……なんだかんだ言って、カイも蓮さんのことが好きなのだ。

「確かに、ちょっと忙しすぎますよね」

「ったく支店長も、ここぞとばっかりに仕事押しつけてきやがる」

「……あの、それって食堂の一件の借りみたいな感じですか？」

ここ最近の蓮さんの多忙ぶりは、他部署の私から見ても尋常じゃない。

そもそもあんなところに偶然支店長がいるわけない。息も合っていたし、蓮さんが根回ししていたと考える方が自然だろう。

「あー……違う違う。使えるうちにとことん使っておこうって感じなんだろ。まぁ、俺も色々繋ぎができていいけど」

「使えるうちって？」

何だか期間限定みたいな言い方が不思議でそう尋ねると、蓮さんは少し困ったような顔をした。

「ああ……、まぁおいおいな」

仕事上の話だろうか。恋人同士、同僚同士といっても守秘義務はある。

きっとそんな話の一つだろうと好奇心に蓋をして、蓮さんの斜め向かいに座ろうとしたら、蓮さんは自分の背中を指した。

「ほら。和奏もこっち」

苦笑しつつも誘われるままその背中にもたれかかる。蓮さんの高い体温は、まだ肌寒いこの季節には離れがたい。

ずるい！　とカイに非難の目を向けられたけど、蓮さんの広い背中は私だって大好きなので、ちょっとくらい譲ってほしい。

そんな私を支えたまま蓮さんは座卓に両腕を置いて顔を伏せた。

一瞬どうしたのかと思ったけれど、あ、と思って笑いながら尋ねてみる。

「充電ですか？」

モコとカイ発電。ついでに私もちょびっとだけでも、分けることができていたら嬉しいけれど。

「そうだ」

蓮さんはそう言ってから顔を上げ、私の腰を攫うと、ちゅっと唇を噛む。

優しい口づけにじゃれるように応えていると、部屋の隅から視線を感じた。

あ、いつの間に。

気がつくと移動していたモコは自分のハンモックに足をかけて、少し重そうな身体をよいしょと傾けたところだった。カイもその後に続いて、二匹で丸くなりながら、こちらをじいっと見ている。

『あー……あいつら、またやってるよ』

『あきないのかしらねぇ』

そんな会話が聞こえてきそうな二匹の視線。相手は猫といえども、恥ずかしい。慌てて立ち上がろうとしたものの、そのまま近付いてきた唇に、根こそぎ力を奪われた。

「ちょっと待って……っん」

「充電中なんだから邪魔すんな」

結局『充電』という名の濃厚なキスを味わった後は、いつもの流れに乗ってしまい——気がつけば朝！

夕食食べ損ねた！　と頬を膨らませると、蓮さんは上機嫌で私をあやしてから、ブランチを作ってくれた。

手際もよく、寝起きでぼうっと見ているうちに、ふわふわのオムレツが出てくる。その美味しさに白旗を上げそうになった。一人暮らしは長いけれど、三回に一回は卵焼きを失敗するレベルの私では、到底太刀打ちできない。

甘くて幸せな日々。

――けれどそんな平穏な日々は、残念ながらそう長くは続かなかったのだ。

†

お昼休憩の終わり近くに、今日は退職した元同期と外でランチをすると言っていた松岡さんと更衣室でばったり会った。

「あーお腹いっぱい」

そう言いながら松岡さんは薄手のカーディガンを脱ぎ、私の二つ向こうのロッカーの扉を開ける。

「駅前のイタリアンでしたっけ？　美味しかったですか？」

「うん！　朝抜いたせいで、逆にパン、食べすぎちゃったわぁ」

「あそこのパン、美味しいですもんね」

うちの銀行の近くにあるイタリアンレストランは美味しい上に安く、焼きたてのパンが食べ放題なのだ。添えられるゆずバターもすごく美味しくて、メインが来る前に、ついパンを食べすぎてしまうお店なのである。

ロッカーに鞄をしまい込んだ松岡さんは、ふと何かを思い出したように顔を上げた。

そして周囲を見回してから、私の方へ身を寄せて、そっと耳打ちしてくる。

「そういえばオオカミ部長、本社に戻るんだって？」

……え？　と声に出していたかもしれない。それくらい予想外の言葉だった。

あまり反応しない私に松岡さんは一瞬不思議そうな顔をする。だけどすぐに眉間に皺を寄せて「聞いてないの？」と重ねて問いかけてきた。

蓮さんが東京に異動？

ざわり、と心臓が騒ぎ出す。

……もちろんそんな話、一言たりとも聞いていない。

四月の異動まであと三週間。うちの銀行は通常二週間前に内示が出るけれど、部長以上の役職者は引き継ぎや挨拶回りも多いので、一か月以上前には内々に知らせが来るシステムになっている。

だからもし本当に東京に異動するなら、もうその話はとっくに蓮さんの耳に入っているはずだ。

最後に顔を合わせたのは一週間前だから、話す時間がなかったというのは考えにくい。

長い出張になるので、駅まで見送りにも行ったし、『お土産買ってくるから』と約束してくれたけれど、異動の話なんて一切出てこなかった。

どうして？

──『使えるうちにとことん使っておこうって感じなんだろ』

疲れたようにそう言った蓮さんの言葉が蘇った。

あれ、は……もしかして異動するまでの間ってこと？　じゃあ、もうあの時点から異動のことはわかっていたわけで。

離れるって、遠距離恋愛になるってことだよね？

……なんでそんな大事なこと言ってくれないの？

びっくりしたのはもちろんだけど、どうして、という言葉が頭を駆け巡る。そのうちに不安が込み上げてきて、頭の中がいっぱいになった。思考がうまくまとまらない。

返事もできないまま黙り込んでいると、松岡さんは少し強く私の名前を呼んだ。

はっと我に返る。

「すみません。ちょっとぼうっとしちゃって。あの、私、聞いてなくて……。旦那さんから聞いたんですか？」

「うちの旦那はそういうこと話さないから。さっきランチした子の旦那が本社勤務で、その子から聞いたの。オオカミ部長が本社に戻ってきたら、役員候補だって」

断定する口調に思わず眉間に皺が寄ったのがわかった。

確かにエリートと呼ばれる人達は、みんな本社に戻るのが普通だ。

──私、なんで思い至らなかったんだろう。蓮さんはいつか東京に戻る人だってことに。

自分の迂闊さに頭を抱えたくなる。

……一人になってゆっくり考えて、頭の中を整理したい。

そう思ったその時、少し離れた場所から突然声が上がった。

「え～、知らなかったんですか？　彼女なのにぃ？」

間延びした、甘ったるい声。

できればもう関わりたくなかった声が、ロッカーの反対側から聞こえた。

たくさんのロッカーが並ぶ隙間から顔を出したのは、食堂の事件以来、ほぼ一か月ぶりに顔を合わせる佐々木さんだった。

私は反射的に固まり、松岡さんは振り向いて「げ」と嫌そうに呻く。

「お久しぶりです。元気そうでよかったですねぇ」

彼女の言葉も態度も相変わらず悪意に満ちている。

だけどその喧嘩を買ったのは、私ではなく松岡さんだった。

「あーら佐々木さんだっけ？　随分久しぶりじゃない。各部署から怒られて、さぼりまくってクビになったかと思ってたわ」

「ちょ、松岡さん⁉」

ぼんやりしていたせいで、反応が遅れてしまった。

慌てて腕を掴んで制止するけれど、松岡さんは「誰もいないから、いいでしょう」と絶対に譲らない顔をして私を見た。

それでもなんとか宥めようとする私をよそに、近付いてきた佐々木さんが松岡さんを睨む。

「はぁ？　体調不良の人間つかまえて、さぼりとか人聞きの悪いこと言わないでくれますぅ？　それにあなたに話しかけてるんじゃないんで、しゃしゃり出ないでくださいよ」

「あんた、宮下さんに近付くなって大神部長に言われたんでしょ。また噛みつかれて半べそかきたくなかったら黙ってなさい」

「っていうか私こんなトコ辞めるんで、大神部長とかもう関係ないしー。荷物取りに来ただけなんですよ？　ほんっとオバサンうざぁ」

松岡さんのこめかみに、ぴしっと青筋が浮いたのがわかった。

一瞬黙り込んだ松岡さんに、佐々木さんは勝ち誇ったように鼻を鳴らすと私へと視線を移した。

「宮下さんも元気でねー。ああ、さっき言ってた大神部長の本社入り、本当ですよ。本社勤務の私の友達も言ってましたもん。その様子じゃ知らなかったみたいだけど、もしかして宮下さん、アレじゃないですか？　現地妻的な？」

自分の言葉が面白かったのか、佐々木さんはくすくす笑って言葉を続けた。

「ああ。でも納得。結局宮下さんって、大神部長にとってその程度だったんですね。こんな低レベルの人と付き合うなんて、よっぽどの理由があるのかって勘繰っちゃってたけど、後腐れがないからなんですねぇ」

――『よっぽどの理由』

その言葉に、鼓動が跳ね上がる。

だけどそれは一旦脇に置いて、私は軽く深呼吸をした。

落ち着け。

そう自分に言い聞かせて、二人の間に入るように佐々木さんの正面に立つ。

松岡さんには庇(かば)ってもらってばかりだ。これ以上、面倒事に巻き込むわけにはいかない。それに私だって言われっぱなしには限界がある。

「――ねぇ。それは佐々木さんに何か関係ある？」

蓮さんだったら、きっとこう言うだろう。

そう思うと、すとんと言葉が出た。

ヒールのおかげで佐々木さんとの身長差はそれほどない。まっすぐ佐々木さんの目を見つめたまま、問いかける。

いつも言われっぱなしだった私が突然言い返したのが意外だったのか、佐々木さんは一瞬驚いたように目を丸くした。それからきゅっと唇を引き結び、口を開く。――けれど、何も思い付かなかったらしい。

当然だ。佐々木さんはあくまで第三者で、無関係の野次馬なのだから。

「佐々木さんは自分のことを心配した方がいいよ。一年も経たないうちに会社辞めた新卒って再就職難しいらしいから」

「よ、余計なお世話！」

「うん。気持ちわかってくれて良かった。私のことも余計なお世話だから心配してくれなくていい。あなたの方が『ウザイ』よ」

佐々木さんの顔がみるみる赤くなり、きつく眉が吊り上がる。

一方、私の頭の中は言葉を重ねるごとに冷静になっていった。

怒りなのか悔しさなのか、佐々木さんの手が震えている。

いっそ私のことを叩いてくれればいいのにな、と思う。

そしたら暴力沙汰ってことに……と、思ったその時、松岡さんが口を開いた。

「……今時現地妻って若い子が使う言葉じゃないでしょ。その厚いファンデーションの下、皺だらけなんじゃない」

「……皺だらけはオバサンでしょ」

佐々木さんははっとしたように私から視線を逸らし、どこかほっとした顔で松岡さんに悪態をついた。

「まぁオバサンだからね。あ、違うか。あんた皺だらけじゃなくて、目がめちゃくちゃ小さいんだっけ？　カラコンにアイプチとライン引いてマスカラ二種類使って、アイメイクだけで一時間以上かかるんだってねぇ。スッピン写真、他人すぎてびびったわぁ」

「っ！　なんで知ってるのよ！」

「さぁ？　案外お友達って思ってる子が、そうでもなかったりするんじゃないのー？」

「うるさいっ！」

最後はそう叫んで、可愛らしい顔に似合わない粗暴さで舌打ちし、踵を返す。

遠くでばんっと派手な音が響き、佐々木さんが更衣室から出ていったらしいことを知った。

「あの、松岡さん。すみませんでした……」

私がいるせいで嫌な思いをさせてしまった。遠ざかっていく足音が聞こえなくなってから慌てて謝ると、松岡さんは首を振った。

「いいわよ。っていうかさ、……ちょっと物騒なこと考えてたでしょ？　いつも大人しい宮下さんが怒ったのにも驚いたけれど、目が、食堂で交際宣言した時のオオカミ部長と一緒だったわよ。……なんか二人似てきたんじゃない？」

「そ、そうですかね」

頭を過ったことをずばりと当てられて、慌ててしまう。だけどそんなことになったら、また大騒ぎになって松岡さんにも銀行にも迷惑をかけてしまっただろう。

……確かに蓮さんならどうする、って考えちゃってたもんな……。普段の私からすれば信じられない過激さだ。

「まっ、ちょっとすっきりしたわ。あの顔見た？　前からあの子、ぎゃふんと言わせたかったのよねぇ」

松岡さんはそう言ってくれたけれど、それでも好き好んで喧嘩をしたいはずがない。もう一度お礼を言うと、松岡さんは「ホントだってば」と口を尖らせた後、不意に真面目な顔に戻った。

「さっきの話に戻るけどさ。そんなに気になるなら、小耳に挟んだんだけどって聞いちゃえば？　まだ役職決まってないから、とか……男ってそういうの気にするところがあるから、そんな理由で言ってないだけだと思うわよ。ぐずぐず悩むより聞いた方が解決も早いから、ね？」

優しい声音でそう言い残して、松岡さんは更衣室を出ていった。

まだ時間に余裕があるのに一足早く出ていってくれたのは、一人で心の中を整理する時間をくれるためだろう。そんな松岡さんの優しさに感謝してその背中を見送る。

……本当に、なんで言ってくれないんだろう。

『よっぽどの理由があるのかって勘繰っちゃってたけど――』

鼓膜の奥で佐々木さんの言葉が蘇る。

「よっぽどの理由かぁ……」

誰もいなくなった更衣室で、声に出して反芻する。

確かに心当たりはある。

――モコとカイ。つまり猫だ。

蓮さんは私のことを好きだって言ってくれたけど、そもそも最初のきっかけは猫なのだ。

猫に避けられている問題は解決したんだし、わざわざ私の家に来なくたって……東京で猫を飼っている彼女を作ればいい。

そんな最悪な事態を想像したところで、松岡さんのアドバイスを思い出し、鞄の中からスマホを取り出した。そう、聞いた方が早い。……だけど、もし聞いて「そうだ」って肯定されたら――別れることになるのだろうか。

「……」

思えば付き合っているって言ってもおうちデートばっかりで、二人でどこかに出かけたのは一度だけだ。

蓮さんが忙しいからだと思っていたけれど、家じゃないと逆に意味がなかったのだろうか。

もともと釣り合いが取れていないことはわかっていた。

だけど一緒にいてすごく楽しくて、それが自然で、心地よかった。

きっと蓮さんもそうだと思っていた。

――しばらく考えて、私は結局、そのままスマホを鞄に戻した。


それからなんとか気持ちを切り替え、大きな失敗をすることもなく仕事を終えた私は、ほぼいつもどおりの時間に家に戻ることができた。

モコとカイのご飯をあげてトイレ砂を替え、軽く掃除――と機械的にいつものルーチンをこなす。

干していた洗濯物を取り込む途中、蓮さんの部屋着を掴んで一瞬手が止まった。けれどすぐに我に返って、まとめて部屋の中へと運ぶ。

充電していたスマホを見つめて、ロックを外す。

毎日何かとメッセージや電話が来るけれど、今日は一日移動日で忙しいと聞いていたとおり、まだ連絡は来ていない。

……電話がかかってきたら、本当なのか聞いて――で？

『現地妻的な？』

不意に佐々木さんの言葉が蘇る。

私だって思わず笑ってしまうほど古い言葉だ。

だけどここは地方で、蓮さんはもともと本社の人だ。どちらが居場所として相応しいかと聞いたら、きっと誰だって本社だと答えるだろう。

じゃあ追いかける？　モコとカイを連れて？　――それこそ現実味がない。

都心で猫が飼える物件なんて、今の家賃の数倍はするだろう。それに猫ありきの女性が必要だったのなら、そもそも飼い主が私である必要すらない。

というか、こんなこと考える段階でもない。だってついてきてほしいと言われるどころか、異動そのものも報告されていないのに。

考えれば考えるほど、底なし沼に嵌っていくみたいだ。

現地妻はさすがにないと思うけれど、自然消滅とか遠距離恋愛とか、重い言葉が胸を塞いで、ますます呼吸が苦しくなる。

「もうやだ……」

ぽつりと呟くと鼻の奥がつんとなった。ぎゅっと脚を抱え込んで膝に顔を埋める。

しばらくしてから、たし、と膝に柔らかな感触を感じて顔を上げた。

「カイ……？」

いつもどおりモコだと思っていたので、ちょっとびっくりする。

『なぁ、どうしたんだよ』

そう尋ねるように首を傾げて、私を見ている。

「……大丈夫だよ」

そっと頭を撫でると、いつものようには離れていかず、抱え込んだ脚の間にするりと入って、その中に座り込んでくれた。

……彼なりに慰めてくれているのだろうか。

「カイ、ありがとうね」

そう言って尻尾のつけ根をぽんぽんと叩く。カイはこれが好きで唯一触っても怒らない場所だ。今回も機嫌よくゆっくりと尻尾を揺らす。その毛先がふくらはぎをくすぐった。

そのうちモコもやってきて、何故か狭い私の膝の中の取り合いを始める。引っかかれる前に脚を退けると、二匹が同じタイミングできょろきょろと首を回したので、少し笑った。

――うん、ちょっと元気が出た。

何も聞かないうちからグダグダ考えても仕方ないいし、松岡さんが言ったとおり、言わなかったことに大した理由なんてないのかもしれない。

いつもどおりなら今日の夜には電話がかかってくるだろうし、その時に聞いたら『なんだ、知ってたのか』なんて教えてくれる可能性もある。

気持ちを切り替えて立ち上がる。今日は贅沢に湯船にお気に入りのバスボムを入れて、すっきりしよう。

時計はまだ七時にもなっておらず、窓の向こうも明るい。蓮さんは移動後、接待と言っていたから、電話は確実に九時は回るはずだ。

箪笥から着替えを取り出し、部屋着のカーディガンを脱ごうとしたところで、玄関の呼び出し音が鳴った。

宅急便も来客も予定はない。だけどお母さんが突然作りすぎたおかずを持ってきてくれることがあるので、来客自体はそう珍しくない。

私は立ち上がって玄関のドアスコープを覗き込んだ。

ぱっと見えたダーク色のスーツと、グレーのネクタイに一瞬思考が飛ぶ。

「蓮さん……⁉」

思わずそう叫んで扉を開けてしまい——目の前に立っていた人物を見て、固まった。

「……和奏？」

「え？——尚樹……？」

お互いの戸惑った声が被る。

向こうは私の勢いに驚き、私はその存在自体に驚いていた。

だってそこにいたのは、例の猫嫌いの彼氏――尚樹だったからだ。

「よう、久しぶり」

会社帰りだろうか。

以前は少し長かった髪がさっぱりと短髪になって、がらりと印象が変わっていた。

「……何の用」

出張中なのだから蓮さんが来ることを期待する方がおかしいんだけど、驚きよりもがっかりした。予定も聞かずに唐突に訪ねてきた尚樹の――その変わらない身勝手さにも苛立ち、八つ当たりだとわかっていながら、つっけんどんな尋ね方をしてしまう。

ああ、もう！　ちゃんと見れば、全然違うのに私の馬鹿！

蓮さんはこんなに細くないし、ネクタイだって柄が違う。

……それにしたって今更何の用なんだろう。

最近はすっかり忘れていたけれど、できれば一生会いたくないと思っていた相手だ。

明らかに歓迎していない私の様子に、尚樹は少し怯んだ様子を見せたものの、すぐに口を開いた。

「最近営業エリアが変わってこの辺回ってるんだ。……ちょっと話せないか？」

今更話すことなんてない。

そう切って捨てたくなったけれど、結構しつこかったことを思い出した。

それにプライドの高い尚樹が、わざわざ自分からここに来たってことは、それなりの用件があるのだろう。

「……私、今彼氏いるからね？」

色んな状況を考慮してそう言うと、ちょっと尚樹の顔が強張った。

それでも、と言うので、少し迷ってすぐ目の前にある公園でならいいよ、と答える。

がっかりしたような顔をしたのがわかったけれど、元彼とはいえ、今はもう関係のない男の人を一人暮らしの部屋の中に上げるわけにはいかない。

それに、きっと歎くさいでしょうからね！

いっそそう言ってやろうかと思った瞬間、尚樹は素直に頷いた。そして——

「うん……ありがとう」

小さかったけれどお礼を言われて、かなり驚く。

こいつは確か自分の思いどおりにならなかったら途端に不機嫌になる男で、間違ってもお礼なんて言うようなヤツじゃなかったはずだ。

……月日とは偉大だ。子供だってそれなりの大人にするのかもしれない。

さっさと話とやらを済ませたくて、靴箱の籠の上に置いてある鍵だけを持って戸締まりし、微妙な距離をあけて、すぐそこの公園まで歩く。

ベンチはカップルが塞いでいたので、なんとなくブランコに腰を下ろした。だけど逆にちょうどいい距離を保てて、ほっとする。

錆(さ)び付いたブランコの鎖が軋(きし)む音と共に、口を開いたのは尚樹だった。

「あのさ、まだ猫飼ってんの」

「……喧嘩売りにきたわけ？」

一気に戦闘モードになった私に、尚樹は慌てて首を振った。

鼻の頭を指で掻く。そういえば困った時によくやっていた仕草だ。

「そうじゃなくて……、あの時は悪かったな、って謝りたくて」

「……急にどうしたの」

謙虚な態度に何か企(たくら)んでるんじゃないかと思ってしまうのは、別れ際の言葉が長い間、私の心に突き刺さっていたからだろう。

『猫馬鹿とかキモイんだよ！』

『お前なんか誰にも相手にされねぇから！』

思い出すと未だに苛立つけれど、前の時みたいなじゅくじゅくした傷に触れるような痛みはない。

だって蓮さんが、猫馬鹿だって、子供っぽくったって、ありのままを受け入れてくれたから。

だから平気。今更何を言われても、もう傷つかない。

尚樹はまた黙る。

その沈黙の長さに焦れそうになった頃、ようやく尚樹が口を開いた。

「俺、本当に猫っていうか動物全般、——苦手で。猫どころか犬も駄目なんだ」

突然の告白に口を開いたまま、思わず目を瞬かせる。

動物全般？

猫嫌いだけじゃなかったんだ……そういえば、付き合ったばかりの頃、タダ券をもらったから動物園に行かない？　って誘ったことがあったけど、頑なに頷かなかったっけ。

「……なんかそういうのを可愛いと思えない自分って欠陥品みたいだし、実際そう言われたこともあって。小動物も苦手で……かっこ悪くて昔からずっとコンプレックスみたいに思ってて、お前にも言えなかった」

本当に言いたくないんだろう。ぽつりぽつりと呟く声は、時々聞き取れないくらい小さい。

私自身は動物ならなんでも好きだし、爬虫類だって苦手じゃないから、本当の意味で彼の気持ちはわからなかった。

だけど最初からそこまで苦手だと聞いていたら、……カイ達を飼うことはなかったかもしれない。

ただ、猫を飼うのは私の昔からの夢だった。尚樹は最初からいい顔はしていなかったけれど、いつかは慣れてくれると思ってた。だからこそ、いつまでたっても名前すら呼ばない彼をずっと責めていた。

「……そうなんだ」

――あの時そこまで頑(かたく)なだった彼に、私はもう一度その理由を尋ねればよかったのかもしれない。

私はその前に諦めた。

だから昔、悪態をついていた尚樹の表情が、どうだったかなんて考えもしなかった。

「……私も駄目なところ、あったと思う。モコとカイをお迎えしたばっかりで、余裕がなかったし」

すんなりとそんな言葉が出てきて、自分でもびっくりする。

尚樹がちょっと驚いたような顔をして、私の方を見たのがわかった。

追い出した時の剣幕からすれば、私が謝るなんて思ってもみなかったのだろう。

だけど、それが悪かったのかもしれない。

「あのさ」と前置き、尚樹はまた鼻先に指で触れ言葉を重ねた。

「彼氏とうまくいってんの」

……なんてタイミングで、この質問をするのだろう。

一言で説明できないし、何よりここで否定したら、後に続くのは『復縁』という言葉じゃないだろうか。なんとなく期待するような表情にわかってしまう。

……回りくどいな、って思うのは、私がだいぶ蓮さんに感化されたからかもしれない。すぐ口に出すからぐずぐず悩む時間がないというか……蓮さんのそういうところを私はすごく尊敬してる。

――なんだ。私。蓮さんと別れることなんて最初から考えてないんだ。それって。

「うまくいってるよ」

というか――うまくいきたい。ずっと。

「……」

なんだか尚樹のおかげで、自分がどれだけ蓮さんのことが好きなのかわかってしまった。

これまでの私の態度から、ある程度想像はついていたのだろう。尚樹は「そっか」と呟いて俯いた。

「うん。ごめんね」

「……なんだよ。なんも言ってねぇんだから、謝んなよ」

昔に戻ったようだった。あの時好きだった少し拗ねた態度に苦笑して、このあたりは変わってないんだな、と思う。

それからとっくに日が落ちていたことに気付いて、慌ててその場で別れた。

私は家へ、彼は駅へ。

公園からアパートまで三分もない。

久しぶりの元彼との再会に疲れはしたけれど、自分の気持ちが整理できたからそう気分は悪くない。

ポケットに手を突っ込んで鍵を取り出そうとしたその時、ドアノブに紙袋がかかっていることに気付いた。

「かるかん……わ、猫の形してる」

中身を見て、ちょっと考えてから飛び上がった。

これ鹿児島のお土産だ！　つまり蓮さんがここに来てたってこと⁉

思考が停止したのは一瞬で、急いで鍵を開ける。

もう、私の馬鹿！　スマホくらい持って出たらよかったのに！

尚樹と話していた時間は、三十分もないはずだ。その間にすれ違ってしまったのだろうか。お土産のビニール袋を掴んで、玄関に入りドタバタと部屋に走る。

ベッドに放り出したままだったスマホを拾うと、着信ランプとメッセージが入っていた。

『突然来てごめんな。京都の講習会に支店長も参加することになったから、一旦こっちに戻ったんだ。顔だけ見たいと思ってちょっと寄った。出かけてるみたいだから土産だけ置いてく』

時間はちょうど十五分前。

「もう、なんで……っ」

思わず叫んで電話をかけ直す。呼び出し音の後はお馴染みの留守番電話だ。

たまらず私はベッドに倒れ込んだ。

顔、見たかったのに……

玄関先に置いて帰って、今はもう電話にも出られないなんて、本当に忙しいのに寄ってくれたのだろう。

その夜遅くに折り返しの電話がかかってきたけれど、いつになく蓮さんの声は疲れていた。

何かあったのか聞こうとしたけれど、遠くから蓮さんを呼ぶ声が聞こえてきて、慌てて別れの挨拶をして切った。

自分の気持ちを再確認したこの勢いのまま、異動の話を聞いてすっきりしたかったのだけれど、思いきり出鼻を挫かれた気持ちになる。

長い話になるかもしれないし……蓮さんが来週出張から帰ってきたら、ゆっくり聞こう。

そう思い直して、私はお腹に乗ってきたモコを撫でながら、心を落ち着かせたのだった。

それから一週間後の朝。

駅から銀行までの通り道で、ふわあ、と欠伸(あくび)を嚙み殺す。反射的に見上げた空は、あいにくの曇り空でなんとなく気分も沈んでしまう。

蓮さんに本社行きのことを聞こうと決意したものの、こう間が空くと、やっぱり猫が目当てなんじゃないかとか、遠距離恋愛は続かないって聞くしとか、嫌なことばかり思い浮かんでしまう。

そもそも今日は二週間前なので公式に内示が出る。

きっとその中に蓮さんの名前もあるだろうから、いっそのこと今日聞いてもいいかもしれない。

……というか、今日内示が出ることは、蓮さんも知っているから、向こうから話してもらえる可能性だってあるし。

ただ、あれから何度か電話で話しているんだけど、少し気になることがあった。

蓮さんの声が、どことなく沈んでいる気がするのだ。テレビ電話でモコやカイを見せてもあまり喜ばず、どこか表情が硬い。そんな感じなので私も、疲れているのかなと早々に電話を切ることが増えてしまった。

もっといっぱい話したいのに、この矛盾。

やっぱり出張続きで無理をしているのか、あるいは私と遠距離恋愛になることについて寂しいと思ってくれているのかも――なんていうのは前向きすぎるかもしれないけど、もしそうだとしたら同じ気持ちなことが嬉しい。

――現地妻とか、猫目当てとか、蓮さんに限ってありえない！

私は蓮さんの人間性ごと大好きなのだ。そんなことする人なんて好きになるはずがないし、何より、モコとカイがそんな浮気者に懐くわけがない！

よし、と今日一日を乗り切る気合を入れ、銀行に足を踏み入れた途端、「宮下さん！」と大きな声で呼ばれた。まだ少し冷たい朝の空気が震えるような強い声だ。

「……榎本さん……？」

彼女の眉は吊り上がり、目元は興奮で赤い。

泣いているのかも、と思ったのと同時に腕を掴まれた。

「ちょっといいですか⁉」

疑問形ながらも拒否なんてできない強引さで、榎本さんは一番近くにあった会議室に、私を引っ張り込んだ。

普段さらさらと流れている髪は乱れていて、いつも隙なくきっちりしている彼女にしては珍しい。

「あの？　どうか」

したんですか——そう尋ねる前に、榎本さんは私の肩を掴んで揺さぶった。

「大神部長、本社への異動、断ったんです！　この支店に残りたいからって！」

そう怒鳴られて、耳から頭の中に届くまでに数秒かかった。

「——断ったの？」

声に出して反芻すると、榎本さんはまるで自分のことのように、悔しそうに唇を歪めた。

「っ本部の部長ですよ！　常務の前ポストです！　異例の大出世ですよ。断るなんてあり得ない！　どうせあなたが引き止めたんでしょ！」

あまりにも榎本さんが興奮しているせいか、逆に頭が冴えてくる。

ここで口を挟むと、おそらく彼女は余計に逆上してしまうだろう。

最後までちゃんと聞いて理解したい——だからこそ、私はあえて黙って聞いていた。

「あなたと付き合ってるの、大神部長のためにならないと思います！　全然相応しくない！　彼のことを思うなら別れた方がいいんじゃないですか!?」

腕に食い込む指が痛い。

それでも黙っている私に焦れたのか、「何とか言ってください！」と掴んでいた腕に、ますます力を込めてきた。だけどそれは締め上げるというよりは縋りつくような必死さだった。至近距離で見たお化粧の浮いた顔に、案外幼いのだと知る。

大学出たてだから二十三歳？　……そっか。そんなに年下なんだ。

「――あのね。私、実は何も聞いてないの」

すとんと素直に言葉が出た。

想像もしていなかったのだろう、榎本さんの大きな目が丸くなる。

「本社に行くのも……ほら、ウチの銀行は役職者だったら、もっと早めに教えてもらえるじゃない？　それ以降にも会ってるし、今出張行ってるけど電話だってしてるのに、そんな話題一度も出てないの」

自分でも驚くくらい落ち着いて、すらすら説明できている。

榎本さんは私の腕を掴んだ手から力を緩め、訝しげに私を見た。

「……どうしてですか？」

「うーん……それは私が聞きたいくらい」

困ったように笑って首を傾ける。

榎本さんがかすかに視線を伏せたのは、少なからず佐々木さんと同じようなことを考えたからかもしれない。

「でもね。例えば今日言ってもらえて――本当に私が原因だったりしたら、ちゃんと話し合うよ。約束する。本当は行きたいって思ってるのに、無理に引き止めたりなんてことは絶対しない」

――猫がいなくても眠れるのかが気になるけれど、嫌われる香水はしなくなったし、なるべく低い体勢で近付くことも教えたから、きっと大丈夫。もし猫欠乏症になっても、向こうの男性ＯＫの猫カフェを探すお手伝いをしよう。もちろんモコとカイの動画も毎日送るし！

「……宮下さん」

私を呼ぶ声は、先程とは違って弱々しい。

「会えなくなったら寂しいけど、――私、仕事している蓮さんも好きなんだよ」

ある時は相手を狡猾にやり込めて、ある時は真摯に礼儀正しく――そして交渉が成功したら一緒にいた仲間と称え合う笑顔。一度しか見たことがないけれど、その横顔はとてもかっこいい。榎本さんが好きになる気持ちは、私が一番わかっている。

最後にそう言うと、ふっと榎本さんの目から涙が一粒零れた。

慌ててハンカチを取り出して差し出すけれど、手を振って断られた。

しばらく沈黙が続いた。誰かが来る気配がしたので、外から映る影に気付かれないように、今度は私が榎本さんの腕を引く。

「榎本さん。教えてくれてありがとう。言われなかったら素直に喜んで、安易に色んなものを犠牲にしたと思う」

一呼吸おいてそう言うと、榎本さんは涙を溜めたままばっと顔を上げた。

そしてぐいっと乱暴にスーツの袖で目元を拭い――

「……馬鹿じゃないの！」

罵倒されてちょっと驚いた。

佐々木さんと違って、榎本さんは嫌味を言ってくることはなかったし、そもそも荒々しい言葉遣いをする子ではないと思っていた。

自分でも意外だったのだろう。榎本さんはぱっと口を押さえて気まずそうに視線を落とす。

「……すみませんでした」

そのまま頭を下げ、逃げるように会議室から出ていってしまった。

静まり返った会議室に一人取り残された私は、溜息をつく。

――蓮さんが戻ってくるのは明日の夜。

これはもう洗いざらい話してもらって――場合によっては、怒りの鉄拳代わりにカイをけしかけてやらなければならないかもしれない。

心の中でそう呟き腕時計を見下ろすと、すでに始業時刻ギリギリだった。

私も榎本さんを追いかけるように、急いで会議室から出たのだった。

†

翌日土曜日、今日は蓮さんが出張から戻ってくる日だ。

朝からソワソワが止まらず、とりあえず帰ってきたらすぐに食べられるようにロールキャベツを仕込んでいた。お肉が好きな蓮さんと、なるべく野菜を食べたい私が歩み寄ったメニューである。

……こんな感じで話し合いも折り合いがつけられればいいな、なんて思いながら作っていたせいか、肉種に塩を入れ忘れたり、コンソメの買い置きを切らしていたりと散々だった。

モコとカイもいつもより激しい台所からの物音に、何度か尻尾を膨らませて非難の声を上げている。……落ち着きのない飼い主で申し訳ない。

「よし、できたっと」

あとは味を染みこませるだけだ。火を止めて、シンクに溜まった食器を洗っていると、隣の部屋から着信音が響いた。間に合わずに切れてしまったスマホの不在着信を見る。

「麻子だ」

彼女からかかってくるのも、久しぶりだ。

結局ボランティアで手伝いに行くことにしてから連絡はなかった。明らかに遠慮しているのがわかっていたので、そろそろ私から電話してみようかと思っていたところだ。

番号を表示させて電話をかける。

しばらく呼び出し音が鳴り、出た第一声が『ごめん！』という謝罪の言葉だった。

「どうしたの？　もしかして人足りない？」

『ほんっとマジでごめん。急なんだけど、お昼から夕方まで頼めないかな？』

早口の説明によると、今日は季節外れのインフルエンザで二人欠勤になってしまい、一人は確保できたのでなんとか回していたけれど、新人ちゃんが昼からの団体予約をうっかり取ってしまったらしい。

……やっぱりボランティアだと、気軽に頼めなかったんだろうなぁ。

いつもなら一人足りない時点でヘルプを頼まれていたはずだ。……本当に気にしなくていいのに。これは話し合いをしなければ、と思いながらも「大丈夫！」と返事をする。

蓮さんがこちらに戻ってくるのは夕方で、うちの家には大体二十時くらいに着くとのことだった。

まだお昼前だし、家で待っていたら、また余計なことを考えて鬱々(うつうつ)としそうだ。この前と同じように、お店で身体を動かしていた方が気が紛れるだろう。

二つ返事でＯＫし、早々に電話を切る。

手早く身支度をして、一応二匹のご飯も多めに入れて、声をかけた。

「モコー、カイー。夕方までノアール行ってくるね」

最後にストールを身体に巻きつけ、戸締まりをチェックして鞄を取る。

買い物に行った時に日焼け止めを塗っただけでお化粧はしていないけれど、ノアールなので問題ない。

一応メッセージで蓮さんにもノアールのヘルプに行くことを報告して、私は急いでアパートを出た。

「……団体さんって、観光客だったんだ……」

ヨーロッパ系の顔立ちが並ぶ団体テーブルを見て、うっかり零した呟きに、受付の女の子がこくこく頷いた。

「もう、私泣きそうでしたよ！　ちゃんと通じているか自信がないです～」

「説明書渡して、ちゃんとサインしてもらったんでしょう？　じゃあ、大丈夫！　頑張った！」

縋(すが)りついてきた彼女の頭をよしよし、と撫でる。基本的にお客さん一人一人に見せる説明書には、日本語の下に英語と中国語、そして韓国語で翻訳された文章が記載されている。

そしてその下の署名欄に読んだよ、と、サインを書いてもらうのだ。海外の人は結構署名を嫌がるので、そのあたりが問題なのだけれど、そこがクリアできたのなら上出来だ。

抱きついてきた彼女の肩越しに客席を見ると、ちゃんと飲食スペースで食事をしてくれているし、すでに猫スペースに入っている外国人観光客も、大人しい猫を選んで上手に撫でてくれている。

「うん。うまく回ってるし、大丈夫じゃないかな？」

「ですかね⁉ あーでも宮下さん、来てくれてよかった……！」

大袈裟(おおげさ)だなぁ、って笑うけれど頼られて嫌な気はしない。

麻子に声をかけて、私はいつもの猫スペースに入った。ピンクのツナギを着ている見慣れない顔の女の子が私を見て申し訳なさそうに頭を下げる。おそらく彼女がうっかり団体予約を取ってしまったのだろう。

『大丈夫』と笑顔で頷くと、ほっとしたように表情が和らぐ。

そのまま猫スペースを見回すと、一人では追いつかなかったらしく若干床が汚れていた。

最初はびっくりするんだけれど、猫は結構吐くものなのだ。粗相をしたらしき跡もある。誰かが踏んだら大変だ。

連休の初日ということもあり、お店は満員ですでに入り口扉には予約受付票を置いている。あまりにお客さんが多いと猫達が萎縮するので、飲食テーブルが埋まれば、猫スペースに余裕があっても、それ以上は入れないことにしているのだ。

厨房もフル稼働で目が回るくらい忙しく、あっという間に時間は過ぎていく。

夕方になって新規受付をしなくてもよくなった受付係が給仕に回っているので、猫のおやつも私がお客さんへと届ける。

伝票に渡し済みのチェックを入れてカウンターに戻したその時、ガラス越しにキャットタワーの向こうで男の人がしゃがみ込んでいるのが目に入った。

猫と遊んだり写真を撮るにしては、なんとなく不自然な動きに目を凝らす。

その手にはスマホがあり、それが猫を撮ろうとしゃがみ込んだ若い女の子のスカートの奥に入り込んでいてぎょっとした。

盗撮だ……！

思わずフロアに出ていた麻子を見ると、保護猫の引き取りに来ていた家族と話していた。――大事な話をしているみたいだし、百パーセント盗撮かというとそこまでの自信はない。

よくよく見れば、カップルで来ていた人だ。店の中を見回しても彼女の姿はなく、トイレの入室表示は空いている。きっと途中で帰ったのだろう。

「お客様」

駆け込むように猫スペースに入り、声をかけた途端、男はぱっと手を引っ込めた。

だけどその拍子にスマホのストラップが、女の子のスカートのレースに引っかかった。

ギリギリのラインで下着は見えなかったけれど、後ろを振り返ったお客さんが、自分と男との異常な距離の近さに驚き、悲鳴を上げた。

男は距離をあけて叫ぶ。

「俺は何もしてないぞ！」

こちらが何かを言う前に大袈裟に首を振り、私を指さした。

「こいつがいきなり声をかけてきたから、驚いて手を引っかけちまったんだ！」

怒鳴り声に驚いたお客さんやスタッフが男に注目する。

飲食スペースにまでその声は響いたのだろう。そちらも騒然としている。猫達もみんな隠れてしまった。指をさされた私は早鐘を打つ心臓を宥めながら、なるべく穏やかに話しかける。

「……お客様。そのスマホの中身を確認させていただけませんか」

「は!? なんで見せなきゃいけないんだよ！ そこどけ！」

ばんっと突き飛ばされてよろける。

——逃げられちゃう！

そう思いつつも体勢を立て直せず、壁にぶつかる——と思ったその時、丸まった背中を誰かが受け止めてくれた。

「大丈夫か？　ここに来ると何かしら問題が起きるな」

久しぶりの、低く落ち着いた声。

ぎゅっと抱き込まれて、慣れたその感触に身体の力が抜けてしまう。

「お前はどうして俺のいないところでばっかり、騒動に巻き込まれるんだ」

溜息混じりでありつつもその声音は優しい。ずっと直接聞きたかった声。

「蓮さん」

名前を呼ぶと、こちらを見下ろす瞳が柔らかくなる。

そして一度ぽんと頭を撫でた後、身体を離し私を自分の背中へと追いやった。

「で？　お前は大人しくしていた方が、警察の心証もいいと思うがな」

刃物を思わせるような鋭い視線に男が怯み、一歩後ろに引いた。

「暴行の現行犯か？　それに気付いてないのかもしれんが、そこにカメラがあるんだよ。スマホを見せようが見せまいがお前がしてたことは、ばっちり映ってるんだから」

いつのまにカメラ位置を調べたのか、あるいは知っていたのか。私もその存在を思い出して、部屋の隅っこを見上げる。

「……っくそ！」

ぱっと周囲を見回しカメラの存在に気付いた男は、ようやく自分の不利を悟ったのだろう。

そのまま扉の方へ駆け出し、ちょうどその途中にあったキャットタワーを倒した。派手な音が上がって、いくつかの板が外れる。その隙をつき、男は扉に手をかけ逃げようとする。すんでのところで、蓮さんが手を伸ばして男の腕を取った。

そのまま勢いよく引っ張り、男を前のめりに転ばせる。そしてすかさず男を押さえ込んだ。

「警察が来るまで、どこか隔離しておける部屋はありませんか」

「……え、あ！　とりあえず事務室かしら……」

いつのまにか来ていた麻子がはっとしたようにそう答え、次いで私を見た。

「和奏は？　突き飛ばされたけど、大丈夫？」

「大丈夫！　蓮さんが受け止めてくれたし、あの……蓮さんありがとう」

私の返事に麻子は安堵の表情になり、蓮さんもちょっとだけ口の端を上げて私の頭をくしゃりと撫でた。そしてすっかり戦意喪失したらしい男を抱えて、猫スペースから出ようとする。すると、それまで黙って見ていた観光客の女の人が、早口で何か言った。

それを聞いたその恋人らしい、お揃いのタトゥーをした男の人が、拘束された人に向かって何かを叫ぶ。

「――っ！　――」

すごい剣幕のうえに、スラングがひどくて全然聞き取れない。

「っひっ！　助けてくれ！」

蓮さん以上に強面の、しかも外国の人に詰め寄られて、盗撮犯は現金にも蓮さんに助けを求めた。

蓮さんは今にも殴りかかりそうな男性の腕を掴んで止めると、英語で一言二言何か告げる。

そして困惑している麻子に、防犯カメラの映像は今見られるかと尋ねた。

「え？　もちろん。Ｗｅｂ上で管理してるから」

抱えていたタブレットを操作してから蓮さんに手渡す。蓮さんはそれを観光客の男性へと見せた。男性はそれを覗き込んで蓮さんに二、三質問する。そうしてようやく納得してくれたらしく、再び女の人と話してから、片言で「アリガトウ」と言って蓮さんにお辞儀をした。

「ごめんなさい。全然聞き取れなくて、なんておっしゃっていたんですか？」

被害女性のフォローをしていた麻子が、タブレットを受け取りながらそう尋ねる。

「ああ、彼女が自分も被害にあったんじゃないかと心配になったらしい。男と彼女は距離も遠かったし、すれ違うこともなかったから、彼も納得してくれたよ」

「大神さん！　どうもありがとう……！」

麻子は感動したようにそう言って手を握る。

蓮さんは苦笑しながら、麻子に警察に電話するように促す。

男はすぐにやってきた警察に連行されていった。

私もその場で軽く事情聴取をされたものの、すぐに解放された。

暴行罪で被害届を出すかと聞かれたけれど、実際に怪我をしたわけじゃないし、拘束する理由としてはキャットタワーを壊した器物損壊でも十分だということなので、断った。没収されたスマホには盗撮写真がたくさんあったらしく余罪も多そうだ、と警察の人が話していた。

その間もスタッフ総出で一人ずつお客さんに謝罪をし、サービス券をお詫びとして配布していく。すでに帰ってしまった観光客以外はリピーターが多いせいか、皆逆に「災難でしたね」と労ってくれた。

狙われていた女の子の写真は私が呼び止めたことでブレたらしく、まともに下着が写っているものはなかったらしい。女性警官と一緒に確認した後、女の子が駆け寄ってきてお礼を言ってくれた。

ようやくお店の中も落ち着き、最後のお客さんを見送る。扉には臨時休業の紙を貼った後、麻子が気遣って猫スペースで待たせてくれていた蓮さんのもとに向かった。

蓮さんは猫スペースの奥の方で、ソファにもたれ、頬杖をついて目を瞑(つぶ)っていた。規則正しく上下する肩に気付いて、口を閉じる。

その周囲には何匹か猫達が暖を取るように集まり、眠っていた。すっかり慣れたミルクちゃんは堂々と膝の上に乗っている。

……もうちょっと、寝かせてあげたいなぁ。

きっと仕事の忙しさと猫不足でクタクタなのだろう。

最後の最後にあんな騒ぎに巻き込んじゃったし。これだけ近付いても起きないなんて蓮さんにしては珍しい。風邪を引かないかちょっと心配だけど、集まっている猫の体温でそれほど寒くもないはずだ。

もう少し麻子の手伝いでもしようかな、と思って踵(きびす)を返そうとすると、「ふぎゃああ！」と、派手な猫の声が聞こえた。慌てて声のした方向を見ると、遊んでいる最中にエスカレートしてしまったらしい二匹の猫がばっと離れていった。

「……びっくりした」

「――だな。お疲れさん。終わったか？」

同意する声が背中にかかって慌てて振り返ると、蓮さんがまだ眠そうに欠伸(あくび)を噛み殺していた。

ミルクちゃんが起き上がり、するりとキャットタワーの方へ歩いていく。

「あー……起きちゃいましたか」

「さすがにな」

歩み寄ると、蓮さんは肩を竦めて私を見上げた。

「お疲れさん。今になってどっか痛むところとか出てないか？」

相変わらずこの人は気遣いの人だなぁと思いつつ、私は蓮さんの足元にしゃがみ込んだ。

「蓮さんが支えてくれたから大丈夫ですって。それより蓮さんの方がお疲れですよね？」

「いや、ちょっと寝たからすっきりした」

警察が来てからずっとバタバタしていたので、きちんと話すのはこれが初めてだ。

……ああ、ここがお店じゃなかったらなぁ。

そう思わずにいられないほど、くっつきたくなってしまう。

だけどそんなところを麻子に見られでもしたら、向こう一年はからかわれるだろう。

冷静に冷静に、と自分に言い聞かせて時計を見上げる。

そもそも、どうして蓮さんはあんな時間にここに来られたのだろう。まだ夕方の五時を過ぎたところだし、戻りは夜になると言っていたはずだ。

「あの、ここまで迎えに来てくれたんですね。早い飛行機に乗ったんですか？」

「一緒にいた他の支店の部長が、家族にお土産を買う時間がないって言ってたんで新幹線のチケットを交換したんだ。メッセージを送ったんだが、その様子じゃ見てないよな？」

「ほんとですか⁉」

ここのスタッフは勤務中、全員お店の携帯を持つことになっている。二台ポケットに入れておくのは重いので、自分の携帯はロッカーに置いているスタッフが多かった。もちろん私もその一人だ。

「気付かなくてすみません！」

「いい。和奏は猫のことになるとそれしか見えないからな」

「そ、そんなに視野は狭くありません！」

口元は意地悪く笑っているけれど、目元は優しい。

なんだか出張前の雰囲気に戻ったみたいだ。お互いなんの気負いもなく会話ができている。どうして電話口ではあんなに緊張したんだろうと首を傾げるほど――そこまで考えて、ふと思い出した。

異動のことだ！

「和奏――！　大神さんも、もう警察の人が帰っていいって」

口を開こうとしたタイミングで麻子の声が響く。

立ち上がり麻子の方を振り返ると、蓮さんも静かに立ち上がった。くっついて眠っていた猫達は微動だにしない。

「でも、まだ仕事が」

客席は掃除したけれど、肝心な猫達を移動させていない。

周囲を見回してそう言うと、麻子は顔の前で手を振った。

「大丈夫大丈夫。もともと四時までって約束だったでしょ。結局こんな時間になっちゃってごめんね。大神さんもどうもありがとうございました。すごく助かりました。また改めてお礼をさせてくださいね」

「いえ、お構いなく。俺も和奏もノアールで癒されてますし。大変だと思いますけど、できることがあるなら言ってください」

深々と頭を下げた麻子の顔を上げさせてから、蓮さんはそう言う。

二人で店を出る途中で、麻子が肘で私の腕をぐいぐい押してきた。

「ほんっとイイ彼氏見つけたわねぇ」

にやにやしながら耳元に囁く。

『そうでしょ。かっこいいでしょう』

そう言いかけた言葉を呑み込んで、聞こえなかったふりをした私は、少し先で待っていてくれた蓮さんのもとへ駆け出した。

†

アパートに戻って、とりあえずお茶でもと台所に向かおうとした私の腰を攫い、蓮さんが連れていったのはベッドの上だった。もう少し正確に言えば、ベッドに座った蓮さんの膝の上である。

……羨ましいくらい脚が長いので、居心地はそれほど悪くないのが、またずるい。

「和奏」

甘えるように後ろから首元にぐりぐりと額を押しつけられる。

こういうところは、狼じゃなくて猫みたい。

慣れた体温にほうっと息を吐き出して、くすぐったさに身を捩りながら私は口を開いた。

「おかえりなさい。充電ですか？」

私の言葉に蓮さんがふっと小さく笑う。細く長い息が耳元をくすぐった。

扉を開けてから、ずっとついてきていたモコも「にゃあ」と鳴いて、蓮さんと私の太腿を上り、手を伸ばした。

蓮さんの髪の毛にじゃれつこうとしたので、抱き止めてお腹に抱え込む。

「モコは蓮さん好きだねぇ」

モコの顔を両手で包み、マッサージしつつ誤魔化す。

なんで髪の毛でじゃれちゃうのかなぁ。見ていると爪が目に当たりそうで、私の方がヒヤヒヤしてしまう。

むにむにと手を動かしていると、蓮さんがちょっと顔を上げて「俺も好きだぞ」なんて呟く。モコごと抱き締めようと長い腕を伸ばしてきたけれど、やっぱり私の上は居心地が悪いらしく、モコはすぐに下りて台所へ行ってしまった。

ちなみにカイはこちらを気にする素振りは見せるものの、ご飯タイムと決めたらしく、近寄ってこない。なんだかんだとカイも寂しそうだったんだけど。

モコがいなくなって寂しくなったお腹に、また蓮さんの手が重なる。

その上に自分の手も重ねて、私は小さく息を吐き出した。

大変だった――と改めて、今日一日を振り返る。

盗撮の話は何度か聞いていたものの、実際にノアールで遭遇するなんて想像もしなかった。

つい注意してしまったけれど、きっとあの場合、もう少し泳がせて決定的証拠を押さえた方がよかったのだろう。……でも被害者の気持ちを考えたら、次があったとしてもできる気がしない。

そして蓮さんがいなければ、突き飛ばされたまま、逃げられたに違いない。

反省していると、それまで黙っていた蓮さんが顔を上げたのが気配でわかった。

どうやら『充電完了』らしい。ノアールの猫達のおかげで短時間で済んだようだ。

「蓮さん。今日はどうもありがとうございました」

改めてお礼を言えば、お腹の上に置いてある手に力が籠もった。

「……和奏。あんまり危険なことに首突っ込むなよ」

まさに反省していたところです、とは言えず、しおらしく頷くと、蓮さんはいつになく真面目な口調で続ける。

「あの男が丸腰だったからよかったものの、刃物なんか持っていたらどうするんだ。ましてや小柄なお前が相手だ。弱そうだと真っ先に攻撃を仕掛けられる可能性が高い。現に突き飛ばされただろう。ああいう時は、他のスタッフとも連携して極力危険のないように動け」

聞けば聞くほど正論で、反論する余地もない。

それにトラブルが大きくなって、本当に困るのは私ではなく、オーナーである麻子なのだ。何も言われなかったけれど、やっぱり私は軽率だったのだろう。……もっとスマートに犯人を確保できていれば、あんなにお客さんに迷惑はかけなかったかもしれない。

神妙な顔をしている私の反省が伝わったのか、蓮さんが表情を和らげる。

「まぁ。お前が無事でよかった」

ちゅっと額にキスされて、久しぶりの感覚に思わず照れてしまう。

熱くなった頬に気付いた蓮さんが「可愛いな」と囁いて、こめかみにもキスを落とし、甘い雰囲気になったところで――私は再び思い出した。

ああ、もう！　何回流されて忘れるかな、私！

私の顎を撫でていた蓮さんの手をしっかりと確保し、精一杯首を回す。

おでこが蓮さんの顎とぶつかりそうになったけれど、構わず一気に捲し立てた。

「あの！　どうして本社への異動、断っちゃったんですか！」

深刻な話の始まりにしては、元気が良すぎた。

蓮さんはまず私の勢いに驚いた後、かすかに狼狽したように無言になった。そして。

「……なんで知ってるんだ」

ぽつりとそう言って、眉間に皺を刻む。

私が知っているとは思わなかったのだろう。

確かに昨日、支店内で回った異動職員一覧表を見ても、そこに蓮さんの名前はなかった。実際に異動について松岡さん達から聞いていなかったら、私は何も知らないまま過ごしていただろう。

「誰に聞いた？　本社の連中は、しばらくウチの支店には来ていないはずだが」

考えるように目を眇めてそう尋ねてくる。

松岡さん、佐々木さん、それに榎本さんの顔が思い浮かんだけれど、あえて名前は出さずに誤魔化した。

「本社に行った同期、です。でも本社の人達は、みんな知っているみたいですよ」

松岡さんと佐々木さんの知り合いが共通だとは思えないし、榎本さんも知っていた。つまり、それほど多くの人達が知っていたということなのだろう。

蓮さんはますます視線を鋭くさせて、黙り込んでいる。よほど聞かれたくなかったのかもしれないけれど、私に無関係だとは思えない。

それに何より、榎本さんとちゃんと約束したのだ。

「ホントはだいぶ前から知ってたんです。だから断ったって聞くまでは、異動のことを教えてくれないのは、私のこと猫のオマケくらいにしか考えてくれなかったのかなって思いました」

不安に思っていたことを口に出せば、蓮さんは心の底から驚いたように目を丸くした。

「なんでそうなるんだ？」

「じゃあ、なんで断ったのか聞いてもいいですか？」

呆れた口調で言われて、逆にそう質問してみる。

ちゃんと向き合って話そうと、蓮さんの腕から逃れてベッドの上に正座する。

彼の表情は怒っているような困ったような複雑なものだった。

思わずその頬に手を伸ばすと、びっくりするほど冷たい。身体はあんなに温かったのに。

体温を分けるようにふんわりと両手で包み込む。いつかとは真逆の体勢だ。

あの時はカイが迷子になって、こうして元気付けてくれたんだった。その温かさに、ざわついていた心が少し落ち着いたのを覚えている。

蓮さんも同じことを思い出したのか、いつかと逆だな、と呟いて苦笑して——覚悟を決めたように口を開いた。

「聞いても別れるとか言うなよ？」

「なんですかソレ」

「いいから」

「……別れません。絶対」

むしろ私が心配する立場ではないだろうか。わけがわからないままそう答えると、蓮さんはどこかほっとしたように肩の力を抜いた。

「……異動を断ったのは、独立する予定だからだよ」

「え？」

「だから独立。会社を立ち上げる予定なんだ。この銀行に引き抜かれた時に、もともと三年だけってことで支店長と——実は叔父なんだけど、約束している。この支店に配属してもらったのも、この地域でのコネ作りと資金集めのためだから本社に行く気はさらさらない。上層部の一人が叔父のシンパでな、俺に融通（ゆうずう）を利かせたつもりだったらしい。俺もびっくりして叔父さんにかけ合って取り消してもらったんだ。一般内示の前だったから間に合ったと思ったんだが」

思いも寄らない言葉にびっくりしてしまう。見ると蓮さんの眉尻は下がっていて、困り切っている表情だった。

「独立……」

大学の同期にも在学中に起業した人はいる。それに確かに、このあたりは市が企業誘致の特別減税をしているので、起業家が集まりやすい。

「でも、それなら言ってくれたらよかったじゃないですか」

「まだ付き合って間もないし、独立するなんて言って不安にさせたくなかったんだよ。そのうちにって思ってたら——ちょっと俺らしくないこと考えちまってな。言い辛くなった」

「蓮さんらしくないこと？」

不思議に思って聞き返せば、蓮さんは少し黙って首の後ろを掻く。

そしてちらりと私を見てから、大きな溜息をついた。

「……社会的地位っていうのかな。一応メガバンクの部長職から明日をも知れない男になるだろう。一時期でもそうなったら、お前が不安になるんじゃないかと思って」

そんなことない、と返そうとしたけれど、蓮さんはそれを遮るように首を振った。

「違うな。……正直に言えばそれを理由にふられるのが怖かった。公園でな、お前が男と一緒にいるのを見て、ちょっと焦ったこともあって――アレ、元彼だろ」

あまりにも驚きすぎて言葉を失う。

え、あれは確か……そうか。ちょうどお土産を持ってきてくれたのに会えなかった日だ。

「見てたんですか⁉」

「ああ、しかも話も聞いてた。……ちゃんと恋人がいる、って言ってくれて嬉しかったよ」

「声かけてくれたらよかったのに」

別にやましいことなんて一つもないけれど、今になって言っていなかった気まずさを感じ、言葉がつっけんどんになる。

そんな私の子供っぽさに呆れることなく、蓮さんは許しを請うように私の手を取り、指先に口づけた。

――話し合いの最中にこういうお触りは遠慮願いたい。いちいちときめいてしまって話に集中できないのだから。

「前の彼氏とブランコで並ぶお前を見て、似合ってるな、って思っちまったんだよ。見た目も爽やかで俺とは全然違うし、年齢だって近いだろう」

明らかに沈んだ声音に目を瞬(またた)かせる。

その声はここ最近、電話越しに聞いていたものと同じだった。それが原因だったのかと今更ながらに気付く。

そういえば前に一度女の子とすれ違った時、『恋人同士には見られないもんだな』って言っていたけど……もしかして気にしていたんだろうか。むしろ、釣り合っていない私の方が気にするべきなのに。

「蓮さんでもそんなこと思うんですね……」

「悪いか」

拗(す)ねたようにそう言った蓮さんに、私は首を振る。

――同じこと、思ってたんだなぁ。

私だっていつだったか榎本さんと蓮さんが二人で並んでいる様子を想像してお似合いだな、って思った。あの時のモヤモヤを蓮さんも感じてくれたのだろうか。

「和奏？」

うかがうように名前を呼ばれて、思わずお腹に回っていた手をぎゅうっと抱き込む。

なんだよ、と小さく笑った蓮さんに、私はもう一つ気になっていたことを思い出した。

「あの、もう一つだけいいですか？　付き合い出してからも、家デートばっかりで、あんまり出かけなかったのはどうしてですか？」

私の質問に蓮さんは、何故か今までのしおらしさを打ち消し、しかめっ面になった。物言いたげに睨（にら）まれて戸惑う。

そして長い沈黙に焦った私は、悩みながらも言葉を重ねる。

「あの、やっぱり身長差のありすぎる私と、デートスポット的なところに行くのは恥ずかしいのかなって」

しばらくして、今日何度目かの大きな溜息をついた蓮さんは、頭の上に置いていた顎（あご）でぐりぐりと押さえつけてきた。

「い、いた……っ」

縮んでしまう！　これ以上ちっちゃくなったらどうしてくれるのか！

ギブギブ！　と手を何度か叩くと、蓮さんは私の顔を覗き込んできた。いや、むしろ睨（にら）まれているという方が近いかもしれない。

「お前がソレ聞くか？　一度出かけた時に、お前がずっとモコとカイのことを気にしてたから、家の方がいいんだと思ったんだよ。それにお前、家であの二匹といる時、楽しそうで——一番可愛い顔してるし」

「――え？」

まさかの理由と殺し文句に、一度フリーズしてからぼっと顔が熱くなる。

え、何？　それはつまり私が原因だったってこと？

確かに一度、映画を一緒に観に行ったことがあった。映画自体は楽しく観られたんだけど、途中でおやつを食べすぎたモコのご飯の量を減らしたことが気になってしまったのだ。

……そんな風に見られているなんて気づかなかった。確かにあの後すぐに帰ったし、その理由も特に聞かなかった。

思わず俯いてしまったら、蓮さんはぴたっと動きを止めた。

「それが嫌だったのか？　俺はお前と行きたい場所がたくさんあるし、もう少しすれば時間も取れるから、どこにでも連れていってやる」

「わ、私も行きたいです！　あの時は、たまたまモコのご飯の量が気になって、ソワソワしちゃってただけなんです！」

「……じゃあ、さっさとそう言え。一度確認に戻って、それからまた出かければよかっただけなんだから。お前は本当に一人で悩むのが癖になってて困るな」

結局おうちデートばかりだったのは、蓮さんの優しさだったんだ……。

自分の早とちりに恥ずかしくなる。

なんとなく顔を逸らせば、むにっとほっぺたを摘まれた。

「で、お前は、俺が猫ありきで、女と付き合うような男だって思ったわけだな？　そんなわけないだろ。世の中猫飼ってる女なんて山ほどいるんだから」

呆れ混じりにそうぼやかれて、私はきゅっと首を竦める。

信用していないというよりも、自分に自信がなかったというか。そのあたりを説明するには私の語彙力が乏しい。だがしかし！

「それを言うなら蓮さんもです！　私が社会的肩書きで別れるかもしれないとか思って、黙ってたわけですよね⁉」

痛いところをつかれたのか、あるいは誤魔化せなかったことに焦ったのか、蓮さんが神妙な顔つきをする。

「……お互いさまってことか」

「むしろ、蓮さんの方が罪深いです」

きっぱりとそう言う。だって色んな誤解は、蓮さんが起業することを黙っていたのが、そもそもの始まりなのだ。

「容赦ないな、お前は」

蓮さんはそう言ってから、こほんと咳払いし、真面目な表情を作って頭を下げた。

「悪かった。信用してなかったわけじゃない。臆病だったんだ」

——臆病。狼のように強くて逞しい蓮さんには似合わない単語を聞いて、思わず言葉に詰まった。

本当の彼は狼なんかじゃなくて、私と同じ、心配も不安も抱えている人間で。

「……蓮さんばっかり責めてすみません。私もごめんなさい。異動の話を聞いたその日に、蓮さんに聞けばよかった」

どちらからともなく手を伸ばして、ぎゅっと抱き合う。

笑い合って口づけし合って——また笑う。

そのうちに、ぺろり、と赤い舌が首筋を這って、大きな手が胸を優しく包み込んだ。

「……あの、私、お腹空いたんです、ご飯食べたいです」

もう八時をとっくに過ぎていた。一度気付くと、ほっとしたこともあって、よりいっそう空腹を自覚する。

なんとなくこのままイタしてしまいそうな雰囲気に、蓮さんの腕をぐぐ……と押しのけながら、そう申し出てみる。

「奇遇だな。俺も腹ペコだ」

「なら——」

「早く食わせてくれ」

かぷっと首筋をかじられて、ひゃあ！　と色気の欠片もない声が出た。

鋭く眇められた目は、かすかに潤んでいてとても艶っぽいけれど——一度始まれば、ひたすら長いし、何より食事の用意をするどころじゃなくなるのだ。

私は食べ物ではありません！　と反論しようとした時、モコがベッドに手をかけてこちらを見ていることに気付いた。

素早く抱き上げて、蓮さんの目の前に突き出す。

「あ、蓮さん。モコが膝に乗りたいにゃあって！　私、譲りますね！」

そう言って逃げようとしたのに腰に回った手は動かない。

前はこれで離してくれたのに！

蓮さんの腕を掴んでジタバタしていたら、耳朶を軽く噛まれた。

「んっ」

「馬鹿だな。モコも可愛いけど、お前の方が可愛いんだよ」

にゃあ、と鳴いたモコが、するりと私の手から抜け出す。

「モコ、後でな」

蓮さんがそう言うと、モコはまるで空気を読んだかのように台所の方へ顔を向けた。

「ちょっ」

モコ！　今まさにご主人様が食べられそうになっているのに、助けてくれないの⁉

思わず膝立ちになった瞬間、噛みつくように重なった唇の熱さに意識を持っていかれる。

「っん……れ、ん……っさ」

「ほら、モコは台所に行ったから。もっと舌出せ」

厚い舌が口の中に入り込んで、動き回る。いつもより性急なキスに息ができない。

「あのっ！　じゃ、せめてシャワーを！」

甘い雰囲気をぶち壊していると自分でもわかるけれど、このままいくと、なし崩し的に朝……というのが今までのパターンだ。

以前、化粧や日焼け止めをちゃんと落として保湿してから寝ないと大変なんです！と文句を言ったことがあったんだけど、それ以来私が寝ている間にそれらを済ませ、きっちりパジャマまで着せてくれるようになってしまった。

非常に気の利く素敵な恋人、と思うかどうかは人によるだろう。だけど意識のないまま色んなところを見られるのはさすがにいただけない。……例えば、私がモデルみたいなナイスバディだったりしたなら、気にしないのかもしれないけれど。

せめて、する前にシャワーを浴びさせてほしいと言っているのに、目の前の人は、お世話することに目覚めたらしく譲ってくれないのである。

だけど私は抵抗を諦めない。

「前みたいに終わったら、ちゃんと洗ってやるから」

「自分の意思で洗いたいんです！」

胸元を押すけれど、蓮さんにとっては些細な抵抗みたいで、暴れる私を押さえ込みつつ軽いキスを仕掛けてくる。

「風呂な……」

んー……、と迷うように呟いた後、蓮さんは項にもキスして、顔を上げた。

「じゃあ、一緒に入るか」

「お風呂は一人で入るものです……！」

どうしてそんな結論になるのか。

しかし説得するよりも先に、子供のように抱え上げられてしまう。

暴れようとすると、「危ないな」と余計にがっちりと抱き込まれ、身動きが取れない。

「離れたくないんだよ。な？」

ぽんぽんと背中を撫でられ、とびきり甘い声で囁かれて言葉が出なくなった。

蓮さんがそんな隙を逃すわけもなく、あっという間に裸に剥かれ、お風呂場に引きずり込まれる。

「お風呂はっ、ちゃんと……！」

「入ってるだろう？」

「身体とか髪とかを洗いたいんです！」

「どうせ汗掻くぞ。後でちゃんと洗ってやるから、な？」

猫の機嫌をうかがうように、顎を指先でくすぐってくる。

「自分で洗いたいんですってば……！」

「奇遇だな。俺も洗いたいんだ」

そう言ってから顔を傾けられ、唇が重ねられた。舌が歯列を丁寧になぞり、上顎まで舐められる。甘い刺激に身体から力が抜けていった。

壁に縫い止められて、上から覆い被さるように蓮さんがキスをしてくる。角度を変えて、舌を絡める。顎まで伝った唾液をぺろりと舐め、艶っぽく目を眇めたかと思うとそのまま屈み込んだ。

持ち上げた胸の先端を避けて舌を這わせ、反対側の胸も淡く色づいた部分だけを押し込むようにして揉まれる。背中が反って肩に冷たいお風呂場の壁が当たった。

いつまで経っても頂を責めてくれない優しすぎる愛撫は、その先を知っている身体には辛い。

「もう、やだ……っちゃんと」

縋るものがなくて、目の前の頭を抱え込む。

「ちゃんと、なんだ？」

下から顔を覗き込まれて、意地悪な声に先を促される。

かぁっと熱くなった顔をぶるぶると振ると、蓮さんの手のひらがかすかに先端に触れた。

「んんっ」

上擦った声を我慢しようと口を閉じれば、蓮さんの指がふにふにと下唇を摘み、隙間から入り込む。

「こら。せっかく声響くのに、我慢するなよ」

舌をなぞる指を噛みそうになって口を開けると、また胸の先端の周囲を優しく撫でるように舌が這い回った。

「ん、んー……っ」

気持ちいいけど、切ない。

「もっ、……っと、……っむ、はぁ、……ぅっ」

言葉にするには恥ずかしくて、口にあった蓮さんの手を掴んで自分の胸に押し当てる。

指によって膨らみが歪に形を変える。

心臓の音の大きさで必死さが蓮さんに伝わったのだろうか。

答えるようにきゅうっと胸の先端を摘まれて、弾けるような気持ちよさに腰が落ちた。

危なげなくそれを支えた蓮さんは、はふはふ息を整える私を見つめてから、ぎゅうっと強く抱き締める。

「……あー久しぶりだからか、お前のお強請りはヤバいな。――先に温まるか」

肩も冷えてる、と私を解放した蓮さんは、いつの間にかお湯を溜めていた湯船に入り、私に向かって手を差し出した。

狭くはないけど広くもないウチの湯船は、二人入るといっぱいいっぱいだ。

少なめだったお湯がちょうどいい嵩まで上がって、今更ながら蓮さんの体格の良さを感じてしまう。

蓮さんの上に乗っている状態だけど、お湯の中なのでそれほど気にならない。……いや、本当はお尻に当たっている硬いものが気になるけれど。

後ろから伸びてきた両手が私の胸を包み込む。

今度は焦らすこともなく、親指と中指で両方の胸の先端を擦り合わせてきた。

「ん、気持ちいい……っ」

待ち焦がれていた快感に素直にそう吐き出すと、蓮さんはご褒美だとでも言うように、胸の先端を弾いてぐりぐりと苛んだ。

「んっん……やあ……っ」

後ろから耳朶をしゃぶられ、中にまで舌が入り込んだ。

頭の中に直接響く水音とともに、蓮さんの荒い息が聞こえてくる。

ぞくぞくと背中を駆け上がる快感に身を任せていると、「胸だけでイっちまいそうだな？」と低い声がからかってきた。

胸をぐにぐにと揉まれ、すっかり赤くなった先端を弄られ、腰が揺れた。

さっきの焦れったさとは反対に、今度は息をつく暇もない。

湯気のせいかなんだか息苦しくて、頭の中にだんだん靄がかかってくる。

自然と腰が動き、お尻に当たる蓮さんのものも刺激してしまう。息を詰めた蓮さんが一瞬動きを止め、胸の先を強く弾いた。

「っあ……！」

「和奏。わざとか？」

セリフを補うように蓮さんの腰が動く。

蓮さんの手が胸からお腹を優しく撫でていき、太腿に辿り着くと、お湯の中で脚を開かされた。

「湯船の中で弄ると痛くなるか……。ちょっと腰かけてくれ」

そう言ってお湯から引き上げられ、湯船の縁の小物置きにお尻をのせられる。このまだと湯あたりしそうだったので、それはいいのだけれど……格好がものすごくよろしくない。

脚を開かされぎょっとする間もなく、蓮さんが太腿の内側に舌を這わせた。

「ぁッ」

　ちゅうっと強く吸い付かれる。キスマークをつけられたことに気付いたけれど、体勢の不安定さとむず痒い甘い感覚に、抗議は口の中で消えていく。

　そのまま食べられそうな勢いで、脚の間を舐め回される。なんとか引き離そうと蓮さんの頭を掻き乱したけれど、抵抗も虚しく片方の脚を持ち上げられ、担ぎ上げられた。

「ひっ、……っぁ…」

「舐めにくいからこっちの脚、肩にな？」

　舌が芽に絡みつき、歯で扱かれる。

　すっかり濡れたそこに指が入ってきて、ゆっくりと中を押し広げた。

「久しぶりだから閉じちまってるな。でも、よく濡れてる」

「ん、……っ　あ……、あ！」

　一度顔を上げた蓮さんがそんなことを言って、指を入れているソコをもう片方の手で開く。

　その間にも中に入っていた指が、じゅぶじゅぶとすごい音を立てて抜き差しされた。

　ぐりっとお腹の下のいいところを繰り返し責められて、背中が反る。私を支えているのは壁と蓮さんの手だけで、不安定さと気持ち良さの狭間で私はぶるぶると首を振った。

「あ、もう、……っイっちゃ……っ」

「おう」

なぜか嬉しそうに笑って、蓮さんは尖り切った芽をきつく吸い上げた。

途端に白く煙っていた視界が弾けて、頭の中まで真っ白になる。

「ゃあ、ッあああ……ッ」

迸った声は大きく高くて、またモコ達に聞こえたらどうしよう、と頭の隅っこで後悔する。

「気持ちよかったか？」

肩で息をする私に蓮さんは優しいキスをした。そして指を引き抜いたかと思うと、手首まで伝った私の愛液を舐める。

わぁっ！　と叫んで腕を掴んで制止するけれど、「今更だな」と、にやりと笑われた。

「あ、もう、っいいから」

「もうちょっと、広げないとキツイぞ」

蓮さんはそう言って再び指を中に入れて動かし、さらにもう一本増やした。

さっき気持ち良かったところを引っかくように擦られて、気持ち良さに天井を仰ぐと、蓮さんが唇を合わせてくる。

「っむ……は、……っ」

縦横無尽に這い回る舌に、噛まないように我慢するのが精いっぱいだった。

苦しい息が鼻から抜けて、身体が痙攣したように跳ねる。

「ん。だいぶ柔らかくなったな」

奥を苛んでいた指が入り口をマッサージするように浅く撫でてから、離れていった。

そして、持ち込んでいたらしいゴムの封を歯で噛み切り、私がぼうっとしている間に素早く装着する。

そして蓮さん自身を私のソコに宛がった。

私が濡れすぎているのか、ぬちゅ、と音がする。思わず恥ずかしさに目を瞑った。

「ああ、もう入り口から誘い込んでくるな」

ちょっとずつ痛くないように押し込まれていくソレは、いつも本当にキツキツなんだけど、今日は不思議とそこまで圧迫感はなくて、気持ち良さが勝っている。

少しずつ入る動きは、きっと私の身体を気遣ってくれているんだろう。でも今はその優しさが辛い。

ぐいっと蓮さんの身体を引っ張ると「堪え性がないな」と低く笑われた。余裕そうだけど、その顔は汗びっしょりだった。なんとなく首筋に流れた汗を舐めてしまう。

しょっぱい。

すると、びくんと、中の蓮さん自身がまた大きくなった。

至近距離にある蓮さんの顔が歪み、はぁー……っと重い溜息をつく。

そして上目遣いに私を睨んできた。

「……久しぶりだから優しくしてやろうと思ってんのに、お前は。ちょっと大人しくしとけ」

繋がっている部分に手が伸びて、芽を親指で捏ねられる。

「あっ、それ、や、っ」

「嫌じゃないよな？　ちょっと緩めてくれ」

トントン、とお腹の下を叩くように、蓮さんの腰が小刻みに揺れる。指でされて気持ちよかったところと芽とを同時に嬲られた。また快感が大きくなって、足先にまで力が籠もる。

びくんっと、大きく身体が震えるのと同時に、蓮さんが奥まで一気に押し込んできた。衝撃に今度こそ悲鳴みたいな声が出る。

「……っ……イクなよ……」

無理！　と言ったのかどうだったか——残念ながらご希望には添えなかった。

蓮さんはぐっと堪えたものの、それからすぐに動き出す。

小物置きに、もうほぼお尻はのっていない。

蓮さんに担ぐように穿たれているせいで、いつもより蓮さん自身を奥で感じる。

どんどん腰の動きが速く激しくなって、私は振り落とされないように必死に首にしがみつく。

奥をぐりぐりするように腰を回されると、たまらなくなってしまう。あっという間に、何度目かの白い世界に打ち上げられた。

……どうやらいつも蓮さんは手加減してくれていたらしい。

そんな激しさに翻弄されながら、最後に二人でぎゅうっと抱き合った。

――そして私は予想どおり、蓮さんに髪も身体も丸洗いされて、パジャマを着せられ――しかしすぐ脱がされる、なんてことを繰り返したのである。

そして迎えた朝。

鳥の声と窓から差し込む光に、意識が覚醒していく。

「――また起こしにきたのか？　ご飯も掃除もさっき済んだだろう」

ぎしり、と寝台が軋む音と言い聞かせるような穏やかな声がした。

そっと瞼を開けると、カーテンの隙間から差し込む光は明るい。どうやら随分長い間、眠っていたらしい。さっきの言葉から察するに、蓮さんがモコとカイのお世話をしてくれたんだろう。

ありがたい――と思う反面、朝方まで眠らせてくれなかったのは蓮さんなので、素直に感謝しづらいところもある。

――なんか、すごかった。

ふと思い出して熱くなった顔をシーツの中に隠そうとした時、

「ご主人様はお前らだけのもんじゃないぞ？」

なんて大真面目な声で、なぁなぁ鳴く二匹に言うのが聞こえて、掛け布団の陰で思わず笑ってしまった。

しかしそれも束の間、ばっと布団が捲られて冷気が肌を刺す。

目の前に蓮さんのアップがあって、一瞬固まった。

「ほう、狸寝入りか。お前がもう無理だと言ったから昨日は止めたんだが。そんなに元気ならまた付き合ってもらおうか」

掛け布団を下げられ、覆い被さられ——結局ベッドから出たのはお昼を過ぎた頃だった。

五

そして三月下旬——

今年の送別会もいつものように、銀行近くの中堅ホテルでおこなわれることとなった。

今回異動するのは窓サ部長と女の子が二人、そして渉外と庶務課から一名ずつ。そして例年どおり、本社から来ていた総合職の子達も東京の本社へ戻っていく。

そう。つまり榎本さんも、うちの支店からいなくなってしまうのだ。

蓮さん曰く、あの食堂の一件から数日間は避けられている感じはあったけれど、もともと部長と新人では仕事以外の話をすることもないらしい。

……榎本さんがいなくなることに、ほっとしていないと言ったら嘘になる。だっていくら蓮さんが興味ないと言ったって、あんな美人さんなのだ。たとえるなら、猫カフェ・ノアールの一番人気のミルクちゃんを前にして、触らずにいられる人がいるだろうか。

ちなみに蓮さんに同じことを言ったら、『なんでもかんでも猫に結びつけんな』と呆れられた。

蓮さんにとってもわかりやすいたとえだと思ったのに。……なんて言ってはみたものの、結局は冗談めかして探りを入れたことに変わりはなくて。蓮さんはそんな私の不安を察して、ぎゅうっと抱き締めてくれた。

私自身、榎本さんとは部署も階も違うので、あれ以来、顔を合わせることはなかった。だけど最後に会話した内容が内容だし、あの時の彼女の幼い泣き顔を思い出すたびに、このまま、さようならでいいのかな、なんて思ってしまう。

「うーん……」

そんなことを考えながらも私は一人、重い足取りで送別会会場に向かっていた。

いつもなら仕事帰りにみんなで向かうんだけど、本日、私は有休を取ってお休みしていたのだ。

うちの銀行は一定日数の有休消化が義務づけられている。

私がうっかり休みを一日取るのを忘れていて、課長に指摘されて慌てて取ったお休みなのである。おかげで忙しい時期にもかかわらず、周囲に平謝りして、今日は一日家で過ごした。

ホテルの最寄り駅で電車を降り、会場に向かう。

すっかり暖かくなって、今日はぽかぽか陽気。早歩きをしていたら少し暑くなってきたから、肩に掛けていたストールを外して、腕に引っ掛けた。

その上に偶然花びらが舞い落ちてきた。

「わ、桜だ」

街路樹が並ぶ大通りに、一本だけ早めに咲いた桜の木を見つけて、目を細める。

ひらひらと舞うピンク色の花びらに手を差し出せば、ふわっと手のひらの上を滑って地面へと落ちていった。

「……惜しい」

舞い散る桜の花びらを掴めれば幸せになるという話を聞いたのは、小学生の時だっただろうか。

取れないとなると、俄然取りたくなるのが人情である。後から後から降ってくる桜の花びらに何度も手を伸ばしていると、突然後ろから声がかかった。

「何やってるんですか。宮下さん」

聞き覚えのある声にぎくりとして振り向くと、そこにいたのは榎本さんだった。

脚の長さが際立つパンツスーツに、上品なラインが入ったインナー。手にしている書類ケースと使い慣れた感のあるビジネスバッグは、どこからどう見てもかっこいい系キャリアウーマンだ。

「え、榎本さん……！」

まずい。よりにもよってこんなところを見られるとか……！

もう穴を掘って埋まりたい。恥ずかしさに顔が赤くなるのがわかる。

私、榎本さんに『あなたは大神部長には相応しくない』って言われたのに。それを証明するような、あまりにも子供っぽい奇行を見られてしまった。

……今同じことを言われたら、自分でも同意するしかないかも。

「……お疲れさまです」

羞恥心で熱くなった顔を逸らしながら挨拶すると、榎本さんはちらりと腕時計に視線を流した。

そして意外なことに私と肩を並べてくる。

「もう時間あんまりないですよ」

次いで告げられた時刻に、私も慌てて歩き出したものの……怒ってないのかな、と整った横顔を盗み見る。

今も蓮さんと私が付き合っていることは、わかっているだろう。

私が彼女だったら顔も見たくないかもしれない……と思い、正直、送別会の不参加も考えたけれど、今回は窓サの部長も送別対象なのだ。もし欠席したら、三月末日まであと数日、ネチネチ責められることになるだろう。私だけならいいけれど、課長が責められたら申し訳なさすぎる……

そんなことを考えていると、榎本さんがちらりと私を見た。

「さっき何してたんですか」

「え？　あの……子供の時、流行らなかった？　落ちてくる花びらを掴めたら幸せになるって。で、ついつい意地になっちゃって」

「聞いたことないですね」

すぱっと切り捨てられて、ああ……とうずくまりそうになる。いやいや、一応普通に会話はできている。返事をしてくれているだけ、いいかもしれない。

「……宮下さんが今、幸せだから、掴めないんじゃないですか」

ぽつりと呟いた榎本さんを見上げると、ぱっと視線を逸らされた。

なんだか居心地悪そうだけれど、その長い脚は、私に合わせてゆっくり歩いてくれているように思える。それに『嫌味』にしては言葉に棘はない。

さっきは驚いてしまったけれど、こうして改めて話すと、なんというか以前の彼女にあった頑なさが、なくなっている気がした。

「……そっか。そういう考え方、素敵だね」

素直に受け止めれば、とても前向きな考え方だ。

こくりと頷くと榎本さんはちらりと私を見て、溜息をついた。

「そういうところが、私に足りなかったものなんでしょうか」

ぽつりと小さな声でそう呟く。

「え？」

綺麗な顔立ちには複雑な表情が浮かんでいた。

むしろ榎本さんにあって、私にないものの方が明らかに多いと思う。

彼女くらいの身長があればヒールなんていらないし。いやいや、それより美人だからモデルさんしか着られないようなインポートのかっこいい服だって着こなせる。

「宮下さん」

いつのまにか立ち止まっていたらしい榎本さんが、後ろから私を呼んだ。

どうかした？　と慌てて振り返る。

しばらく俯（うつむ）いていた榎本さんだったけれど、やがて、はっきりとしたよく通る声で「ごめんなさい」と言った。

「榎本さん？」

「……私が何も知らなかっただけなのに、あなたのせい、って思い込んで、そんな資格もないのに一方的に責めました」

誰かから蓮さんが独立を希望していることを聞いたのだろう。

「でもあの時、榎本さんに言ってもらわなかったら、れ……大神部長の隠しごとにも気付けなかったと思うし」

そう答えたのは、何も榎本さんへのフォローだけじゃない。

仮にあのまま松岡さんからの情報だけを持って蓮さんの名前が載っていない異動連絡を見たら、私はその日のうちに蓮さんに尋ねたと思う。

でも、まだ話す気はなかった、って言っていたし、おそらく蓮さんは何かの間違いだと誤魔化しただろう。

そして私も、不審に思いながらも、納得しようとしたかもしれない。

だけどきっとぎくしゃくしただろうし、本格的に独立の話が出た時に、どうしてあの時に言ってくれなかったのか、と私は不満に思ったはずだ。

あの後、『お互いに関わるような秘密はなしにしましょう！』と指切りまでしたし、もうああいったことはないと思うけど。

「……だけど、それだけじゃなくて、失礼なことも言いましたし」

何か言われたっけ？　と考えて、思い出す。

そういえば『馬鹿じゃないの』って言われたな……。あれはさすがに自覚がある分、キツかった。

「あの時宮下さん、怒らずに『ありがとう』って言ったじゃないですか。私だったら死んでも言わない。だけど多分、大神部長は宮下さんのそういうところが好きなんだな、って思ったんです。素直で、だけど多分ちゃんと冷静で――私と正反対。そう、わかったらなんというか、諦めがつきました」

私のどこが冷静なのか、と疑問には思うけれど、確かに榎本さんは見た目よりも感情的だ。

まだ若いから当然だけれど、彼女の見た目の良さがそれを許さないのかもしれない。

「美人も大変だね」

思わずそう呟くと、榎本さんは微妙な顔をして、噴き出した。今まで笑顔なんて見たことなかったから気付かなかったけれど、えくぼができて印象がぐっと幼くなる。

正直すごく可愛い。男ならこのギャップにやられてしまうんじゃないだろうか。

結局そのまま一緒に会場に来てしまい、松岡さんや田中さんに目を丸くされた。一足早く到着していたらしい蓮さんも慌てて駆け寄ってくる。

「別に何もしてませんよ」

私を見て、次いで蓮さんを見た後、榎本さんは呆れたようにそう言って大袈裟に肩を竦めた。

「いつまでも二人でお幸せに」

茶化すようにそう言って、出向の子達が集まっているテーブルに向かう。

彼女は相当天邪鬼だ。だけど憎めない。言うなればノアールのミルクちゃんみたいなツンデレなのだ。……どうやら最初の印象は間違ってなかったらしい。

結局その日の送別会は三次会まで続き、なぜか榎本さんと某アイドルグループのカラオケを歌わされるというパワハラにあい、二人で憤慨した。他には田中さんが、酔っぱらったら記憶を飛ばすらしい窓サ部長に、今までの鬱憤をお経のリズムで淡々と聞かせて泣かせる、なんて騒ぎを起こしつつ、賑やかに幕を閉じたのだった。

——そして季節は流れ、二度目の春が過ぎ、うだるような暑さの夏が来た。

蓮さんは惜しまれつつもうちの銀行を退職し、友人と会社を立ち上げた。銀行で培ったコネを使ったおかげか、経営は順調らしい。

それから半年近く経った日曜日。

相変わらず私達は二匹と二人、アパートで過ごしていた。

「うーん。部屋を作るか、その分のスペースを使って吹き抜けにするか」

「家族が増えるかもしれないし、ここは確実に部屋だろう」

昨日業者さんが持ってきてくれたリフォームのパンフレットを前に、私は悩んでいた。

「気が早いですよ……」

「まぁそうか。しばらくは二人きりがいいよな」

仕事が軌道に乗ったところでプロポーズされて一か月。新居は蓮さんの事務所の上をリフォームして住むことになった。

一旦休憩、とパンフレットを机に置くと、モコがひょいっと顔を出す。

「お、お前も気になるのか。リビングが広いから走り回れるぞ」

蓮さんがご機嫌でモコを膝の上に抱き上げ、イメージ図を見せながら相好を崩す。人のことは言えないけれど、蓮さんはやっぱり猫馬鹿である。

「キャットウォークもあるんだよ」

負けじと私もそう言うと、今度はにゃあ、とカイが私の膝に手をかけた。少し年を重ねて落ち着いてきたカイはモコに倣うようにして人懐っこくなってきた。抱っこしてモコと同じようにパンフレットを見せると、じっと見てから返事をするようにまた鳴いた。

それを追いかけるようにモコも間延びした声で鳴く。

『わるくないんじゃない』

『そうねぇ』

そんな会話をしていそうだと思うのは、飼い主の妄想かもしれない。

だけど同じようなことを思ったらしく、蓮さんもモコの頭を撫でて「そうか。気に入ったか」とご機嫌だ。

――やっぱり吹き抜けにして明るいリビングにしよう。

今日みたいに冬の寒い日でもおひさまの優しい光の中、こうやってみんなで集まってひなたぼっこしたい。

ぽてりと肩に頭をのせれば、蓮さんがとびっきり優しく頭を撫でてくれる。その心地よさに思わず目を閉じる。

瞼（まぶた）の裏に浮かんだのは、猫好きの妄想じゃなく、近いうちに来るであろう幸せな未来だった。

幸せの足音

トコトコと畳を踏むかすかな足音と、控えめなのに確かに存在する小さな気配。

それはいつも、祖母の家の広い客室で一人眠る自分を慰めてくれた。

『——蓮。今日はお祖母ちゃんの家に行っていなさい』

今日『は』じゃなくて、今日『も』だろう？

そう思っても言葉にしなかったのは、小学校に上がる前にはすでに両親の多忙さを理解し、家族団欒など諦めていたからかもしれない。

子供一人での留守番は物騒だからと預けられていた祖母の家は、当時でも珍しい日本家屋の立派な家だったが、その分古めかしかった。

家鳴りや、襖や衝立に描かれた木の枝。床の間に飾られた掛け軸の絵に、欄間の彫り物の影。子供心にそれはひどく恐ろしく感じられた。正直、祖母の家はあまり好んで行きたい場所ではなかった。

だがしかし、祖母が知り合いから猫をもらってきてから、俺の世界は一変した。

成猫なのにミャーと子猫みたいに鳴くから『ミヤ』という安易な名前をつけられた黒猫は、祖母以外には懐かない、可愛くない猫だった。

俺にももちろん同様で、顔を合わせてすぐに撫でようと手を伸ばした途端、ひどく引っかかれた。

祖母からは『急に手を出したあなたが悪いのよ』と呆れられただけで済んだが、母親からはもう近づかないようにと、きつく念を押されてしまった。

そばにいてくれないくせに、そんな小言ばかり呈する母親への反抗心からか、意地でも触ってやる、と率先して祖母の家に行くようになった。

ランドセルを置くや否や、広い屋敷の中をちょこまかと移動するミヤの気配と隙を探す。

思えば一人きり。祖母の家と自宅のある場所では学区が違うため、近所に遊べるような子供もいなかった。

それは、だだっ広い家の中で、退屈を紛らわせるための『遊び』だったのかもしれない。

少しだけ背中に触れられるようになるまでに一か月。そして半年ほど経ったところで、少しの間だけなら頭を撫でられるようになった。だが、抱っこしようとすると、するりと逃げていってしまう。そのせいで、いっそう意地になった。今思えば騒がしい子供に追い回されるなんて、ミヤにとって迷惑以外のなにものでもなかっただろう。

祖母の代わりにミヤの食事の世話をして、時々撫でて逃げられる。そんなルーチンを繰り返すこと一年。抱っこはさせてくれなかったが、触れても嫌がらなくなった。お互い成長し、やんちゃだったミヤもすっかり大人になり、俺も節度を知り、お互いに加減を覚えるようになった。

そんな頃、両親の経営する会社が忙しくなり、放課後だけでなく、祖母の家に泊まることが増えた。

布団しかないような広い客室で眠る恐怖と寂しさ。それを紛らわせるために、息をひそめてミヤが歩く音や時々上げる鳴き声を聞く。そうしていると、ちゃんとミヤが『そこにいる』ことが確認できた。そんな日々を繰り返すうちに、ミヤの存在に安堵しながら眠りに落ちるのが習慣になっていった。

そして冬が深まり、中庭の植木に霜が積もった朝。

基本慣れたというくらいで懐いたとはお世辞にも言えないミヤが、暖を求めて布団に入り込んできた。

足元でくるりと丸まって寝息を立てるその温もりが嬉しくて、けれど動いたらいけないとトイレを我慢して――

それが良かったのか、ミヤは俺が泊まりに来ると布団に入り込むようになったのである。

それが嬉しくて追いかけまわさなくなると、ますますミヤは自分の側にいてくれるようになった。

やがて自宅で留守番ができるようになり、習い事や友人との約束で祖母の家からは遠ざかり、高校進学のために上京して数年、大学の最初の夏休みにミヤが死んだことを聞いた。

そうか、と冥福を祈って、それなりに悲しんで——忘れて。

充実した学生時代を過ごし、それなりに名の通った都市銀行に就職して数か月、猫を飼っている友人のマンションでならぐっすりと眠れることに気付いた。

その時になってようやく、ミヤ——猫という存在が、俺にとってのライナスの毛布だったのだと気付いたのである。

生前分与された土地の管理と、忙しい両親の代わりに世話になった祖母の地元で起業するため、叔父が勤める銀行に再就職したのは三年前のこと。

地元の繋がりを強めておきたい俺の思惑と、人手不足という叔父の都合が合致した結果の引き抜きだった。

しかし、もうそろそろと退職を切り出せば、叔父は面倒な案件を持ってくる。そのサイクルを何度も繰り返すことに、いい加減辟易(へきえき)していた。

『蓮は使いやすいから、なかなか辞めさせられないんだよ』

毎度抗議しては、これで最後だから、と言ってはぐらかす叔父。

そしてタチの悪いことに改めて企画書や契約書を見ると、実に興味を惹かれる面白い案件なのだ。毎度やられたな、と思いつつも、その企画やそれをまとめる叔父の手腕を側で見る機会を失うのも惜しい気がしてきて、結局は叔父の思いどおりに動いている。

そんな事情で、独立は予定より遅れていた。

――そして、今日も今日とて日曜日だというのに、支店長の仕事のお供に任命され、取引先の社長のマンションに来ていた。

「――では、私共の方で講習会の準備を進めさせていただきます」

「よろしく頼むよ」

商談が終わり、自分達と一緒に外に出ると言った社長に、奥さんがスーツの上着を着せようとしたその時。「あら」と目を瞬(またた)かせて、奥さんがスーツの袖を手にした。

「どうしたんだ」

「袖にマロンの毛がたくさん付いているわ。もう、沙也加(さやか)ったらマロンから目を離したでしょう」

「あ――ごめんなさい。ママ」

そう言ったのは、商談中にもかかわらず退室することなく、続き部屋のダイニングテーブルに座って、ずっとこちらの様子をうかがっていた社長の一人娘だった。

頼んでもいない自己紹介曰く、大学を出たばかりで、来月から海外に語学留学に行くらしい。若々しい母親によく似た美人で、本人もそれをよく知っているのが振る舞いに表れていた。

よくいる自信のあるタイプのお嬢さん。この手の若い女には、威圧感のある体格と甘さのない雰囲気から敬遠されることも多いが、俺にとっては面倒なことに彼女はそうではないらしい。

ちらちらとこちらを見てくる女に、気付かないふりをしてやり過ごしていたが、余計なことに社長までもが『私に似ずに美人で賢いんだよ』と、ことあるごとに娘の話を出してくる。

自分の商談相手ならば一刀両断するなり、他に意識を向けさせるなりで対処するのだが、叔父の顧客なので勝手なことはできず、そのたびに商談が進まなくなることにいい加減苛々していた。

すぐに軌道修正する叔父の手腕には感心したが、それでも背中に刺さる視線は煩わしい。

そもそもわざわざ休みの日に、自宅に呼びつける経営者など程度が知れている。叔父がここまで手をかけるからには、なにかしら理由があるのだろうが——

ここのところ忙しくて充分な休みを取れなかった。睡眠不足からくる頭痛のせいで、いっそう苛立っている自覚はあったが、いつものように抑えることが困難に思えてくる。

——ああ、限界だな。

商談が終わったらまっすぐ家に戻ろう。

土産物（みやげもの）の強めの酒でもかっくらって横になれば、さすがに少しくらいは眠れるだろう。

そう決めたら、ほんの少しだけ気分が良くなり——俺は社長夫妻のやりとりに意識を戻した。

「あなた、いっそ別のスーツに着替えますか？」

そう尋ねた奥さんの指先には、決して人のものではありえない短く細い毛が摘（つま）まれていた。その毛色を見て、玄関の飾り棚と壁に、大量に飾られていた写真の一つを思い出す。

「猫を飼っていらっしゃるんですか？」

そう尋ねたのは、その中のいくつかに猫が写り込んでいたからだ。

「ああ、娘がね」

社長が頷くと、こちらを気にしていた娘が素早く立ち上がり、声を上げた。

「え⁉　大神さん、猫好きなんですか？」

――しまった。

近づいてきた女の表情は、期待に輝いている。

今まで差し障りのない返事ばかりしていた俺への突破口だと思ったのだろう。

面倒だな、と思いつつも、頭の中でしばらく触れていない猫と天秤にかけてみる。

その間、コンマ数秒もあっただろうか。

結果、愛想のいい笑みを浮かべて頷くことにした。

――少々面倒なことになっても、あの小さい生き物に触れたい。

重症だな、と自覚しつつ改めて娘と向き合う。

ここのところ猫を飼っている友人が引っ越したり、知り合いのオフィスで飼っている猫が奥から出てこなかったりして、その小さい生き物に触れる機会が、ことごとく潰れていたのだ。

「猫、カワイイですよね！」

「――ええ。可愛いですよね。癒されます」

にこやかにそう言うと、女は今、思い付いたとばかりに大袈裟に顔の前で両手を叩き、あざとく首を傾げた。

「よかったら私の部屋、この隣なんですけど見に来ませんか？　すごく可愛いですよ」

俺の言葉に、娘はそう言って腕にしがみ付いてきた。甘ったるい香りが鼻について、振り払いたくなるのを我慢する。

娘の振る舞いからここに住んでいるとばかり思っていたが、そうではないらしい。そこに考えが至らないほど頭が鈍くなっている自分に、一瞬舌打ちしたくなった。

「おや、こちらでご一緒に暮らしていらっしゃらないんですか？」

長年の付き合いで、俺の気持ちを察したのだろう。叔父がそう言ってにこりと微笑む。

四十を過ぎたといっても、男盛りの魅力がある叔父に、娘はぽっと頬を染めた。

「大学生のうちから自立させようと思ってね」

社長曰く、どうやらこの家の隣を娘のために買い上げたらしい。

昼食を食べに来ていたという娘は、どう見ても自立とはほど遠い生活をしていそうだが——

そう思いつつ小さく溜息をつく。

疲れを自覚したせいで、余計に気持ちを抑えられなくなった。

——触れたいな。あの小さな生き物に。

思っていたよりも重症だったのかもしれない。

「いいですね。触らせてもらえますか？」

いつもならあからさまな誘いなど断る俺が、承諾したのが珍しかったのだろう。俺の顔を覗き込む叔父の目は面白そうに笑っている。

叔父にはもちろん、俺が猫好きだなんて話していない。純粋にこのお嬢さんに興味があると思った……というよりは、なにか企んでいるんだろう？　とでもいうような視線だ。叔父と甥というよりは、狸の化かし合いのような関係なので、それも仕方がないだろう。

少し考えてから、奥さんに視線を向けた。

「お嬢さんと二人っきりでは心配でしょう。奥様も付き合っていただけませんか」

取引先の、これっぽっちも食指をそそられない女に妙な勘違いをされても困る。自らの保険のためにそう申し出ると、奥さんは感心したように「真面目な方なのねぇ」と何度も頷いた。

「えーそんなのいいわよ。ママはパパのお世話で忙しいでしょ？」

「いや、私のことはいい。一応ママも一緒に行きなさい」

娘が眉をひそめて拒否すると、社長が慌てたように話に入ってくる。溺愛している娘なのだから、言葉では恋路を応援しても、実際に部屋に男を連れ込むことには抵抗があるのだろう。

あまり期待していなかった社長の良識に、最低値だった彼の株を少し上げ、軽く会釈し同意を示した。

「えぇ～!?」

「大神君の紳士的な申し出なんだ。ありがたく受け取りなさい」

娘の機嫌をうかがいながらも社長は譲らなかった。

「では、またの機会にしましょう」

「ええっ、ウソウソ！　ママも一緒でいいですから！」

押し問答に付き合う暇はない。申し訳なさそうな雰囲気を作り、そう申し出れば、娘は慌てて俺を引き止めた。

「すぐ連れてきますね！」

そして娘と奥さん、俺の三人で隣の部屋の扉を潜る。

叔父は社長を会社まで送り届けるらしく、扉の外で別れた。

鍵を開けた娘ははしゃいだ様子で、リビングへと向かう。

「もう、あの子ったらスリッパも出さないで……」

「大丈夫ですよ。お心遣いありがとうございます」

スリッパに足を通した俺は、奥さんに案内され、リビングに入る。

娘はすでに猫を抱いて待ち構えていて、俺の姿を見るなり駆け寄ってきた。

猫は、愛嬌のある丸い顔と同じように目も黒く大きくしていて、正直、あまり反応がよろしくないのがわかった。というか、すでに腕の中で暴れている。

「どうぞ！　抱っこしてもいいですよ！」

「いや、見せていただけるだけで……」

ここ最近、嫌われることが多いのは自覚していた。見るだけでも、と遠慮したが、娘は強引に俺の胸に押し付けてくる。

慌てて抱き取ったものの、案の定猫は居心地悪そうに鳴くと、腕に力を入れて飛び下りてしまった。

上から捕まえようとした娘は、その拍子に腕を引っかかれたらしく、きゃあっ！　と大きな悲鳴を上げる。

猫に対する怒りで吊り上がった目に、先程までの甘さはない。

「大丈夫ですか」

そう声をかけると、我に返ったらしい。娘はいくらか表情を取り繕(つくろ)って、下手な愛想笑いを浮かべた。

「ちょ……ちょっと待っててくださいね。ほんっと、言うこと聞かないんだから！」

あらまぁ、と呑気に頬に手を当てた母親に、八つ当たり気味に口を開く。

「ママ！　悪いんだけどマロン捕まえて、そっちに連れていって！　大神さん、良かったらソファに座っててください」

……そもそも猫が目的なのに、なにを勘違いしているのか。

今日初めて会った男のために、一緒に暮らしている猫を追いやろうとする娘に不快感が込み上げる。

溜息を呑み込んで、俺は微笑みを浮かべた。

「いえ、きっと相性が悪いんでしょう。これ以上怖がらせるのも可哀想ですし、失礼しますね」

「あ、待って！」

――猫には随分、可哀想なことをしてしまった。

あのマロンという猫が、飼い主に理不尽な八つ当たりをされないように祈りながら、俺はひどくがっかりした気分でマンションを後にした。

そして家に帰ろうとしたところに、今度は別件の打ち合わせが飛び込んできた。

その取引先を出ると、もう八時近く。

身体を伸ばすついでに明るい月を仰ぐと、街路樹の枝からにょきっと猫の尻尾が生えていた。

……とうとう幻覚でも見たかと目を瞬(またた)かせる。

どうやら店の看板に書かれた猫の尻尾だったらしい。自分の滑稽(こっけい)さに自嘲気味に笑った。

少し戻って全貌を確認すれば、そこにはミヤと同じ黒い猫のイラストと一緒に、『猫カフェ・ノアール』と落ち着きのある書体で書かれていた。

「黒猫、か……」

ぽつりと呟くと、その尻尾が揺れた気がした。

猫カフェなら、おそらく人懐っこい猫がたくさんいるだろう。一匹くらい俺のことが平気な猫もいるかもしれない。吸い寄せられるように、ふらりと足が向いた。

が、入ってすぐに、自分が来るような場所ではなかったと後悔した。向けられる好奇の目に首のあたりが痒（かゆ）くなる。

……こんな思いをしたのだから、せめて最近猫から避けられる理由の糸口くらい見つけたい。そう考えつつコーヒーと猫用のオヤツを注文し、猫達がいるスペースへと足を踏み入れた。

そこにいたのはたくさんの猫達と、ピンク色のツナギが似合う小柄な女の子だった。大きめの眼鏡をしきりに触りながら、びくびくと俺をうかがうその姿に、なんとなく小動物めいたものを感じて――ふと思う。

この子なら逃げないでいてくれるだろうか。

すぐに我に返り、その馬鹿馬鹿しさに自嘲する。

だが、見た目からして怖いだろう俺に対しても、あくまでも職務に忠実にアドバイスをくれる声は、猫達を気遣っているのか控えめで落ち着いていて、耳に心地いい。

――触りたい。

まっすぐに下ろされた癖のない髪と形のいい小さな頭に、そんなことを思う。いやマズい。高校生だったらアウトだ。さすがにそこは血迷えない。

俺の顔が怖いのだろう、そわそわと落ち着かない様子の彼女を可哀想だと思いつつも、もう少し彼女の声を聞きたくて引き止めるように話を伸ばす。

猫の鳴き声と遠慮がちな彼女の声に、頭痛が遠のいていくのがわかった。その後にはとろりとした心地いい眠気が襲いかかってくる。

欠伸（あくび）を嚙み殺して、改めて彼女を見上げると意外な近さに驚く。けれど社長の娘と違って、それもやはり嫌ではなくて。

それまでどこか構えて会話をしていた彼女が、自分の家の猫の話をした途端、ぱあっと顔を輝かせた。その瞬間。

――可愛い、な。

無意識のうちに「君……」と呼びかけ、手を伸ばしかけた。

慌てて引っ込めたのだが、その『間』を勘違いした彼女は――自ら（みずか）正体を明かした。

うちの支店にこんな子いたか？　人の顔を覚えるのは不得手ではないし、同じ銀行に勤めているとしたら、一年に数回は顔を合わせているはずだ。

そんな疑問を持ちつつも所属や名前を聞かなかったのは、浮かれていたからかもしれない。

ただただ近しい存在だったことを僥倖に思い、ハプニングで話を詰められないまま別れた時も、銀行で捕まえれば済む話だと思っていた。

そして別人――と言っても過言ではない彼女をようやく捕獲できたのは約一週間後。

さらに自宅に押しかけたものの早々に猫に逃げられた俺を見て、気遣うどころか『猫が可哀想だから』と追い出しにかかった彼女に、つい数日前に会った取引先の娘を思い出してしまった。

ちゃんと愛情を持って猫と暮らしているのであろう彼女に、憧れと尊敬を抱き安堵した。

そして大人しそうな彼女から、ぽんぽんと零れる猫馬鹿ゆえの辛辣な言葉に、意地悪を返しつつも、ついつい爆笑してしまったのである。

ああ、いいな。

くくっと笑いを漏らしつつ、彼女達の城へお邪魔させてもらう。

――結果的に彼女は、俺が猫に避けられていた理由まで突き止め、いつかと同じように一緒に喜んでくれた。その声音に、表情に、猫とじゃれる姿に、ますます気持ちが傾いて、後はもう転がるように惹かれていく。

まさに恋に落ちていく、という感覚。

くすぐったくて切なくて面映ゆい。こんな気持ちは初めてかもしれない。

そうして——瞬く間にミヤ以上の存在になってしまった彼女と恋人同士になったのは、それからすぐ後のことだった。

†

——そんな出来事から、ちょうど一年後の休日。

せっかくの休みだというのに、和奏の部屋のベランダから見える空は曇天で、いかにも重そうだ。この分だと天気予報よりも早く雪が降り出しそうだな、と心の中で呟いて炬燵の中に足を突っ込む。

二人で遅いブランチを取っていた時に、せっかくだからどこかに行こうかと誘ったのだか——和奏は少し考えてから首を振ってみせた。

『久々の一日オフなんですから、今日はゆっくりしましょうね』

気遣う声は優しく、本気で体調を心配してくれているのがわかった。

確かに疲れは多少残っていたので、その言葉に甘えさせてもらったのだが、お昼を過ぎた今、どうにももったいないような気がしてしまう。

——のらりくらりと躱され、なかなか受け取ってもらえなかった退職願いが、ようやく受理されて二週間。嫌がらせのように同行の仕事を詰めてくる叔父のせいで、ここのところまとまった休みがとれていなかった。

独立してからもしばらくは顔の広い叔父の世話になることが多いと予想できるので、断ることもできない。

軌道に乗った暁には、無茶ぶりされた分をきっちり返してやる——と心に刻んでいるが、報復は早くとも数年先になるだろう。

叔父の涼しい顔がぽんと頭に浮かんで、溜息が出た。

ああ、せっかくの休みに嫌な顔を思い出したな……

緩く首を振って叔父の顔を打ち消し、座椅子にもたれかかる。

すると待ち構えていたように、冬毛で名前のとおりモコモコになったモコが俺の腹の上に乗り上げてきた。

「またか。お前乗ってると暑いんだよ」

ぼやいた俺の言葉など気にした様子もなく、居場所を探すように胡坐の上をグルグル回る。

長毛のせいで暑すぎるのか炬燵の中に入らないモコは、炬燵に入る人間の足や腹に乗ろうとするのだ。

今日も今日とて、我が物顔で俺の腹を昼寝のベッドに決め、炬燵を背にくるりと丸くなる。

苦笑しながらその背中を撫でてやると、手のひらから伝わってくる温かさに、緩やかな眠気が襲ってきた。

ブランチでいっぱいになった腹とその上の温かさに、ついうとうとしてしまったらしい。

ベランダの向こうから聞こえたトラックの荷物を下ろす騒がしい音で、はっと意識が浮上した。

嫌に重い胡坐の上には、完全に野性を忘れたモコが無防備にも腹を出したまま眠っている。

しかも上にあったはずの俺の手は、何がどうなったのか、いつの間にかモコの身体の下に敷かれており、温かいを通り越して暑い。

お前は……と、苦笑しかけたところで、そろそろと誰かが近付いてくる気配がした。

モコはもちろん、俺も眠っていると思ったのだろう。近付いてくる足音は気遣うように小さい。慣れた気配なのか、モコが起きる様子もない。

そして俺も、この優しい足音の持ち主を知っている。

わずかに顔を傾ければ、両手に持ったカップをそうっと炬燵の上にのせようとする和奏の姿があった。起こさないように気を遣っているのだろう。

真面目な顔に微笑ましくなって、モコを起こさないような小さな声で和奏の名前を呼ぶ。

「……わ、びっくりした。起きてたんですか?」

突然声をかけられて驚いたらしい。

和奏はぱちぱちと目を瞬（また）かせて、天板に置いたカップから手を離した。

「いや、ちょっとうとうとしてた」

そう答えると、和奏の顔がわずかに曇る。

「もう……やっぱり疲れてるんですよ。ベッドで横になった方がいいんじゃないですか?」

「いや、いいよ。目が覚めたし、それに今動いたらモコの機嫌が悪くなりそうだろ?」

俺の言葉に和奏は一瞬首を傾げてから、カーペットに両手をついて俺の胡坐（あぐら）を覗き込んだ。

そしてモコが眠っている姿を認めると、思わずといったように噴き出す。どうやら気付いていなかったらしい。

「いい場所でお昼寝してるね」

そう言いながら和奏がモコのお腹を撫でるが、すぴーと鼻息まで響かせているモコに起きる気配はない。

「動けないだろ」と言葉を重ねると、和奏はモコから俺へと視線を移した。

「ふふ、蓮さん優しいですね」

そう言ってふわりと笑う。

柔らかい笑顔に、思わず引き寄せられるように顔を近付けようとしたが、ズッシリとした重みが動きを止めさせた。

「……」

いい加減体勢も変えたいし、何より下敷きにされている手が痺れてきたんだが……

そうは思うものの、これだけ気持ちよさげに眠られると、なんとなく起こすのが可哀想になる。

幸せそうにモコの顔を覗き込む和奏に、ふっと悪戯心が湧き上がった。

……俺の腹枕代も上乗せして、ここは飼い主に責任を取ってもらおうか。

「なぁ、和奏。コーヒー飲ませてくれないか？」

真面目な顔でそう声をかければ、和奏は素直に受け取ったらしく、悩むように首を傾げた。

「いいですよ。でも口に当てたら零れそうだし、ストローあったかなぁ……」

視線を上げて呟いた和奏に、俺は笑いたいのを堪えて首を振る。

「いや、口移しで」

そう言うと、和奏は少しの沈黙の後、意味を理解したのだろう。ぼんっと顔を赤くした。

「も、もうっなに言ってるんですか」

上半身を起こして、冷ますように顔を手で扇いだ和奏を、にやっと笑って急かす。

「ほら、早く」

「ストロー持ってきますって！」

そう言って立ち上がろうとした和奏を無理矢理引き寄せて、唇を奪う。

膝から滑り落ちたモコは、冷たい絨毯に放り出されたことに気付いたのだろう。

不満そうにみゃっと短く鳴くと、寝起きの鈍さで、ずるずると這い、自分の寝床に収まった。

モコに注意を向けた和奏の隙をついて、空いた膝の上に乗せる。

さすがにモコよりは重いが、小柄で軽い和奏を乗せても苦ではない。むしろすっぽりと俺の身体で包み込めるこの体勢は気に入っている。

抱え込んで肩に顎を乗せると、戸惑ったように和奏が俺の頭に手を置いた。

「もう、どうしたんですか？　甘えん坊モードとか？」

よしよしと撫でて子供扱いしてくる和奏に、面映ゆくなる。いっそう愛しさが込み上げてきて、自然と腕に力が入った。

「かもしれん」

ちゅ、ちゅ、と首筋や耳に唇を寄せて啄(ついば)む。ン、と漏れた小さな吐息に、気を良くしてセーターの中に手を忍び込ませれば、服の上からぺちん、と叩かれた。

「なにしてるんですか」

疑わしげなその声には答えず、しっとりと吸い付くような肌を撫でると、慌てて和奏が身じろぎし始めた。

「ちょ、朝もしましたよ!?」

「今もしたい。もう春だからかな」

「っ動物じゃないし、まだ全然寒いですから!」

「そうだな。人間は年中発情期だった。じゃあ仕方ないな?」

屁理屈をこねてすでに硬くなった自身を押し付けると、ひくっと和奏の喉が鳴った。

抵抗しようと俺の腕を押していた和奏の手から力が抜けていく。少し反った背中を支えて、襟元から覗く綺麗な鎖骨を唇でなぞった。

下着越しに胸の膨らみを手で包み込むと、んんっとかすかな吐息が耳をくすぐった。

「……随分冷えてるな」

和奏の手が頬に触れ、その指先が随分冷たいことに気付く。

「は……、手洗ったばっかりでしたから」

しっかり握ると痛いくらいに冷たい。

冬になってから気付いたのだが、和奏は冷え性で指や足先が冷たいことが多い。

とりあえず自分の欲望は後回しにして、くるりと彼女の身体を返し、空いた脚の間に和奏を座らせた。ぬいぐるみを抱え込むような体勢で、胸にもたれさせる。

「え？」

戸惑う和奏の両手を一掴みにし、炬燵布団に突っ込んで、俺の手で包み込んだ。

「これで、ちょっとは温かくなりそうか？」

少しでも体温を分けてやりたくて、すり、と和奏の手を擦れば、和奏はくすくすと可愛い笑い声を上げた。

「ありがとうございます。すぐ温まりそうです」

そう言って顔を上げると、首を伸ばして振り返り、俺の頬に口づける。そして、照れたようにはにかみ、再び胸にもたれかかった。

「……お前な。我慢したのにそういう可愛いことするなよ」

ちらりとこちらを見た和奏が小さく笑う。

これはもう喰ってもいいだろう――

そう結論を出した俺は、返事を待つこともせず、無防備に目の前に晒された耳朶を唇で食んだ。

「ん、……っ」

手が温まってきた頃合を見計らって、セーター越しに胸に触れる。

寒くないように裾から手を忍び込ませて、少し強引に下着を外した。下から持ち上げるように膨らみに手を添えて揉みしだく。ぴくっと和奏の頤(おとがい)が上がり、白い喉が晒される。そこに口づけて、胸の先端を指で引っかけるように弄(もてあそ)んだ。

短く小さな喘ぎ声と共に腰が浮いたので、ロングスカートの裾をたくし上げる。太腿の内側の柔らかい場所に手を這(は)わせて脚を開かせると、くすぐったかったのか、小さな笑い声が零れた。

いつもなら恥ずかしがる体勢だが、半分ほどかかっている炬燵(こたつ)布団のおかげか、それほど抵抗はない。

性急さを自覚しながらも、片方の手で胸を苛(さいな)み、もう一方の手でゆっくりと下着の線をなぞった。

下着をずらし中に指を滑らせれば、朝方も散々弄(いじ)ったその場所はすでに濡れていて、指先に蜜が絡んでくる。

これなら大丈夫かと、前の芽を親指で擦りながら、ゆっくりと中指を差し入れると、少し身体が強張(こわば)った後、誘い込むようにきゅうっと中が締まった。

「っ……あ、んんっ」

「いい声だな」

漏れた声に気を良くして、もう一本増やし、中をばらばらに擦る。

肩で息をする和奏の顔はすでに蕩けて、少し垂れた目は潤んでいた。

「や、……んん、激し……っ」

急激に膨らむ快感から逃げるように和奏が首を振る。腰が浮き、ピンと突っ張った足に、もうすぐ達するだろうと予想する。

しかし、まだ俺のモノを受け入れるには十分ではない。痛がる顔を喜ぶ趣味はないし、何より過ぎる快感に俺に縋り付き、泣きながらよがる和奏の表情の方がクる。

「ん、じゃあ、ゆっくりな」

ことさら優しく囁き、耳朶を尖らせた舌で犯しながら、リクエストどおり指の動きを緩やかなものへと変えると、ヒクッと和奏の喉が鳴った。

「あ、……あ、っも、……っ意地わるっ」

「俺だって好きで焦らしてるわけじゃない」

宥めるように額に唇を落とし、指を増やして和奏の好きなところを強く擦ってやる。するとまた中がきゅうきゅうと俺の指を締め上げてきた。挿れたらすぐもっていかれそうだ、と少し先の楽しみに口の端が自然と上がる。

「は……もう、イクのか？　ちょっと我慢しないとまたへばるぞ？」

意地悪く囁(ささや)いて耳の中に舌をねじ込むと、快感にうなされた目が俺を捉える。眉尻に浮かんだ涙を唇で掬(すく)いとると同時に、中の指を増やせば、ひやぁっと高い声を上げて、和奏は達した。

和奏がぼうっとしているのをいいことに、少し身体をずらしてポケットからスキンを取り出す。

前を寛(くつろ)がせて準備を整えると、和奏の腰を持ち上げて、すでに柔らかく解(ほぐ)れて誘い込んでくるソコに押し付けた。

「や、……イッたばっかり、だから……っ」

「イッてすぐ入れられんの好きだろ……？」

恋人になって一年。少しずつ馴染(なじ)んできたとはいえ、いまだに和奏のソコは狭い。ともすればこちらが痛いくらいなので、和奏の負担も相当だろう。だが今、真っ赤に潤(うる)んだ和奏の瞳は、快楽に溶けている。

「この体勢なら、奥まで入らないから」

力の抜けた手を添えるだけの和奏の抵抗に、そうフォローする。

肉付きのいいお尻の分少し遠く、だけど緩(ゆる)やかな交わりにはちょうどいい。

証明するようにゆるゆると腰を動かすと、和奏の身体が魚のように跳ねて「まだ、動かないで……っ」と非難の声が飛んできた。

だけど中はきゅんきゅんと締め付けてくる。我慢できなくなってしまいそうだ。

「キツイな……」

中も理性も相当キていて、欲望のまま突き上げたくなるが、昨日も無理をさせた引け目がある。今日は和奏のためだけに、気持ち良さだけ感じられるようにゆっくりと動いてやりたい。

近くなった首筋に唇を落としてきつく吸い上げれば、華奢な身体が淫靡に踊り、ますます我慢できなくなってきた。

「和奏、悪い……動く」

「あ、は……っあ、あっ……！」

小柄な身体を両手で支えて、捲れ上がった裾から覗く白い背中に、きつく痕をつける。

込み上げる射精感と、追い立てるような心臓の音に、息が荒くなった。

奥をトンッと少し強く突くと、一際強く締め付けられる。

俺は和奏を抱きしめたまま、奥歯を噛んで漏れそうになる声を堪えたのだった。

「……和奏？」

ひととおり息が整ったところで、気を失っている和奏に気付く。

汗ばんだ身体のままでは風邪を引いてしまうだろう。手早く自分の処理を済ませて、和奏を抱き上げ、絨毯の上に置いてあった毛布を引き寄せた。

和奏の身体を包み、投げ出された手をしまい込もうとして、指先が温かくなっていることに気付く。

穏やかに寝息を立てている和奏の顔を見下ろして、毛布ごとぎゅっと抱き締めた。

「あー……また、怒られるな」

後悔はないが、反省はしている。

昨日も、疲れてる時に疲れることしてどうするんですか！　と怒られたばかりなのだ。

今日の夕食は和奏の好きなパスタでも作るか、それとも欲しがっていた猫グッズでも買って機嫌を取るか……。彼女はブランド物よりも、この二つの方が喜ぶことをこの一年で学んだ。

膨れ面で起きてくるだろう彼女の懐柔案をつらつらと考えているうちに、和奏の香りと行為後の気怠さが合わさって、遠ざかっていた眠気が戻ってくる。

まずい、と欠伸を噛み殺したものの、結局俺は、和奏を抱え込んだまま、また眠りに落ちてしまった。

そして――夕方まで眠り込んでしまい、食事を催促するモコとカイの賑やかな足音に起こされるのである。

書き下ろし番外編

無理はほどほどに！

シャツの袖を引っ張り見下ろすと、腕時計の針はとっくに零時を過ぎていた。

……今日も声聞けなかったな……

最後のパソコンのコードを繫げ、諸々の回線を設定する。

その後社内LANの設定まで終えてから、俺は斜め向かいに設置してある真新しい革の匂いがするソファに、だらしなくうつぶせた。

「あー……このまま寝てぇ……」

そう口に出してぼやいたところで、共同経営者であり友人でもある川崎の声が降ってきた。

「蓮、やめろ。来客用のソファ汚すんじゃないよ」

川崎は大学のゼミで一緒になってからの付き合いで、気心も知れているので遠慮のなさはデフォルトだ。

真夏の生温い夜、袖を肘まで捲り上げ、鍛えた……若干暑苦しい筋肉を晒した川崎は抱えていた段ボールを重そうに地面に置く。

ハァ……と大きな溜息をつき腰に手を当てて反り返った。

そんな年寄り染みた仕草に、同い年のわが身を顧みて重い口を開く。

「備品の設置なんて経費で落ちるんだから、頼めばよかったんじゃねーの」

「お前がソレ言うか？　ならお前が今、コツコツやってるパソコンの設定、それこそ外注出せばよかっただろうに」

速攻でブーメランが返ってきて沈黙する。

お互い得意な分野なら自己処理で見積りがちであり、自分達ができることは自分達で、将来を見通し、浮いた予算を資本金に回す方が良いと考えるのは、よくある話である。

他の雑事に追われ、深く考えず決めた自分達の首を絞めてやりたい。

おかげでこの一か月、可愛い恋人ともまともに時間を取れていないのである。

「……明日は税理士と会って……税務署か？　明日には身体空くよな？」

「は？　お前んとこの叔父さんが持ってきたファイルのこと忘れたのか」

「……クソが」

最悪すぎて遠い記憶の彼方にやっていた事案を思い出し、毒づく。

そう、昼に陣中見舞いだとやってきた元上司である叔父だった。この辺りの地主と繋がりをつけてくれた、まぁ感謝すべき恩人であるが……三年以上こき使われた経緯があるので素直に感謝できない存在である。

彼が持ってきたのが、この辺りで有名処の老舗（しにせ）ばかりが並んだ顧客名簿。

感謝したのは一瞬。持ってきたのは分厚い紙の契約書や書類であり……今時見ない紙媒体だったのだ。それも自動でテキスト化ができないほどに、癖のある字や達筆すぎるものばかりなため、このご時世に手打ちで入力しなければならないときた。

「……お前は？」

「東京だよ。組合の狸（たぬき）親父を挟んで挨拶という名の同業者とのガチバトルだな。代わってもいいけど……って、お前のその三人殺してきたばかりですってツラで行かせられるか。大人しくデータ入力しとけ」

どうやらこの地獄から脱出できる未来は遠いらしい。せめて昼休みに声が聞けたらいいと、和奏にメッセージを送っておくことにした。

モコとカイが反応するので、和奏のスマホは基本的におやすみモードで、音が鳴ったりライトがついたりしない。そんなわけで、起こすことはないだろう。

俺は寝転んだまま身体を横にし、上着のポケットからスマホを取り出した。

ロック中のデフォルト画面から、待受画面を表示させて、ほっと息を吐く。

そこに写っているのはモコとカイに挟まれて眠っている和奏の寝顔である。……おそらく本人がこの写真の存在を知り、待受にまでしていると知れば『すぐに消してくださ い！』と顔を真っ赤にして怒るだろう。

　和奏は俺のスマホの画面を見るタイプではないし、スマホを買い替えるついでに覗き見防止シートも貼ったので、バレる可能性は限りなく低い。

　それほど慎重になるくらい、自分にとって、和奏、モコ、カイと幸せの詰まったこの写真は大事だった。ここ最近の激務からくる疲労を和らげてくれる唯一の癒しでもある。

　それなのに最後に話したのは、二日前だ。

　零時近くだったから、断じて会いたくないだとか、浮気ではないとか面倒な勘違いをされたくない故の弁解と愚痴だけで終わってしまった……ような気がする。

　……今思えば、年上の恋人としては情けない限りだ。

　鬱陶しいだけの愚痴だったろうに、優しく相槌打ってくれてたな。モコもわざわざ電話口まで来てくれたし、ものすごく癒された……ああ、あの時に戻りたい。

　思わず和奏の顔をピンチして画面いっぱいにして眺めていると、いつの間にか川崎がソファの後ろから、俺のスマホを覗き込んでいた。

「お前、彼女の写真待受にしてんの？　へぇ、そういうのしないタイプかと思ってた」

　よほど気が緩んでいたのだろう。急いで画面をタップしようとしたものの、スッと上から抜き取られた。

ふふん、と鼻を鳴らした川崎には和奏の存在は知らせているが、本人どころか写真すら見せていなかった。

「うわ！　なかなか可愛い……ってかロリフェイスだな⁉　……お前……まさか未成年じゃないよな？　会社立ち上げてすぐに共同経営者が未成年淫行で捕まるとかごめんだぞ」

画面を見て眉をひそめた川崎に「ああ？」と唸る。化粧をしていないと童顔だが、またそれが可愛いし、普段とのギャップがまたそそられる完璧な恋人である。

「二十七だ。気にしてるんだから間違っても本人に言ったら殺すぞ」

「こっわ！　殺人予告罪で訴えるぞ。……いや、でも二十七歳かぁ。ならアリよりのアリだな。……うぉっ！　ダブル猫ちゃんとか最強かよ。今度遊びに行かせてくれ」

どうやら画面に触れた拍子に写真が元のサイズに戻ったらしい。モコとカイの姿に目を輝かせた川崎は、ソファに手をかけて前のめりになった。

「断る」

川崎も猫を飼っていて、コイツの猫好きも相当なものである。そもそも俺にとって猫がライナスの毛布だと気づいたのも、コイツのマンションに泊まったことがきっかけだった。

まぁ、ある日を境に『なんかお前来るとミータンの機嫌悪くなるから、出入り禁止な』と、あっさり宿泊を拒否され、会えなくなってしまった。しかし、そのおかげで今があると言っていいかもしれない。

「茶色い子は渋いしサビは美人さんだな！」

明らかに和奏を見た時よりもテンションが高い。

というか……コイツと和奏が先に出逢ってなくてよかったな。

猫馬鹿同士、意気投合しそうだ、と思いついてゾッとする。

改めて川崎をじっと見れば、和奏と同じく若く見えるタイプで愛想もいい。年上にモテる可愛い顔立ちをしている。

「……」

結婚式まで紹介しないでおくか。

和奏に関しては心が狭いし、独占欲が強いのは自覚している。

なんの良心の呵責もなく、そう決意したところで、ピコン、とメッセージの着信音が鳴った。

「返せ」

「ほいほい」

すんなりと返してくれた川崎を牽制しつつ、ソファの端に移動し、メッセージアプリを立ち上げる。

さすがにこんな深夜に入ってくるメッセージはプライベートのものしかない。

画面に表示された待ち人のアイコンに、自然と口の端が吊り上がるのが自分でもわかった。

モコとカイがアップになった和奏のアイコン。クリックしてトーク画面を開く。

『蓮さんのランニング用のパーカー、なんとなく着てみたら、モコとカイにモテモテです！』

なかなか要領を得ないメッセージに苦笑すると、次に送られてきたのは、和奏のアパートに置いている俺のパーカーを羽織った和奏の写真だった。

ジッパーは上まできっちり閉めているのに、体格差のせいで大きく空いた襟ぐりから、カイとモコが顔を出していた。

それを伸ばした手で自撮りしたのだろう。少しだけ右に寄っていて、少し照れて赤くなった頬と、カイとモコの間からちらりと見える胸の谷間が最高にいい。

それになにより、普段、サイズが違い過ぎるので、和奏が俺の服を着ることはないし、着てもこんな風に袖も丈も長くて、立った途端ストンと落ちてしまい、服としての機能すら満たさないのだ。

……俺の服をなんとなく着てみた……つまり、和奏も俺の残り香を探すほど寂しいと思ってくれているのだろうか。

……可愛いな。

さりげなく口元を手で覆う。

こんなニヤけた顔、川崎に見られたら、さっき以上にからかわれるに違いない。

そうして耐えているというのに、ピコンッと次のメッセージが追い打ちをかけてきた。

『カイもモコも蓮さんに会いたいみたいですよ。……もちろん私もです。一人と二匹でおりこうさんに待ってますので、無理しない範囲で頑張ってくださいね』

後に続いたのは、和奏がよく使う可愛い猫のスタンプ。

しかし、俺は真顔になり、すぐそれを上にして、一人と二匹の写真をじっと見つめた。

それはもう穴が空くほどじっとりと。

……は？　俺の恋人（と猫）可愛すぎないか？　ご褒美はなんだ。ケーキか高級爪研ぎか、ブランド鞄か高級猫缶か、海外旅行か巷で噂の猫用エステか。

「……おい？　トラブルか？　彼女だよな？　多分」

わざわざそう言いながら回り込んできた川崎は、ソファに座り込み画面を凝視する俺の顔を覗き込んでくる。

大真面目に脳内でご褒美をリストアップしている俺の顔は、よほど鬼気迫っていたらしい。

え、と戸惑った顔をした後、おそるおそる俺の腕にツンツンと、指先で触れた。

「おーい……？　忙しすぎて別れ話出てるとかなら、さすがにちょっと抜けて話し合う時間くらいやるぞ？」

「ああ？　……別れ話なんて出てねぇよ」

むしろ脳内で結婚した。和奏のウェディングドレスの裾を持っていたのはモコだったし、リングボーイはカイだった。

この時点でちょっと頭がおかしくなっている自覚はあったが、おそらく正気に戻らずこの勢いに乗った方がスピーディに物事は片付く。

縁起でもないと呟いた俺の声は低すぎたらしい。

「どっから声出した⁉」と、川崎は大袈裟に叫んで後ずさった。

そんな川崎を放置し、俺はすくっと立ち上がった。放り出していた書類ケースを持ち出し、デスクに載せる。

「今日中にシステム全部入れて、これ入力するわ」

「は⁉」

「それで、明後日は休むからな」

「あ、ハイ……」

川崎はなにやら神妙な顔をして、こくこく頷く。

会いたいなら明後日の仕事を今日と明日中……いや、日中に終わらせればいいだけだ。

明日は金曜日だが、和奏の予定が入っていないことは共有アプリで確認済みである。次の日は土曜日で銀行も休みだし、少しくらい遅くなっても、和奏なら許してくれるだろう。

久しぶりに彼女をペット用品が充実した大きなショッピングモールに連れて行って、モコとカイの玩具（おもちゃ）やおやつを籠いっぱい買おう。

そこで金銭感覚を麻痺（まひ）させてから、さりげなく彼女をブランドショップに連れて行ってネックレスを買う。前からいいなと思っていた、華奢（きゃしゃ）なプラチナチェーンの先にピンクダイヤがついたヤツ。

今のモコの首輪と同じだと言えば、少しくらい警戒も解けるはず。

――計画は完璧だ。

小さく声を立てて笑った俺に、川崎は引き攣（つ）り笑いしつつ「あんまり無理するなよ……」と、声をかけてきた。

一度言いだしたら聞かない俺の性格を熟知しているのだろう。

川崎はそれだけ言うと、新品のサーバーから温かいコーヒーを入れて、俺の机の前に置き、仮眠室へと入っていった。

あいつはあいつで明日の朝は早く、新幹線の始発に乗車予定である。

そして俺は無事、徹夜でパソコンの配線や設定をこなし、データ入力に手をつけ、その足で税理士に会った。その後一緒に税務署で諸々の手続きをし、事務所に戻って残っていた雑務をこなす。

その結果、和奏のアパートに着いたのは、予想していたよりも早い十九時過ぎ――だったのだが、顔を合わせた途端、気絶するように眠ってしまったらしい。

目を覚ませば、翌日の早朝。

横でずっと付き添っていてくれたらしい和奏が目を真っ赤にさせて、俺を睨んでいた。

そしてすっかり顔色のよくなった俺を見て、「もう絶対無理しないでくださいね！」と叱った。

そして珍しい和奏の大声に驚いたらしいモコとカイが、なぜか俺の腹に突撃してきたのは、見事な連携だと言わざるをえない……かもしれない。

EB エタニティ文庫

上司とヒミツのレッスン開始⁉

エタニティ文庫・赤

コンプレックス・ラヴァー

日向(ひなた)そら　　装丁イラスト／gamu

文庫本／定価：704円（10%税込）

「メガネ男子恐怖症」の新人ＯＬ紗奈(さな)は、ある日、社内恋愛禁止令撤廃のため上司の君島を篭絡して、と同期に頼まれる。ある日、君島と話すチャンスが訪れるが、普段は見ない彼のメガネ姿にパニックになり――？　肉食系メガネ上司と小動物系ＯＬの胸キュンラブストーリー！

※エタニティブックスは大人の女性のための恋愛小説レーベルです。ロゴマークの色で性描写の有無を判断することができます（赤・一定以上の性描写あり、ロゼ・性描写あり、白・性描写なし）。

詳しくは公式サイトにてご確認ください。
https://eternity.alphapolis.co.jp

携帯サイトはこちらから！

本書は、2019 年 5 月当社より単行本として刊行されたものに、書き下ろしを加えて文庫化したものです。


この作品に対する皆様のご意見・ご感想をお待ちしております。

おハガキ・お手紙は以下の宛先にお送りください。

【宛先】

〒 150-6008 東京都渋谷区恵比寿 4-20-3 恵比寿ｶﾞｰﾃﾞﾝﾌﾟﾚｲｽﾀﾜｰ 8F
（株）アルファポリス　書籍感想係

ご感想はこちらから

メールフォームでのご意見・ご感想は右のＱＲコードから、
あるいは以下のワードで検索をかけてください。

アルファポリス　書籍の感想

エタニティ文庫

オオカミ部長のお気に入り

日向そら

2023年2月15日初版発行

文庫編集－熊澤菜々子
編集長－倉持真理
発行者－梶本雄介
発行所－株式会社アルファポリス
〒150-6008 東京都渋谷区恵比寿4-20-3 恵比寿ｶﾞｰﾃﾞﾝﾌﾟﾚｲｽﾀﾜｰ8F
TEL 03-6277-1601（営業）　03-6277-1602（編集）
URL https://www.alphapolis.co.jp/
発売元－株式会社星雲社（共同出版社・流通責任出版社）
〒112-0005 東京都文京区水道1-3-30
TEL 03-3868-3275
装丁イラスト－潤宮るか
装丁デザイン－AFTERGLOW
（レーベルフォーマットデザイン－ansyyqdesign）
印刷－株式会社暁印刷

価格はカバーに表示されてあります。

落丁乱丁の場合はアルファポリスまでご連絡ください。

送料は小社負担でお取り替えします。


ISBN978-4-434-31609-8 C0193